माटी

[कहानी-संग्रह]

माटी

शैलेन्द्र सागर

राधाकृष्ण प्रकाशन

ISBN : 978-81-7119-560-2

माटी (कहानी-संग्रह)

पहला संस्करण : 2000
पहली आवृत्ति : 2024
मूल्य : ₹395

प्रकाशक
राधाकृष्ण प्रकाशन प्राइवेट लिमिटेड
जी-17, जगतपुरी, दिल्ली-110 051

शाखाएँ : अशोक राजपथ, साइंस कॉलेज के सामने, पटना-800 006
पहली मंजिल, दरबारी बिल्डिंग, महात्मा गांधी मार्ग, प्रयागराज-211 001
1, अनमोल सोराबजी संतुक लेन, धोबी तलाव, मरीन लाइंस, मुम्बई-400 002
वेबसाइट : www.radhakrishnaprakashan.com
ई-मेल : info@radhakrishnaprakashan.com

मुद्रक
राजकमल प्रेस
नई दिल्ली-110 002

MAATI
Short Stories by Shailendra Sagar

उन्हें
जिनके लिए
मैं सिर्फ
शैली
हूँ

क्रम

खून ! खून !!

जब उसकी आँखें खुलीं तो उसने अपने को नितांत अपरिचित व अनजान स्थान पर पाया। लेटे-लेटे सिर उठाकर उसने इधर-उधर नजरें दौड़ाईं। यह एक हॉलनुमा कमरा था। लंबा और बेढब...रेलगाड़ी के बंद डिब्बे जैसा। कमरे में एक बदरंग धुँधलका स्लेटी उजास दबोचे फैला था। घुटन-भरी बदबू भरी थी। बीच में एक दरवाजा और उसके ठीक सामने डेढ़-दो फीट चौड़ी, ऊँची एक खिड़की, बल्कि खिड़की क्या एक जंगला...माहौल की इस नीरवता को खर्राटों के विविध, बेहूदा और रागहीन स्वर बुरी तरह बेध रहे थे।

वह अभी भी उनींदा था। पूरे दिमाग में झनझनाहट हो रही थी। कानों में एक विचित्र सनसनी और दृष्टि में अजीब भोथरापन था...उसने अपनी पलकें झपकाईं। आँखों के ऊपर वजन चलने जैसी अनुभूति उसे हुई। ऐसा लगा, पलकों पर मांस की एक दूसरी परत चढ़ गई है। उसने आँखें जोर से मल डाली...पर वह एहसास बरकरार रहा।

अपने को उन दस-बारह अपरिचित लोगों के बीच पाकर वह विस्मित तो था ही, भयभीत भी कम नहीं था...उसने झटके के साथ उठना चाहा पर एक अजीब शक्तिहीनता ने उसे दबोच रखा था। धीरे-धीरे वह उठा और सहमे कदमों से दरवाजे की ओर बढ़ा...पैरों में मनो बोझ बँधा था। जमीन पर नजरें गड़ाए, धकधक करते हृदय से वह आदमी-दर-आदमी आगे बढ़ रहा था।

दरवाजा बाहर से बंद था। पता नहीं क्यों, देखकर उसे एक अप्रत्याशित भय से मुक्ति मिली। तब खिड़की के पास आकर उसने साँकल पर हाथ लगाया। उसके हाथों पर जाले बुरी तरह लिपट गए। नजरें गड़ाकर उसने देखा। चारों ओर एक अजीब-सा ताना-बाना बुना था। पहले आँखों को यह एक भ्रम लगा...उसने वहाँ हाथ फेरकर देखा। फिर झटके से खिड़की के पाटों को खोल दिया। ठंडी हवा का झोंका अंदर तक सिहरन पैदा कर गया। एक

अकथनीय आह्लाद कुछ पलों के लिए उस पर हावी हो गया। अंदर छाया भय और आतंक का कुहासा तनिक छँट गया...

खिड़की में सींखचे और जाली दोनों लगे थे। बाहर धुँधलका फैला था। थोड़ी दूर पर झाड़ियों की एक बाड़ थी और उसके पार एक साँवली, वीरान सड़क...इससे अधिक कुछ और नहीं दीख रहा था। उसके मन में आया कि वह चीखकर पूछे कि वह कहाँ है। क्या वह अभी भी जेल में है ? किसी नई जेल में...? या...

सब गहरी नींद में डूबे थे। वह किसको उठाए और फिर उसका परिणाम...

एक अज्ञात भय ने उसे बुरी तरह जकड़ लिया। उसने खिड़की के पाट धीरे से बंद कर दिए और सहमा हुआ अपने स्थान पर आकर धम्म से पसर गया।

जेल से छूटने के लगभग एक घंटे पहले ही उसे नंबरदार से अपनी रिहाई की सूचना मिली थी। उसे अविश्वसनीय तो लगी ही, हास्यास्पद भी। जेल में लगभग दो माह में उसने इस तरह के मजाक खूब देखे-सुने थे। एकाएक चार बजे किसी से कहा जाता, "चल, तेरी रिहाई की इत्तला आई है। उठ..." मारे उत्साह और हर्षातिरेक से वह बाहर गेट तक आता तथा शर्म और खीझ से लौट जाता। उस जैसे नए प्रवासियों के साथ अक्सर ऐसा विनोद किया जाता। दाखिले के दूसरे, तीसरे दिन से ही ये किस्से शुरू हो जाते। हालाँकि उसके साथ कभी ऐसा नहीं हुआ। शायद सभी को उसका इतिहास, वर्तमान का पता चल गया था। सभी को पता था कि वह एकदम लावारिस और लादावा है। जब एक बार पकड़ा गया तो भला कौन छुड़ाएगा उसे। जमानत, जामिनदर शब्द उसने सुने तक नहीं थे, न ही उसको इसकी जरूरत महसूस होती। वह जेल में बड़ा निश्चिंत और सुखी अनुभव करता। थोड़ा-बहुत काम और दोनों वक्त की ईमानदारी की रोटी...

...रोटी, हाँ रोटी के लिए ही सारी जलालत देख, सुन और सहकर भी वह लगभग पाँच वर्ष रेहाना के कोठे पर बना रहा था। दो वक्त की रोटी और पाँच रुपए रोज की दिहाड़ी पर। मुश्किल से बारह का था वह कि माँ-बाप का साया ऐसा उठा कि दाने-दाने को मोहताज हो गया था। बाप किराए का रिक्शा चलाता था। एक दुर्घटना में फौत हो गया और माँ..., उसका आज तक पता ही नहीं चला...तरह-तरह की अफवाहें फैली थीं। कोई

कहता कि कहीं और चली गई है, तो कोई कहता कि अपने पुराने आशिक के साथ भाग गई है। तभी उसने अपनी माँ की बदचलनी के किस्से भी सुने थे। यह भी सुना था कि मुहल्लेवाले उसे भी माँ की नाजायज औलाद मानते हैं। उसे यह भी कहा गया था कि उसकी माँ किसी कोठे पर बैठ गई है।

अपनी माँ को ही ढूँढ़ने वह निकला था। कहाँ-कहाँ भटकता रहा वह ...सबसे पूछता, "मेरी अम्मा का कोठा बता दो..." कुछ लोग हँसते तो कुछ तरस खाकर उसे दो-चार रुपए पकड़ा देते। आखिर कोई राहगीर उसे रेहाना के कोठे पर ले आया था। उम्र बीस-बाईस साल, साँवले तीखे नाक-नक्श और आँखों में एक अचूक चमक...रेहाना ने उसकी पूरी बात सुनी और तरस खा गई। लौंडा भला-सा लगा...रख लिया। खूब प्यार भी दिया और लताड़ भी. ..एकाध साल यों ही खिलाया। फिर काम समझाया...ग्राहकों को लाने और बदन दबाने का काम...पहला काम आसान नहीं था। समझने में पूरा साल लग गया। इस काम के लिए बड़ी पैनी और पारदर्शी नजर चाहिए थी। पैनी, आदमी की परख के लिए, और पारदर्शी जेब का जायजा लेने के लिए...

धीरे-धीरे वह समझने लगा कि वह कहाँ है, लोग वहाँ क्यों आते हैं। वहाँ आने-जाने वाले लोगों को वह बड़े गौर से देखता...इत्र से महकते, आँखों से धधकते और चाल से बहकते अंदाज उसे समझ में आने लगे थे। रेहाना तब खुश रहने लगी...कोई ठीक आसामी ले आता तो प्रसन्न होकर दस का नोट पकड़ा देती, "जा, कल फिल्म देख लीजियो..."

बरस यों ही गुजर गए। वह भी जवान हो चला। अब वह रेहाना के बदन को दबाता तो अपने अंदर की झंकार उसे सुनाई पड़ती। हाथ घुटने पर आकर रुकने लगते। बेसुध रेहाना तब चीखती, "अबे हरामी, पिंडलियाँ तेरा बाप दबाएगा...?"

जब उसके हाथ गोल, मुलायम जाँघों पर चलते तो एक उत्तेजना उसमें तरंगें भरने लगती...वह सहमा और रोमांचित-सा कहीं खोया रहता। तभी पीठ खोलकर मालिश का क्रम चलता...खुली, चौड़ी पीठ, पतली कमर और गदराए से दो मोटे, गोल नितंब...घुटनों तक खुले पैर...इस मांसलता का असर उस पर नशे की तरह चढ़ने लगता...तब वह उठकर नीचे सीढ़ियों पर बैठ जाता ...देर रात की वीरानी चारों ओर फैली रहती पर उसकी आँखों से नींद फुर्र हो जाती।

उस रात रेहाना ने अचानक करवट ले ली थी। वह बेसुध थी। उसके सामने उसकी भरी-पूरी छातियाँ थीं। उसके अंदर का ज्वालामुखी फटने को उद्यत हो चला। वह अपने को रोक नहीं सका। अपने दोनों हाथों से उसने उन्हें समेट लिया और फिर अपने होंठ उन पर लगा दिए।

तभी रेहाना की नींद खुल गई।

''मादरचोद, तेरी यह हिम्मत...!'' एक भरपूर झापड़ उसके गालों पर पड़ा, ''हरामी, मेरी छातियाँ छूता है। ले देख...हिम्मत है तो हाथ लगा...''

वह शेरनी की तरह उस पर झपटी और पागलों की तरह उस पर चढ़कर मारने लगी, ''कुत्ते, हरामी...अपनी अम्मा की छातियाँ छुई हैं कभी या मेरी ही...देखूँ, कैसा जवान हुआ है तू...'' रेहाना ने अपने हाथ उसके गुप्तांगों को दबोचने के लिए बढ़ाए। तब झटककर उसने अपने को मुक्त किया। सीढ़ियों से लुढ़कते नीचे आन गिरा...बुरी तरह घायल। रुकने, देखने का मौका ही कहाँ था। सीधे स्टेशन की शरण ली उसने...

स्टेशन की बेंच पर पड़ा-पड़ा पूरी रात व दिन वह यों ही कराहता रहा। बदन पर जगह-जगह चोटें थीं। कुल्हड़ के टुकड़ों को लगा-लगाकर उसने बहते खून को सुखाया। जेब में पाँच रुपए पड़े थे। गहरे आघात ने उसकी भूख गायब कर दी थी। रात देर तक आँखों पर ही उतरती रही। सब कुछ इतनी तेजी से घटित हुआ था कि वह वास्तविक हादसा न लगकर मात्र एक दुःस्वप्न जैसा लग रहा था। रह-रहकर उसे अजीब-सी कोफ्त होती। अंदर की पीड़ा उस पर इस बुरी तरह हावी हुई कि वह अपनी चोटों और उनसे रिसते खून को बिलकुल भूल गया। पहली बार उसे यह अहसास हुआ कि मानसिक चोट शारीरिक चोट से कितनी अधिक गहरी और कष्टप्रद होती है।

अगली सुबह से दोपहर के सफर तक वह भूख, क्षोभ, दर्द और अकेलेपन से कसमसाता रहा। पेट की कुलबुलाहट भी असहनीय हो चली थी। जेब में रखे पाँच रुपयों से उसने वह दिन और रात गुजार लिए। सुबह उठा तो जेब खाली और पेट उससे भी ज्यादा...उसने इधर-उधर नजरें दौड़ाईं और एक यात्री की जेब से बटुआ निकाल लिया। अगले दो-तीन दिन सुख से बीते। अब यह क्रम कई हफ्तों तक चलता रहा। जेब काटता, मिले रुपयों को खर्च करता और फिर 'काम' कर डालता।

पर एक दिन वह रँगे हाथों पकड़ा गया। जमकर धुनाई की गई उसकी। स्टेशन पर मौजूद सिपाही बीच में न पड़ते तो प्लेटफार्म ही उसके जीवन का आखिरी पड़ाव होता। थाने पर अलग मारकूट हुई। गिरोह, नेता के अटपटे सवाल पूछे गए। वह कुछ जानता, समझता तो बता पाता...पुलिस को उसके शातिर होने का शक बढ़ता गया और उसके अनुपात में उसकी पिटाई भी। आखिर जेल में आ गया वह। आरंभ में बड़ा आतंकित और क्षुब्ध अनुभव किया उसने, पर एक सप्ताह में ही उसने अपने को वहाँ का अभ्यस्त बना लिया। धीरे-धीरे अब उसे अच्छा लगने लगा। सभी का व्यवहार उसके प्रति अच्छा था। उसकी ड्यूटी जेलर के घरेलू कामकाज में लगा दी गई। जेलर तक उसको छुड़वाने की बात करते पर वह स्वयं मना कर देता, "बाहर कौन है मेरा जो दो वक्त की रोटी मुझे देगा।"

और उस दिन जब उसकी जमानत की खबर आई तो सभी चकित थे, वह सबसे ज्यादा। जमानत कैसे, किसके द्वारा हुई, उसे आज तक पता नहीं चला।

जेल के बाहर भी उसे कोई नहीं मिला। खुली-खुली दुनिया में वह चकरा-सा गया। किंकर्तव्यविमूढ़-सा खड़ा रहा, कहाँ जाए...? स्टेशन की वह दुनिया...जेलर के शब्द याद आने लगे, "मंगल, तुम अच्छे लड़के हो। मेहनत करो, जुर्म नहीं...कुछ भी कर सकते हो तुम...रिक्शा चलाने से लेकर बोझा ढोने तक। मेहनत की रोटी बड़ी मीठी होती है। जब परेशान हो, मेरे पास चले आना। पर कैदी बनकर नहीं..."

निरुद्देश्य-सा वह आगे चलता चला गया। स्टेशन पर कुलीगिरी का विचार उसे आया किंतु वहाँ जाने का साहस नहीं हुआ। उसकी जेब में जेलर के दिए सौ रुपए थे। किराए पर रिक्शा लेकर चलाने का मन उसने बनाया। आखिर पिता का पुराना धंधा था। "कैसे खड़े हो..." अचानक किसी ने उससे पूछा।

वह चौंक गया। साँवला रंग, अधेड़ उम्र, बढ़ी हुई दाढ़ी, गंदे से कपड़े मुँह में पान का मोटा बीड़ा, गहरी झबरी भौंहों के बीच धँसी दो तेज आँखें...

"जेल से छूटे हो...?"

"हाँ...," कौतूहल और संशय से उसने सिर हिला दिया।

"कहाँ जाना है...?"

वह चुप रहा।

"घर में कोई नहीं है...?"

वह अब भी चुप था, विस्फारित नेत्रों से उसे ताकता हुआ। "तो परेशान क्यों हो ? चलो, मेरे साथ चलो..." उसने हाथ बढ़ाकर उसका हाथ थाम लिया और आगे चल दिया।

उसने अपने को एक विचित्र-सी स्थिति में पाया। न वह चल पा रहा था और न ही प्रतिरोध करने का साहस जुटा पा रहा था।

"मुझे कहाँ ले जा रहे हो...?" उसने धीरे से पूछा।

"बेटे, हम मददगार हैं तेरे। हमारे मालिक तुझ जैसे गरीबों और अनाथों की बड़ी मदद करते हैं। रोटी, कपड़ा, मकान, सब कुछ मिलेगा वहाँ...?"

"मगर काम...?"

"काम...?" वह एक बेहूदा-सी हँसी हँसा, "काम कुछ भी नहीं...!"

"पर बिना काम के...," उसके कथन पर उसे विश्वास नहीं हुआ।

"नहीं, कुछ न कुछ काम तो लिया जाएगा।"

मंगल को एक अनिश्चित आशंका ने जकड़ लिया। कोठे पर पाँच वर्ष का अनुभव सामान्य जीवन के एक दशक के अनुभव के बराबर तो था ही। काफी दुनिया और दुनियादारों से साबका रहा था उसका। वह रुक गया।

"मुझे कोई गलत काम नहीं करना...कोई जुर्म नहीं करना...मुझे मालूम है आप कहाँ ले जाएँगे मुझे..."

"अरे, हम तुम्हें जुर्मयाफ्ता लगते हैं ?" उसने मंगल के कंधे पर हाथ रख दिया, "गलत काम, जुर्म से, खुदा कसम, हमारा कोई वास्ता नहीं... मालिक से मिलोगे तो यह भी समझोगे कि दुनिया में ऐसे नेक इनसान भी मौजूद हैं..."

उसने उसका हाथ फिर थाम लिया और आगे चल दिया।

अनजान, टेढ़े-मेढ़े रास्तों, गलियों को पार करते वे एक पुराने घर में प्रविष्ट हुए थे। बैठते ही गर्म चाय का एक गिलास...बस आगे कुछ याद नहीं था उसे...

कब आँखें फिर लग गईं, उसे पता ही नहीं चला। जब वह उठा तो बाहर

तेज रोशनी थी। आसपास के बिस्तर खाली थे और दरवाजा खुला था।

वह धीरे-से उठा और कमरे से बाहर निकल आया। बाहर एक बड़ा दालान था। दस-बारह लोग धूप में बैठे थे। उसने चारों ओर निगाह डाली। रात वाला परिचित व्यक्ति वहाँ नहीं था। सबकी निगाहें उस पर जम गईं। वह काफी देर यूँ ही खड़ा रहा। हलके जाड़े की गुनगुनी धूप पसरी हुई थी। बीड़ियों के धुएँ के गुबार उठ-उठकर चारों ओर फैल रहे थे। माहौल में एक अजीब-सी खुमारी थी। वे लोग बीड़ी के तेज दम खींचते और देर तक खों-खों कर खाँसते...'थूऽ' कर बलगम का एक बड़ा-सा लोंदा उगल देते जिस पर मक्खियाँ डेरा जमाने दौड़ जातीं ! "आओ भाई, इधर आ जाओ..." एक अधेड़-से आदमी ने उसे पुकारा।

उसके कदम जम से गए थे और दिमाग पूरी तरह ठस्स...वह सहमे कदमों से उसी व्यक्ति के पास जाकर बैठ गया। कमजोर, जीर्ण-शीर्ण शरीर, फटी बंडी और पुराना गंदा-सा पाजामा पहने था वह। "क्या नाम है तेरा...?"

"मंगल..."

"मंगल, मुझे रफीक कहते हैं। यह किसन है..." उसने दूसरी ओर बैठे व्यक्ति से परिचय कराया। उम्र बीस की लपेट में, पीला फक्क चेहरा, उभरी हड्डियों वाले चौखटे में धँसी दो चुँधियाई सी आँखें और सींख-सा बदन...

"कहाँ से आया है...?" रफीक ने ही पूछा।

"बनारस से..."

"अच्छा...यह लियाकत भी तो वहीं का रहने वाला है।"

उसने लियाकत की ओर इशारा किया। हमउम्र ही लगा वह। लंबा, पतला चेहरा, छिपकली-सा पीला बदन, मुँडेर के सहारे बैठा बीड़ी के लंबे दम मारता हुआ।

एक बार उसने बारी-बारी से सबको देखा। सभी बीमार से लगते थे। आभाहीन चेहरे, अस्थिपंजर से शरीर, लाचार और निर्विकार...सबकी निगाहें उसी पर केंद्रित थीं। किसी में क्रूरता व पाशविकता का भाव दीखता तो किसी में उपहास और तुच्छता जैसा अहसास, तो किसी की निगाहों में दया, करुणा और सहानुभूति के मिले-जुले भाव...

आदमियों से मिलकर वितृष्णा का ऐसा भाव उसके मन में कभी पैदा

नहीं हुआ था। वह बड़ा अजनबी और अटपटा-सा अनुभव करने लगा।

"चाय पिएगा...?" रफीक ने पूछा।

उसने कोई उत्तर नहीं दिया। किंतु चाय का नाम लेने से ही उसके खाली पेट की तरंगें आँतों को मरोड़ती चली गई थीं।

"अरे लौंडे, एक चाय भेजियो..." रफीक ने पीछे मुड़कर न जाने किससे कहा और फिर उसे समझाने लगा, "इतना क्यों घबराता है ? हम सब तेरे दोस्त हैं, गैर नहीं।"

एक छोटा सा लड़का उसके हाथ में चाय का गिलास थमा गया। चाय की गरमाहट ने उसके ऊपरी तंतुओं को थोड़ा ढीला किया। मन में आया कि एक गिलास चाय और सुड़क लें किंतु माँगने का साहस नहीं हुआ उसका। काफी देर वह चाय के खाली गिलास को ही हाथ में थामे रहा। अपने भविष्य और इस स्थान के बारे में उसके मन में एक घबराहट और बेचैनी होने लगी थी। वह वार्ता के किसी सूत्र को खोजने लगा।

"यह कौन जगह है...?" उसने रफीक की ओर मुड़कर धीरे-से पूछा।

"तुझे नहीं मालूम, चूतिया...?" लियाकत ने ठहाका मारकर उसका मजाक बनाया।

"क्यों मादरचोद, जब तू आया था, तुझे मालूम था ?" रफीक ने ही जवाब दिया और हाथों से भद्दा-सा इशारा भी किया।

"तू क्यों गाली बक रहा है ? तुझसे तो मैंने कुछ नहीं कहा...!" लियाकत उत्तेजित हो गया।

"गाली नहीं बकूँगा तो फिर फूल बरसाऊँगा...? नए लौंडे का मजाक बनाता है...!"

"तेरा माशूक है क्या यह...?" कहकर वह जोर से हँसा। सभी इस पर खिलखिला दिए।

"चुप्प, मादरचोद...!" रफीक चीखा।

लियाकत उठा और एक मुक्का उसके मुँह पर दे मारा। रफीक कटे पेड़ की तरह पीछे ढह गया और फिर देर तक पड़ा रहा। निर्जीव और अपंग-सा...।

उत्तेजना और गालियों का दौर कुछ देर तक चलता रहा। शेष सभी व्यक्ति बड़े निर्द्वंद्व व निर्लिप्त भाव से इस प्रहसन से आनंदविभोर हो रहे थे।

मंगल बड़े अचरज में था।

प्रत्यक्षतः इतना साहसी दिखने वाला लियाकत स्वयं बड़ी देर तक धों-धों कर हाँफता रहा था।

शौचादि से निवृत्त होकर जब वह लौटा तो दालान प्रायः खाली था। एक अधेड़ व्यक्ति निश्चेष्ट व मृतप्राय-सा एक कोने में पड़ा था। उसके चारों ओर मक्खियों के झुंड भनभना रहे थे। उल्टियों की बू चारों ओर फैली थी।

कमरे में आठ-दस लोग इधर-उधर गपशप करने या ताश खेलने में व्यस्त थे। चरस और गाँजे का दौर अपने पूरे जोर पर था। मंगल घुसा तो बुरी तरह खाँसने लगा। सभी का ध्यान उस पर केंद्रित हो गया।

"क्यों बे, कभी यह शौक नहीं किया ! ले, एक सुट्टा मार...!" लियाकत ने बीड़ी उसकी तरफ बढ़ाई।

वह हाथ बाँधे खड़ा रहा। फिर धीरे-धीरे अपने बिस्तर पर आकर बैठ गया।

वह काफी देर यों ही उन सब लोगों को ताकता रहा। ये कौन लोग हैं, क्या करते हैं, उसे क्यों लाया गया है..., आदि अनेक प्रश्न उसके मन में उभर रहे थे। भीख मँगाने, चोरी, जेबकटी कराने के लिए बच्चों को अगवा कर उनसे धंधा कराने के किस्से उसने सुने थे। उसको यह भी अपराधियों का ऐसा ही गिरोह लगा। किंतु ये लोग कृश, रुग्ण और निर्जीव से दीखने वाले, जिनके चेहरों की दशा या तो उनकी दयनीय मानसिक स्थिति का आभास देती अथवा रोष, लाचारी और शारीरिक बीमारी की मिली-जुली दशा की अभिव्यक्ति...!

काफी देर वह यूँ ही बिस्तर पर बैठा रहा। विचित्र-सी कल्पनाएँ उसके दिमाग में आती-जाती रहीं। जेल का जीवन उसे देर तक याद आता रहा। भूख से अंदर की बेचैनी और बढ़ती गई। काफी देर बाद रफीक ने ही उसे खाना खाने के लिए कहा था। एक कटोरे में पतली दाल और जली-फुँकी पाँच रोटियाँ जब उसे थमाई गईं तो रह-रहकर उसे जेल का खाना याद आया।

खाने के बाद वह उसी बिस्तर पर फिर लेट गया। लेटे-लेटे कमर अलग दुखने लगी। दो सहवासी खाने के बाद कहीं चले गए थे और लगभग दो

घंटे बाद लौटे थे—बड़े कमजोर और शक्तिहीन से...मानो किसी समर से त्रस्त और पराजित होकर आ रहे हों। देखकर उसे न जाने क्यों उन पर दया आने लगी।

"ये लोग बीमार हैं क्या...?" पास लेटे किसन से उसने पूछा।

"नहीं तो...," अन्यमनस्क भाव से उसने उत्तर दिया।

"फिर इनकी यह हालत...?" उसके चेहरे पर परेशानी झलकने लगी।

"तू अभी नया आया है न। यहाँ सभी की यही हालत है..."

"पर क्यों...?"

"सब समझ में आ जाएगा। आज पहला दिन है न..." उसके चेहरे पर एक विकृत-सी हँसी उभर आई। किंतु उसकी आँखों की तरलता में लगे दर्पण से मंगल को उसके अंतरतम का उदास रूप साफ-साफ झलकने लगा था।

न मंगल ने आगे कुछ पूछा और न किसन ने ही आगे कुछ बात की। पर मंगल के हृदय में भय और जिज्ञासा का कुहासा सा छा गया। मन बड़ा उद्विग्न हो चला उसका। मन में आया कि वह इसी पल चीखने लगे, दौड़कर यहाँ से भाग जाए या फिर..., सिर पटक-पटककर रोने लगे। काफी देर वह इसी छटपटाहट से तड़पता रहा...

...इतनी लाचारी और असहायता उसने कभी अनुभव नहीं की थी...

रात हो चली थी। दरवाजा बंद था। कमरे में घोर अँधेरा और उससे लिपटे नशे के बादल मँडरा रहे थे।

देर रात तक कमरे में एक विचित्र-सी हलचल चलती रही। घुप्प अँधेरे में उन आदमियों की गतिशीलता बड़ी रहस्यमयी हो चली थी। पहली बार वह अपने को बड़ा आतंकित और कमजोर अनुभव करने लगा था।

...यह कैसी जेल है, वह देर तक सोचता रहा...

अगले दिन प्रातः दस बजे एक अजनबी व्यक्ति उसके पास आया था। स्वस्थ, गेहुँआ रंग, बड़ी-बड़ी आँखें और लकदक सफेद कपड़े पहने हुए...

"चलो, मेरे साथ चलो..." अधिकार भाव से उसने कहा, "इस बैग में कपड़े हैं। बदल ले..." एक प्लास्टिक का बैग उसे थमा दिया, "मैं अभी आता हूँ..." कहते हुए वह मुड़कर चल दिया।

बैग थामे वह काफी देर असमंजस में बैठा रहा। बैग में एक सफेद पाजामा और टेरीकॉट की नीली कमीज थी। रफीक ने ही उसके पास आकर

उसका साहस बँधाया था, ''घबरा मत...परेशानी की कोई बात नहीं है। जा, कपड़े बदल ले...''

कपड़े बदलकर वह जब उस अजनबी व्यक्ति के साथ चला तो एक अजीब-सी अनुभूति उसके अंदर प्रवाहित होने लगी। बचपन में माँ से बलि की अनेक रोमांचकारी कथाएँ उसने सुनी थीं। बकरा ईद के मौके पर मुसलमानों द्वारा जिना के लिए ले जाए जा रहे सजे-सजाए बकरों को उसने देखा था। वह अंदर ही अंदर सिहर उठा।

बाहर एक जीप खड़ी थी। अगली सीट पर एक व्यक्ति कोट-पैंट पहने बैठा था। वह अजनबी व्यक्ति मंगल को लेकर पीछे बैठ गया।

ऐसा लगा, एक अरसे के बाद वह खुली-खुली दुनिया में चल रहा है। यह कोई बड़ा शहर नहीं लगता था। सड़कें सँकरी और क्षतिग्रस्त थीं। दूकानें साधारण और छोटी। बाजार में रिक्शे, ताँगे और साइकिलों की काफी भीड़ थी। इधर-उधर नजरें दौड़ाकर उसने स्थान का अनुमान लगाने का प्रयास किया। शायद कोई परिचित ही दीख जाए। पीछे का पर्दा बंद था। केवल सामने के शीशे से झाँकने की गुंजाइश थी। जैसे-जैसे गाड़ी आगे बढ़ती गई, उसके मन की उथल-पुथल भी तेज होती गई...अपरिचित स्थान, अजनबी लोग और अज्ञात गंतव्य...

गाड़ी एक बड़े भवन के परिसर में जाकर रुकी। चारों ओर भारी हलचल थी। बाहर रस, फल के ठेले थे, दवाइयों की दूकानें थीं। स्थान-स्थान पर लाल धन के निशान बने थे। भवन के ऊपर भी बिजली के बोर्ड पर एक ऐसा ही निशान बना था। बाएँ-दाएँ नसबंदी के लाल तिकोन दीख रहे थे। बाहर आ-जा रहे लोगों के चेहरों पर एक अजीब-सी बेचारगी, संत्रास, पीड़ा और दयनीयता झलक रही थी। पहिएदार कुर्सियों और स्ट्रेचर पर मरीज ढोए जा रहे थे। इनके साथ ही सफेद बुर्राक कपड़ों में गर्दन से झूलते आलों को लिए बेखबर, असंपृक्त और उदासीन से डॉक्टर और चुलबुली, शोख, साँवले चेहरे पर लंबा काजल और बालों में कपड़े का सफेद फूल लगाए मुसकराती नर्सें...

अस्पताल में पहुँचकर वह पशोपेश में पड़ गया। संभवतः किसी मरीज को देखने आए होंगे ये लोग, उसने सोचा, किंतु जब उससे अंदर चलने को कहा गया तो वह सकते में आ गया।

दवाइयों, बीमारों से महकते गलियारों से लेकर उसे एक कमरे में बैठा

दिया गया। वह कभी उस कमरे को देखता तो कभी उस अजनबी व्यक्ति को...

"मुझे यहाँ क्यों लाए हैं...?" आखिर उसने पूछ ही लिया।

उसे कोई उत्तर नहीं मिला।

"मुझे यहाँ क्यों लाए हैं, आप...?" इस बार उसके स्वर में तेजी भी थी और हठ भी।

"तुम्हारे खून का टेस्ट होगा...," दूसरी ओर मुँह किए ही उसने उत्तर दिया।

"मेरे खून का...?" इस अप्रत्याशित सूचना पर वह सन्न रह गया।

"मुझे क्या हुआ है...?"

"कुछ नहीं..., टेस्ट कराना जरूरी है..."

"मगर क्यों...?"

"यह देखने के लिए कि तुम्हें कोई बीमारी तो नहीं है..."

"मुझे कोई बीमारी नहीं है। बीमार तो और सब लोग हैं...," वह अंदर ही अंदर काँप रहा था किंतु स्वर में दृढ़ता बनाए रखी उसने।

"ज्यादा बकवास मत कर। धीरे बोल और चुपचाप बैठा रह...!" उसने आँखें तरेरते हुए डपटते स्वर में कहा।

मंगल के अंदर का भय उस पर एकाएक हावी हो गया। आर्द्र आँखों को किसी प्रकार नियंत्रित किए रहा वह।

"तुम्हारा नाम...?" कुछ देर बाद रजिस्टर लिए एक आदमी ने उससे पूछा जिसके साथ कोटधारी व्यक्ति भी था।

"मंगल..."

"पिता का नाम..."

"राम चंदर..."

"पता..."

उसी कोटधारी व्यक्ति ने लेखक को कुछ इशारा किया।

"उम्र..."

"अट्ठारह..."

"क्या काम करता है...?"

"खेती...," उस कोटधारी व्यक्ति ने ही उत्तर दिया।

"कभी बीमार हुए हो...?"

"कभी नहीं...," मंगल ने जोर देकर कहा।

"कभी खून दिया है ?"

मंगल को काटो तो खून नहीं। उसका सिर चकरघिन्नी की तरह घूमने लगा।

"बताओ...!"

"नहीं...," विस्फारित नेत्र और सहमी आवाज थी उसकी।

इसके बाद उसकी लंबाई और वजन लिया गया। बाएँ अँगूठे के निशान अनेक जगह लगवाए गए।

वह आदमी तब उठकर चला गया और थोड़ी देर बाद स्टील का एक बॉक्स लिए लौटा। एक नलकी में सुई लगाई।

"बाँह खोलो..."

भयाक्रांत-सा वह आस्तीन ऊपर चढ़ाने लगा। एक सुई तेजी से नस में घुसी और नलकी खून से भर गई।

"इसे दबा लो...," रुई का एक फाहा लगाकर उसने हाथ छोड़ दिया।

रात देर तक आतंक और विषाद का घटाटोप उस पर हावी रहा। संज्ञाशून्य-सा वह अस्पताल से लौटा था और देर तक अंदर ही अंदर कलपता रहा था। मनःस्थिति बड़ी विचित्र-सी हो गई थी। अंदर तक सब कुछ रीता-रीता और इंद्रियों से एक विषैलेपन का अहसास...न रोकर अपने को बिखेर पाया और न ही उसका अंतस् अपने को बाँध सका। धूप के तेज गरम प्रकाश में उसे जगह-जगह धब्बे नजर आने लगे। ऐसा लगता कि अँधेरे-उजाले की परतें नेत्रों के सामने चढ़ती-उतरती जा रही हैं। आकाश बड़ा उदास और बदरंग-सा लगता और पशु-पक्षी बड़े वीरान और बेजार...वृक्षों की हरीतिमा कालेपन का बोध देने लगी। और बाजार की चिल्ल-पों में एक मातमी कोलाहल...

...बिस्तर पर वह देर तक पड़ा रहा। स्तब्ध, निश्चेष्ट और सब ओर से पूरी तरह असंपृक्त...पहली बार उसे अपने अंदर की उदासी और सूनेपन का एहसास बड़ी शिद्दत से हुआ। रह-रहकर उसे रेहानाबाई का अनेक बार देर रात तक नंग-धड़ंग पड़े रहकर सिगरेट और शराब पीना याद आने लगा। अंदर का खालीपन कितना मारू होता है, उसे बड़ी शिद्दत से याद आया।

खाली पेट होने के बावजूद वह खाने के लिए उठा नहीं। रफीक उसकी मनःस्थिति को देर से भाँप रहा था। यह कोई नया अनुभव नहीं था।

"चल, रोटी खा ले...," उसने मंगल का हाथ थाम लिया।

एकाएक मंगल फूट पड़ा। कमरा प्रायः खाली था। केवल एक कोने में वही बीमार-सा व्यक्ति निःसंज्ञ-सा पड़ा था। चीथड़े में लिपटा...

"अरे, यह क्या...," रफीक उसके पास बैठ गया, "रोता क्यों है, भई ...मुझे बता क्या दिक्कत है...? उसका स्वर भी गीला हो चला।

काफी देर तक निःशब्दता उन दोनों के बीच बनी रही। दोनों अपने-अपने एकांत में खोए रहे। मंगल को संयत होने में काफी समय लगा।

"मेरे प्यारे, जिंदगी में तरह-तरह के मोड़ आते हैं। हार जाने से कुछ नहीं मिलता। उनसे लड़ना सीख...!"

वह कुछ देर शांत रहा और फिर धीरे-धीरे समझाने लगा, "बाहर ही कौन है तेरा। न बाप, न माँ...यहाँ दो वक्त की रोटी तो मिलेगी वरना कहाँ जाएगा, क्या करेगा...?" ऐसा लगा वह अपने से ही संवाद कर रहा है, "कुछ दिनों बाद शायद तुझे अच्छा लगे। देख न, सब कितने मस्त हैं यहाँ..."

"पर मुझे करना क्या है..."

"कुछ नहीं..."

"फिर मुझे रखने का मतलब...? बिना काम के रोटी, कपड़ा..."

"वक्त आने पर सब पता चल जाएगा।" धीरे-से रफीक ने कहा।

"मुझे कोई गलत काम नहीं करना। मुझे चोरी-चपाटी, लूटपाट नहीं करनी। मुझे सब मालूम है यहाँ यही सब होता है...," वह उत्तेजित हो चला।

"किसने कहा तुझसे ?" रफीक हँस दिया, "हम सब तुझे चोर-उचक्के, लुटेरे लगते हैं...?"

...सचमुच ! मंगल सोचने लगा। ये कृशकाय शरीर वाले लोग भला जुर्म कैसे कर सकते हैं...? जो ठीक प्रकार खड़े रहने में असमर्थ हैं, चार कदम चलने में हाँफते हैं, उनसे जुर्म की उम्मीद की जानी...अचानक उसका मन बड़ा हलका और आश्वस्त महसूस करने लगा।

रफीक कहीं खो सा गया था। मंगल ने ही चुप्पी को तोड़ा, "आप कब से हैं यहाँ...?"

"कोई पाँच-छह साल से..."

"कैसे आए यहाँ...?"

"घर से रुपए और जेवर लेकर भागा था। बिना टिकट सफर में पकड़ा गया। मेरे साथ एक और आदमी भी पकड़ा गया था। वही आदमी मुझे यहाँ ले आया था। तब से उस आदमी को मैंने यहाँ नहीं देखा..."

"बीवी-बच्चे...?"

"अरे मियाँ, कैसी बात करते हो। घर से भागा था तो तुमसे एकाध साल बड़ा था।"

"क्या...?" मंगल चौंक गया, "इसका मतलब इस वक्त आपकी उम्र पच्चीस साल के करीब है...!"

"और क्या..."

"पर...," एकबारगी उसने रफीक को ऊपर से नीचे तक देखा। खिचड़ी बाल, चेहरे पर अंदर तक धँसी दो पीली आँखें, गाल की उभरी हड्डियाँ, पपड़ाए काले से होंठ, मुसाई-सी त्वचा, दुबले-पतले अस्थिपंजर पर मांस की पतली पर्त...मंगल उसे चालीस-पैंतालीस से कम नहीं समझता था।

रफीक केवल हँसने लगा।

मंगल को उसकी हँसी बड़ी विचित्र लगी, उसे देर तक बेचैन करती रही। यदि रफीक की वास्तव में यह आयु है तो वहाँ मौजूद और लोग तो रफीक से आयु में कहीं कम दीखते थे...क्या वहाँ मौजूद सभी व्यक्तियों की दशा इसी प्रकार की थी...सोच-सोचकर मंगल बुरी तरह विचलित हो रहा था।

"यहाँ सभी की ऐसी हालत क्यों है...?" उसने रफीक से पूछा।

रफीक ने कोई उत्तर नहीं दिया और फीकी-सी हँसी हँस दिया।

"क्या बीमार हैं...?"

"नहीं, कोई खास बीमारी नहीं है...पर सबकी हालत है ऐसी ही... दौड़-भाग करना, चलना-फिरना तो दूर, ये लोग दस मिनट एक स्थान पर खड़े तक नहीं रह सकते...अंदर से सब खोखले हैं, एकदम खलास...," कहकर उसके चेहरे पर एक संत्रास-सा उभर आया। पीला चेहरा मानो सफेद पड़ने लगा। मंगल को पहले दिन की उसकी लियाकत से झड़प याद आई...किस तरह एक हलके से मुक्के से रफीक पीछे लुढ़क-सा गया था। फिर लियाकत स्वयं भी देर तक धौं-धौं कर हाँफता रहा था...

"पर उसे क्या बीमारी है...?" मंगल ने कोने में गुदड़ी से बने उस

व्यक्ति की ओर इशारा किया।

"इसे तो सब बीमारियाँ हैं। टी. बी. है, अंदरूनी बीमारियाँ हैं और वो क्या कहते हैं, वीडी है...

"ये क्या होता है...?" मंगल समझ नहीं सका।

"मियाँ, ये सब नीचे की बीमारियाँ हैं। धीरे-धीरे सब समझ जाओगे।" उसने अपने गुप्तांगों की ओर इशारा किया।

"क्या उम्र है इसकी...?"

"तीस-पैंतीस...," यह मंगल के लिए सचमुच चौंकाने वाली बात थी, "और कब से बीमार है यह...?"

"दो-तीन महीने से..."

"पर इसका इलाज...?"

"क्या होगा इलाज करा के...? सड़-सड़कर मरने से अच्छा तो यही है कि जल्दी मरे..."

सुनकर मंगल सचमुच स्तब्ध रह गया। एक अजीब-सी जुगुप्सा उसके ऊपर हावी हो चली। रात के अँधेरे में देर तक वह व्यक्ति ही उसकी नजरों के सामने मँडराता रहा। सब कुछ इतना रहस्यमय हो चला था कि अब उसके अंतस् की छटपटाहट अभिव्यक्ति के लिए बेचैन थी। वह बड़ा डूबा-डूबा, खोया-खोया और भँवर में फँसा-धँसा-सा अनुभव कर रहा था। अंदर-बाहर सब तरफ का अँधेरा बड़ा भयावह हो चला था।

कमरे में कुछ परछाइयाँ इधर-उधर घूम रही थीं...

"लेटे रह...!"

"छोड़ मुझे...!"

"चुप्प...!"

अस्फुट से स्वर और बिस्तरों पर असाधारण-सी हलचल...उसे समझते देर न लगी।

...एक लिजलिजा-सा एहसास उसके अंदर रेंगने लगा...अनेक बीभत्स दृश्य उसके सामने उभरते चले गए।

...सुबह जब उसकी आँखें खुलीं। तो उस बीमार आदमी का शरीर एक सफेद कपड़े में लपेटा जा रहा था।

...शेष सभी लोग रोजमर्रा की तरह बाहर दालान में धूप सेंक रहे थे,

हाथ में बीड़ी या चाय के गिलास लिए...

उस मौत का उस स्थान के माहौल अथवा किसी की दिनचर्या पर कोई प्रभाव नहीं पड़ा था। रफीक ने भी इसका जिक्र तक नहीं किया। सब कुछ अत्यंत सामान्य था। लगभग दस बजे दो लोग तैयार होकर कहीं गए थे और लगभग दो घंटे बाद लौटे थे—एक दूसरे को सहारा दिए...आकर अपने बिस्तर पर धम्म से पसर गए थे। फिर आँखें बंद किए देर तक हाँफते रहे थे। मंगल उनके बारे में जानने के लिए उत्सुक हो चला था।

"इनको क्या हुआ...?" उसने रफीक से पूछा।

"कुछ भी नहीं...?" उसने संवदेनाशून्य उत्तर दिया।

"फिर इनकी यह हालत...?" वह परेशान था।

रफीक ने कोई उत्तर नहीं दिया। केवल एक फीकी हँसी हँस दिया। वह काफी देर रफीक को ताकता रहा। न उसने आगे कुछ पूछा और न ही रफीक ने कुछ बतलाया, सब कुछ इतना उलझ गया था कि उसके चारों ओर एक जाला-सा बुन गया था। सुबह की मौत भी उसके दिमाग से नहीं निकली थी। उस मौत का साया जैसे पूरे कमरे में मँडराता-सा दिखने लगा।

कुछ देर बाद वही सफेदपोश अजनबी व्यक्ति आकर उन दोनों को कुछ दवाइयाँ दे रहा था। दोनों के लिए दूध भी आया था। मंगल ने अभी तक यहाँ किसी को दूध पीते नहीं देखा था। इसलिए चकित होना स्वाभाविक था। रफीक ने ही उसे बताया था कि ये दवाइयाँ खून बढ़ाने के लिए दी जाती हैं।

"क्या इनसे खून बढ़ जाता है...?" मंगल ने आश्चर्य से पूछा।

"पता नहीं...हाँ, इससे चेहरे, बदन में सूजन-सी जरूर आ जाती है... बदन भारी-भारी सा लगता है।" कहकर वह चुप हो गया। मंगल भी न जाने कहाँ खोया-सा रहा। कुछ देर बाद पूछा उसने, "मैंने किसी और को दूध पीते नहीं देखा यहाँ..."

सुनकर रफीक जोर से खिलखिला दिया।

"ये दोनों यहाँ के राजा हैं, मियाँ...!"

"मैं समझा नहीं..."

"सब अल्लाह की देन है...इनके खून की खासियत है..."

मंगल को यह बिलकुल समझ में नहीं आया। देर तक वह रफीक के कथन पर विचार करता रहा। उसकी जानकारी में तो सबका खून लाल है, फिर...? "खून की खासियत...?"

"तू परेशान मत हो...," रफीक उसकी मनःस्थिति को भाँप गया, "तेरे खून की जाँच हुई है न, आज रपट आ जाएगी। सब पता चल जाएगा।"

एकाएक मंगल को याद आने लगा कि किस प्रकार ये दोनों सहवासी अपने को औरों से अलग-थलग रखते थे, दूसरों पर अपना रुआब जमाते प्रतीत होते थे।

दोपहर बाद पूरे कमरे में मंगल को लेकर एक शोर-सा मचा था। सभी उसके संबंध में चर्चा कर रहे थे। पहली बार वे दोनों सहवासी जो कुछ समय पूर्व दूध गटक रहे थे, उसकी ओर बड़ी हसरत और जलन की निगाहों से देख रहे थे। अचानक सबके ध्यान का केंद्र बनने पर मंगल अटपटा-सा अनुभव करने लगा। उसकी निगाहें रफीक को खोजने लगीं किंतु वह नहीं दीख पड़ा।

थोड़ी देर बाद वही सफेदपोश व्यक्ति उसके पास आया था, "कैसा है...?"

उसने धीरे-से सिर हिला दिया।

"कोई तकलीफ तो नहीं है...?"

उसने केवल सिर नीचे झुका लिया।

"चल, मेरे साथ चल..."

कुछ देर वह उसे देखता रहा, अपलक और अवाक्...

"चल, कहा तुझसे," उसके स्वर में अधिकार होते हुए भी प्यार भरी झिड़क का बोध था।

किंकर्तव्यविमूढ़-सा वह पीछे-पीछे चल दिया। सीढ़ियाँ उतरकर पीछे का बरामदा पार करके एक पतले दरवाजे से वे एक भव्य भवन में प्रविष्ट हुए। बड़ा-सा लॉन और उससे लगा काले चमकीले पत्थरों का बरामदा...चिकने फर्श को सहमे कदमों से पार करते हुए वे एक बड़े से हॉल में आए थे। नीचे मोटे कालीन का गुदगुदा फर्श था। चिकनी दीवारों पर बड़ी-बड़ी पेंटिंग्ज़... इधर-उधर पीतल के विशाल शो-पीस, कुछ गमलों में आकर्षक प्लांट्स और बीच में तीन अदद मखमली सोफे और शीशे की बड़ी गोल मेज... ऊपर

चमचमाता कलात्मक फानूस...ऐसी भव्यता उसने फिल्मों में अवश्य देखी थी किंतु वास्तविक जीवन में...उसकी आँखें चकाचौंध हो गईं।

भव्यता कैसा आतंक पैदा कर सकती है, इसका एहसास मंगल को होने लगा। विस्फारित नेत्रों से एक कोने में वह सहमा-सा खड़ा रहा। सामने से आते एक व्यक्ति का उस सफेदपोश व्यक्ति ने सिर झुकाकर अभिवादन किया। गोरा, लाल चेहरा, दमकता रूप और चमचमाते कपड़े...

"हाँ, बाबू बता...," फिर मंगल की ओर देखकर तत्काल ही पूछा, "यह कौन है...?"

"साहब, नया लड़का है...," उस सफेदपोश व्यक्ति के चेहरे पर गर्वपूर्ण मुसकान की छटा फैल गई, "मंगल, साहब...दो दिन पहले आया है..."

"अच्छा...एनी प्रॉब्लम...?"

"अरे नहीं, साहब...काम का लड़का है। एबी नैगेटिव ग्रुप है इसका..."

"अच्छा ! ग्रेट...! हमें इसकी जरूरत भी थी, इसका खयाल रखना... कोई तकलीफ न हो इसे..."

"जी साहब...," कहते हुए झुककर उसने अभिवादन किया और पीछे मुड़ गया।

मंगल भी पीछे चल दिया। 'काम का लड़का', 'एबी नैगेटिव' शब्द उसके कानों में बज रहे थे।

"तुझे खाने-पहनने की कोई दिक्कत हो तो मुझे बताना...," कहकर वह व्यक्ति उसे असमंजस और बेचैनी की स्थिति में छोड़कर चल दिया। मन में अनेक प्रश्न वैसे ही उमड़ते रहे थे। अंदर का ज्वार-भाटा रह-रहकर आँखों तक आकर बहना चाहता था।

वह बेताबी से रफीक की प्रतीक्षा कर रहा था। आज सभी की निगाहों में उसके लिए सम्मान और ईर्ष्या के मिले-जुले भाव उसे साफ-साफ दिख रहे थे। "काम का लड़का", "एबी नैगेटिव"...!

"अरे मियाँ, मुबारक हो...!" कमरे में प्रवेश करते ही रफीक स्वयं उसके पास प्रसन्न मुद्रा में आया था।

'मुबारक' शब्द सुनकर वह चकित रह गया।

"अब परेशान मत हो...," रफीक उसके उहापोह को समझ रहा था,

"हफ्ते में पूरे सौ-सवा सौ मिलेंगे तुम्हें..."

"मगर किस बात के...?"

"तुम्हारे इस महँगे और नायाब खून के..."

मंगल ने सुना तो सन्न रह गया। उसका पूरा अस्तित्व घूम गया था। वह उठकर सीधा बैठ गया।

"मुझे क्या करना होगा...?"

"करना कुछ नहीं है। बस खून देना है..."

"खून...! मगर क्यों...?"

"मियाँ, यही यहाँ का धंधा है...!"

"क्या आप सब खून देते हैं...?"

"और नहीं तो फिर मुफ्त की रोटी ऐसे ही थोड़े मिलती है...!"

"मगर कितना खून...?"

"हफ्ते में एक बोतल..."

ऊपर से नीचे तक, अंदर से बाहर तक उसका बदन सिहर उठा। अपने सहवासियों के बीमार, निष्प्राण चेहरे, पीली धँसी आँखें और ढाँचे से शरीर उसकी आँखों के सामने तैरने लगे। उन लड़कों का जाना और लुंज-पुंज सा बीमार की तरह सहारा लिए आकर बिस्तर पर लुढ़कना उसको याद आने लगा। मन में आया कि वह चीखने लगे, "...मुझे नहीं बेचना अपना खून। मैं मेहनत करूँगा, रेहाना की मार सहूँगा, सब कुछ करूँगा, पर खून...!" उसका अंतरंग कंपित हो चला।

"तसल्ली से काम लो...," रफीक ने उसकी पीठ थपथपाई।

काफी देर तक वे कुछ नहीं बोले और मंगल स्तब्ध व जड़-सा उसे ताकता रहा। रफीक निगाहों से लगातार दूर और आकार में छोटा होता चला गया...इतना छोटा और तुच्छ कि उसका पूरा अस्तित्व ही एकाध इंच में सिमट गया।

एकाएक रफीक उठकर चल दिया मगर मंगल न उठ पा रहा था और न ही अपने को स्थिर कर बैठ पा रहा था।

पूरा दिन और शाम यूँ ही बीत गए। अजीब-सी मनःस्थिति ने उसे जकड़ लिया था। जिंदगी और जीने के लिए कमाई जा रही रोटी का एक नया फलसफा उसके सामने था। शरीर बेचने के अनुभव से लेकर खून बेचने के

अनुभव में तब्दीली एक साथ बड़ी रोमांचकारी और हिंस्र लगी उसे। रोज की तरह रफीक उसे खाने के लिए बुलाने नहीं आया। पूरा दिन नजरें चुराता घूमता रहा।

हाँ, उस दिन एक और घटना घटी थी। दोपहर में एक नया लड़का दीख पड़ा था। उसकी ही तरह बेजार और बेचैन दीख रहा था। पूरी शाम उसकी ही तरह बिस्तर पर मुँह ढके पड़ा रहा था।

अगले दिन सुबह उसका बिस्तर खाली था और उसके गायब होने की वहाँ एक सहमी हुई चर्चा थी। मंगल को उसकी दिलेरी और साहस पर ईर्ष्या हुई थी और अपनी कायरता पर क्षोभ और कसमसाहट। फिर एकाएक अपने को बड़ा मजबूत और दृढ़ अनुभव किया उसने।

आज वह स्वयं रफीक के पास गया। उसका चेहरा देखकर रफीक मन ही मन बड़ा उल्लसित अनुभव करने लगा। उसका हाथ पकड़कर वह उसे बाहर ले आया। मन में बात कुछ और थी पर जिक्र उस स्थान का हो चला। उसी दिन रफीक ने उसको बतलाया था कि वह स्थान उन्हीं बड़े डॉक्टर का है जिनसे उसे मिलवाने ले जाया गया था। हफ्ते में एक बार खून देने के उनको चालीस-पचास रुपए मिलते हैं। मंगल जैसे नायाब खून देने वालों को सौ-सवा सौ। बाकी रुपयों में से डेढ़ सौ रुपए अस्पताल के स्टाफ और इन डॉक्टर साहब के हिस्से में आते हैं...

"पर क्या एक हफ्ते में एक बार खून दिया जा सकता है...?"

"कानूनन तो बारह हफ्ते से पहले नहीं..."

"फिर...?"

"तभी तो हममें से हर किसी के कई-कई नामों से कार्ड बने हैं..."

मंगल बातें अवश्य रफीक से कर रहा था किंतु उसका दिमाग कहीं और अटका था। उसके मन में उस नए लड़के के बारे में तरह-तरह के प्रश्न कुलबुला रहे थे। वह इस घटना की प्रतिक्रिया जानने के लिए उत्सुक था।

"कल एक नया लड़का दिखा था...," उसने धीमे-से कहा।

"हाँ...!"

"मगर सुबह से...?"

"चुप रह...! बेवकूफ और चूतिया रहा होगा जो भाग गया...भागकर कहाँ जाएगा..." रफीक ने हिकारत भरे स्वर में कहा।

पहली बार मंगल के हृदय में रफीक के लिए वितृष्णा और उपेक्षा के भाव पैदा हुए। मन में आया कि उसे नीचे धक्का दे दे या कम से कम उसके मुँह पर 'थू' कर दे। कमजोर आदमी दूसरे को कितना कमजोर बना देता है।

"क्यों, इसमें क्या गलती है...?" उसका चेहरा बिगड़ गया था, "जो हिम्मती होकर..."

"तू अभी इन लोगों को नहीं जानता...एकाध दिन में तुझे खुद समझ में आ जाएगा...," कहकर वह एकाएक चल दिया।

मंगल के हृदय की बेचैनी छटपटाहट व संत्रास में बदलने लगी। मन में रफीक के लिए नफरत अवश्य पैदा हुई थी किंतु पता नहीं क्यों, अविश्वास नहीं...अभी तक रफीक ने कोई बात ऐसी नहीं कही थी जो अप्रामाणिक अथवा आधारहीन हो...

उस रात उसकी आँखें अचानक एक शोर-शराबे के बीच खुलीं। कमरे में प्रायः सभी जगे थे—सहमे व दहशतजदा...बाहर दालान से बुरी तरह रोने-पीटने की आवाजें आ रही थीं और अचानक वह आवाज थम गई थी। एक गहरी, लंबी चीख के साथ...

हलके धुँधलके में रफीक के कलमा पढ़ते हाथ ऊपर उठते उसने देखे थे।

सुबह उसी सफेदपोश व्यक्ति ने उसे उठाया था। रात देर तक वह घबराहट और पीड़ा से अंदर ही अंदर कराहता रहा था। उस लड़के की चीखें उसके कानों में देर तक बजती रही थीं। आशा की एक धुँधली किरण ने उसके मन में जो प्रेरणा व उत्साह का संचार किया था, वह घनघोर घटाटोप में बदलकर विषाद व हताशा के रूप में छा गया। अंदर-बाहर का अँधेरा और गहरा गया, "चल उठ, तैयार हो जा...!"

मंगल संज्ञाशून्य जैसी स्थिति में आ गया था। उसे लगा उसके अंग-प्रत्यंग अचेतन हो चले हैं...

"चल, सुस्ती छोड़...तुझे आज चलना है..."

एकाएक अपने बदन के पोर-पोर में सुइयाँ चुभने और खून रिसने का अहसास उसे बुरी तरह त्रस्त करने लगा था। उसे लगा कि उसके शरीर के अंग-प्रत्यंग से खून की नलकियाँ बाहर जा रही हैं और वह चारों ओर खून

की लबालब भरी बोतलों से घिरा है।

धूप तेज हो चली थी। मंगल को उठे काफी देर हो गई थी। किंतु उसका पता नहीं था। सफेदपोश व्यक्ति उसे दो-तीन बार देखने आ चुका था। तभी रफीक चीखता हुआ आया था वहाँ...

संडास के अंदर मंगल खून से लथपथ पड़ा था। उसके बदन से कई जगह से उसका खून रिसता दिखाई दे रहा था।

पास ही लाल रंग में सना एक छोटा-सा चाकू छिटका पड़ा था।

मरीचिका

"हलो..." घंटी टनटनाने पर मैंने फोन को मुँह के पास लाकर कहा।

"तुम विवेक बोल रहे हो..." उसके स्वर में एक बेहिचक पहचान थी।

"हाँ..." मैं पशोपेश में था।

"पहचाना मुझे..."

"तुम, मनीषा..." मैं कुर्सी पर सीधे बैठ गया। एक तरंग मेरे शरीर में सितार के स्वर-लहरी की तरह गूँज उठी।

"यस डियर, मनी हियर..." उसने लयबद्ध स्वर में कहा और जोर से हँस दी।

"अरे..." मेरी उत्तेजना बढ़ने लगी, "तुम अचानक..."

"मैं तुम्हें सरप्राइज देना चाहती थी...चलो, तुमने आवाज तो पहचानी..." यकायक उसका स्वर सपाट और निस्पंद हो गया।

"अच्छा..." मैंने भी गंभीर होने का प्रयास किया, "क्या सचमुच तुमने सोचा था कि मैं तुम्हारी आवाज नहीं पहचानूँगा। मनी, तुम जानती हो तुम्हारी आवाज पहचानने के लिए मुझे कानों की आवश्यकता नहीं है क्योंकि वह मेरे कहीं बहुत अंदर तराशी हुई है..." शायद मुझे पता ही नहीं चला कि मैंने क्या कहा पर मुझे अपने कथन पर लज्जा भी आई और झेंप भी।

"फोन पर ये सब डॉयलाग नहीं," उसने प्यार भरे डपटते स्वर में कहा और जोर से खिलखिला दी।

"अच्छा ठीक है..." मैंने अपने को सँभाल लिया, "कहाँ से बोल रही हो ?"

"तुम्हारे शहर से..."

"रियली...दिल्ली कब आईं ?" अब सचमुच मेरे हृदय की धड़कनें बढ़ गई थीं।

"थोड़ी देर पहले..."

"अचानक..."

"हाँ, तुमसे मिलने का बड़ा मन था..." उसकी आवाज में एक कशिश आ गई।

"कहाँ से बोल रही हो ?"

"होटल पैराडाइज..."

"वेरी स्मार्ट..."

"अब तुम जल्दी आ जाओ। रूम थ्री ओ फाइव..." बेसब्री से उसने कहा।

"मैं अभी पहुँचता हूँ।" कहकर मैं स्प्रिंग की तरह कुर्सी से उठ खड़ा हुआ। उत्साह और उत्तेजना मेरे ऊपर इस बुरी तरह हावी थे कि मैं यह भी तय नहीं कर सका कि क्या कपड़े बदलूँ। स्कूटर की चाबी भी मेज पर ही रह गई।

मनीषा से मिले आज लगभग चार वर्ष बीत चले हैं। इन सालों में मेरा उससे पत्रों के माध्यम से संपर्क बना रहा है। वह भी तत्परता से लंबे और आत्मीय उत्तर भेजती रही थी। किंतु पिछले एक-डेढ़ साल से उसके पत्र संक्षिप्त और औपचारिक हो चले थे। इससे मुझे काफी बुरा लगता और अगले खत में शिकवे-शिकायतें भी करता। किंतु मनीषा पर इसका कोई प्रभाव नहीं हुआ था। उलटे इधर पिछले छह-सात महीने में मेरे तीन पत्र अनुत्तरित रहे थे। अनेक बार उससे मिलने की चाह मेरे मन में होती थी। पिछले पत्रों में मैंने उसे इस बारे में लिखा भी था। संभवतः उसकी एकाध पंक्ति हमारी भेंट का निमित्त बन जातीं। पर पिछले एक-डेढ़ साल में पत्रों से झलकता उसका रुख और इधर उसकी चुप्पी मुझे थामे रही।

वैसे भी थमना तो मुझे हर हालत में था ही। वक्त का पहिया रोड रोलर की भाँति हृदय के आलोड़न को काफी हद तक दबा देता है। अंतरंग के ज्वार-भाटे को समय चक्र कैसे नियंत्रित कर लेता है। पर यह भी सत्य है कि अंदर छिपे कोमल तंतु इतने नाजुक होने पर भी पूरी तरह क्षत-विक्षत नहीं होते। जब-तब अपना सिर उठाने का प्रयास करते हैं। अचेतन से चेतन का सफर बड़ा छोटा है शायद...मनीषा ने आज मुझे उसी स्थिति में खड़ा कर दिया था।

मन भी कैसे शरीर के सभी अंगों की शक्ति अपने में दबोच लेता है, इसका अहसास मुझे आज ही हुआ। स्कूटर तीसरे किक में भी स्टार्ट नहीं हुआ। उत्तेजना और झुँझलाहट का मिश्रण मेरे अंदर फैलने लगा था। होटल पैराडाइज यहाँ से लगभग चार किलोमीटर दूर है वरना एकाध किलोमीटर तो मैं संभवतः दौड़ ही जाता...उन दिनों भी हमारे पास स्कूटर नहीं था। हमारे हॉस्टलों में यही कोई एक किलोमीटर की दूरी थी और हम दौड़े-दौड़े मनीषा से मिलने जाते थे। हाँ, हममें मैं और मेरा दोस्त सचिन शुमार है। रुड़की में बी. ई. में हमारा प्रवेश एक ही साथ हुआ था। सचिन को तो मैं अपने कॉलिज से ही जानता था क्योंकि दोनों एक ही क्लास में थे। अलबत्ता सेक्शन अवश्य भिन्न थे। मनीषा ने गर्ल्स कालिज से इंटर पास किया था। स्टेशन पर जब हमारे मम्मी-पापा हमें छोड़ने आए थे तो वहीं मनीषा पहली बार हमें मिली थी। शायद हमारी पढ़ाकू शक्लों और एक अदद ट्रंक, नई अटैची व बिस्तर बंद ने हमारे गंतव्य का बोध उन्हें करा दिया था। उन्होंने हमारे मम्मी-पापा से आकर बात की थी। मनीषा से हमारा परिचय कराते हुए उन्होंने कहा था, ''चलो मनी, अब तुम अकेला फील नहीं करोगी। भइया लोग भी साथ रहेंगे...''

सचिन ने जोर से मेरी उँगली दबाई थी और मैं बमुश्किल अपनी हँसी रोक पाया था।

हम भाइयों ने तब उसकी ऊपर से नीचे तक पड़ताल की थी। गेहुँआ रंग, लंबे चेहरे पर संतरे के फाँक सी दो बड़ी आँखें, काली झबरी पलकें, उनके ऊपर सँवरी अर्ध चंद्राकार भौंहें, साँचे में ढली नाक, सफेद दंत-पंक्ति को छिपाए पतले, गुलाबी अधर और लंबे नख वाली पतली-पतली उँगलियाँ ...उसकी सुंदरता एक मीठी ठंडक की तरह हमारे अंदर फैली थी और हम अदंर ही अंदर एक अबूझ उत्तेजना से सिहर उठे थे। 'इस छोटे शहर में कहाँ छिपी थी अब तक...' सोचकर हम दोनों ने एक-दूसरे को देखा था।

उन दिनों लड़की हमारे लिए एक अजूबा थी...एक रहस्यमय गुदगुदा अहसास...लड़की के किसी अंग के स्पर्श के लिए हम तरसा करते थे। अंग स्पर्श तो क्या, उसके पास से निकलने पर दुपट्टे की छुअन ही हमें उत्तेजित कर देती। लड़की में से एक अद्भुत सुगंध हमें आती। हमें लगता था कि लड़कियाँ किसी महकते जल से स्नान करती हैं जिसकी सुवास पूरे दिन उनके

आस-पास मँडराती रहती है। हम यह भी सोचते थे कि प्रत्येक लड़की अपने बैग में परफ्यूम की शीशी अवश्य रखती है अथवा अपना रुमाल या दुपट्टा उससे भिगोकर लाती है। परफ्यूम हमारी औकात के बाहर थी। इसलिए बड़ी मुश्किल से खरीदे आफ्टर शेव को ही हम चेहरे और कभी-कभी कमीज पर भी लगाकर जाते थे।

ट्रेन में हम दोनों उसके सामने आपस में सटकर बैठे थे। वह मिल्स और बून पढ़ती रही थी और हम उसके नख-सौंदर्य, चेहरे की भाव-भंगिमा और शब्द दर शब्द पढ़ती उसकी आँखों का प्रयोगशील विश्लेषण...मन ही मन कभी हम उसके बालों की लंबाई नापते तो कभी उसकी कोमल मांसलता का अहसास हमारे हाथों पर रेंगने लगता। वह अपने बैठने की दशा में परिवर्तन करती तो हम एक दूसरे को चिकोटी काटते। वह आँखें बंद कर कुछ देर सुस्ताती तो उसकी बंद पलकों में नीले आकाश का क्षितिज चमकने लगता और एकाएक आँखें खुलने पर जैसे रंग-बिरंगी तितलियाँ निकलकर हमारे सामने उड़ने लगतीं। हर आधा-पौना घंटे बाद टॉयलेट का गलियारा निष्कर्षों के आदान-प्रदान और विचार-विमर्श का केंद्र बनता। इसी सुरूर में जब रुड़की आ गया तो फर्राटा पंजाब मेल को जी भर के कोसा हमने। पहली बार पैसेंजर गाड़ियों की अहमियत समझ में आई और सच मानिए, अगले दो साल हमारी यात्राएँ (मनीषा सहित) सहारनपुर पैसेंजर से ही होती थीं।

छोटे शहर के महाविद्यालय से यूनिवर्सिटी हम अनेक कल्पनाओं से घिरे गए थे। हम सोचते थे कि विश्वविद्यालय में लड़कों के अनुपात में ही छात्राओं को प्रवेश दिया जाता होगा वरना पिक्चरों और टी. बी. सीरियलों में कॉलिज का हर लड़का एक लड़की को लेकर कैसे घूमता। मनीषा ने रास्ते में ही इस समस्या को खड़ा कर दिया था क्योंकि हम दोनों को ही वह भा गई थी, हालाँकि अपने स्वर्णिम भविष्य को देखते हुए हमने मनीषा के संबंध में फैसला मुल्तबी कर दिया था।

किंतु रुड़की विश्वविद्यालय तो इस मायने में पूरी तरह अकालग्रस्त साबित हुआ, तीन सौ छात्रों में केवल पाँच छात्राएँ थीं, जैसे ठूँठ खड़े पेड़ों के जंगल में पाँच फलदार वृक्ष...इसी से आप हमारे भविष्य की आपाधापी, जूझ और तनाव का अंदाजा लगा सकते हैं...

प्रवेश होने के तीसरे माह तक ही मनीषा हमसे अच्छी तरह घुलमिल पाई

थी। हमें इस पर हैरत थी क्योंकि रेल यात्रा और उसके बाद हुई कुछ मुलाकातों में उसका हमारे साथ व्यवहार फिल्मों में नायिका का मामा जीवन या भाई के जिगरी दोस्त खलनायक प्राण के साथ जैसा था। शायद वह भी हमारी तरह यूनिवर्सिटी में राजेश या विनोद खन्ना या जितेन्द्र को मन में बिठाकर आई थी। एक बार मैंने मनीषा से यह कहा तो वह हँसकर बोली थी, "सच विवेक...पर मैंने क्या सोचा था कि अपने शहर के लल्लू ही यहाँ के दी बेस्ट हैं..."

पता नहीं उन दिनों मनीषा के मन में हमारे लिए क्या भाव था पर हम दोनों ही उसे अपना संयुक्त उद्यम मानते थे। प्रायः साथ ही मिलते। साथ घूमने और पिक्चर देखने की हम दोनों में उन दिनों विशेष संधि थी। पता नहीं यह हमारा एक-दूसरे पर अविश्वास था अथवा अपने पर...कम से कम मुझे तो ऐसा लगता था कि अकेले में मैं मनीषा से कुछ बोल ही नहीं पाऊँगा ...सच तो यह है कि मुझे कम या न बोलने का भी इतना भय नहीं था जितना यह आशंका मुझे घेरे रहती कि अकेले में मेरे हाथ गलत ढंग से न चल जाएँ जिसकी प्रेरणा मैं और सचिन लगातार एक-दूसरे को देते रहते थे।

उस पहले सत्र में हम अनेक स्थानों पर साथ घूमने गए, कई पिक्चरें साथ देखीं। मनीषा का व्यवहार हमारे साथ बड़ा अटपटा-सा होता। एक से बातें करते हुए वह दूसरे की उपस्थिति को पूरी तरह नकार जाती। पिक्चर हाल में हम दोनों के बीच बैठी मनीषा कभी मुझसे और कभी सचिन से इतनी देर तक इस तरह बतियाती मानो दूसरी ओर बैठा व्यक्ति नितांत अपरिचित और अनजान है। लौटने पर हम दोनों एक-दूसरे पर बड़ा झल्लाते थे।

आगे चलकर हम मनीषा के व्यवहार से बड़े त्रस्त हो चले थे। शायद मनीषा ने अपने अंदर कुछ हिस्सा-बाँट कर लिया था। कभी हफ्तों वह मुझसे ही बातें करती, मुझसे ही घूमने को कहती और पिक्चर भी अकेले मेरे साथ जाना चाहती। और कभी यह क्रम सचिन के साथ चलता और मैं बेचारा-सा बना यह सब झेलता रहता तथा अपनी बारी की प्रतीक्षा करता। अब हमारी दृष्टि में प्रतियोगी का भाव झलकने लगा था। मन के अंदर बैठा चोर तब हमें खुलने नहीं देता। अब हम पढ़ाई के नाम पर मनीषा के बारे में बातें करने से कतराते। मनीषा से चोरी-छिपे मिलते और उसके साथ गुजारे वक्त की दूसरे से चर्चा तक नहीं करते। सच तो यह है कि हमारे बीच गलतफहमी

एक लंबे अरसे बाद दूर हुई।

वे दिन बड़े पशोपेश भरे थे। हम न आपस में कुछ कह पाते और मनीषा से कुछ कहने का साहस भी हममें नहीं था। हमें दोनों एक-दूसरे की प्रगति के रोमांटिकतम् (बकौल सचिन) कयास लगाते और बड़े परेशान हो चलते। कुछ दिन मन बड़ा भारी और अनमना-सा रहता। अकेलापन हॉस्टल के कमरे में मुँह बाए-सा ललकारता रहता। किंतु जब मनीषा के साथ ग्रह अनुकूल हो जाते तो पुरानी बातें दिमाग से फुर्र हो जातीं। लेकिन अक्सर यह सोचकर मुझे बड़ी कोफ्त होती कि लगभग तीन वर्षों का साथ होते हुए भी कभी उसका हाथ भी ठीक से नहीं पकड़ा था। तब मुझे बड़ी बेचैनी और झुँझलाहट होती। ऐसे में सचिन को मैं गौर से देखा करता था मानो मनीषा के चुंबन उसके होंठों और गालों पर तराशे हुए हैं। किसी दिन वह अधिक प्रसन्न दीख पड़ता तो मन की उड़ान कहाँ तक नहीं पहुँच जाती। उस समय हृदय एक जलन भरी कसक से कराह उठता...

शायद सचिन भी ऐसी ही मनःस्थिति से गुजर रहा था। उसके चेहरे के हाव-भाव से यह साफ जाहिर हो जाता। उन दिनों वह नियमित दाढ़ी नहीं बनाता था और कुछ खास कपड़े तिरस्कृत होकर रूम में पड़े रहते। यूनिवर्सिटी छोड़ने के दो वर्ष बाद मुझसे उसने यह स्वीकार भी किया था। तब तक मैं दृश्य से पूरी तरह हट गया था और सचिन और मनीषा का 'अफेयर' जग जाहिर था।

फिलहाल अभी बी. ई. के आखिरी साल का खुलासा करना शेष है। मनीषा मेरे जीवन में एक अनिवार्यता की तरह प्रवेश कर गई थी। जब-जब मैं उससे मिलता एक अद्‌भुत-सी उत्तेजना मुझमें तरंगें भरने लगतीं। मैं एकाएक अत्यंत संवेदनशील हो चलता। मुझे यह भी आभास होता कि मनीषा भी मुझे लेकर काफी गंभीर है। वह स्वयं ही लंबे-चौड़े कार्यक्रम बनाती।

"इस संडे को किसी ऐसी जगह चलो जहाँ हमें यूनिवर्सिटी का कोई आदमी न मिले..." उन दिनों वह अक्सर मुझसे कहती।

मेरा हृदय उछलने लगता। जंगल में बसे शाकुंबरी देवी के मंदिर से लेकर देहरादून की राबर्स केव और डाक-पत्थर, कहाँ-कहाँ नहीं गए हम। (बाद में मुझे पता चलता कि सचिन के साथ भी वह इन सब स्थानों पर जा चुकी

थी) पर वहाँ पहुँचने के कुछ ही देर में वह ऊबती सी दीखती। ''बोर हो गए यार...'' प्रायः वह कह देती। कभी मैं कारण पूछ लेता तो बड़े ठंडे स्वर में कहती, ''विवेक, मैं सोचती थी कि यहाँ बहुत अच्छा लगेगा। पर इस स्थान में वह बात नहीं...'' आरंभ में मैं 'उस बात' को खोजने का प्रयास करता किंतु बाद में यह सुनना मेरी आदत में आ गया था।

न जाने कौन-कौन सी योजनाएँ बनाकर मैं जाता था। वह स्वयं कभी हँसी में और कभी गंभीर होकर अपनी सारी बातें मुझसे कह देती—मसलन, ''तुम बहुत अच्छे हो'', ''बहुत प्यारे दोस्त हो तुम'', ''मैं तुमसे कभी दूर नहीं होना चाहती'' इत्यादि। और कभी मैं अपनी भावनाओं का इजहार करने का प्रयास करता तो जैसे उपहास भरे स्वर में टोक देती, ''विवेक, डोंट बी सीरियस...हम इतने अच्छे दोस्त तो हैं...'' और जोर से हँस देती।

मैं बुरी तरह झेंप जाता।

''कभी मुझे अपनी बात कहने दो मनी...'' उस दिन ऋषीकेश में लक्ष्मण झूले के निकट बैठे मैंने कहा था।

मुझे लगा मानो उसके चहकते चेहरे पर भटकाव और संशय का ग्रहण लगने लगा। वह बिना कुछ कहे उठकर चल दी और मैं देर तक उसे झूले के पार अकेला खड़ा देखता रहा। जिद में मैं भी वहीं बैठा रहा और काफी देर बाद उसके पास गया था। उसकी दृष्टि में अपरिचय और अनभिज्ञता का भाव था। एक तितली उसके हाथों में थी जिसे वह देर तक निहारती रही थी।

''कितनी सुंदर है...'' नुकीले मौन को मैंने तोड़ने का प्रयास किया।

''हूँ...'' मेरी ओर बिना देखे वह स्पंदहीन स्वर में बोली, ''पर गंगा जल, कल-कल करती लहरें शायद इससे भी अधिक...'' उसने तितली को अचानक मुक्त कर दिया और उसके हाथ लहरों में झूलने लगे।

''चलो, कुछ खा लें...'' मैंने प्रसंग बदलकर संवादहीनता और तनाव को पिघलाना चाहा।

''चोटी वाले के यहाँ...'' कहकर उसने हाथ भरे पानी की छपाक मेरे मुँह पर मार दी और जोर से हँस दी।

उसके व्यवहार की अप्रत्याशित रहस्यमयता मेरे लिए बड़ी पेचीदी हो गई थी। यह उलझन कभी मुझे चुनौती लगती तो कभी निपट हताशा...मुझे अपने

और मनीषा पर गुस्सा भी आता था। अपने पर क्रोध से भी अधिक दया आती क्योंकि अन्य संगी-साथियों में हमारा प्रचार लैला-मजनू की तरह हो गया था। यह तो हमें कुछ दिनों बाद ही पता चला कि लैला-मजनू की उपाधियाँ मुझे और मनीषा को न देकर मुझे और सचिन को दी गई थीं। इससे हमारी झेंप का अंदाजा आप लगा सकते हैं। मित्रगण सचिन के किस्से मुझे और मेरी करतूतें उसे बड़े शायराना अंदाज में बतलाते थे। तब हमारे दिमाग का फ्यूज पूरी तरह उड़ा रहता।

जाती तौर पर मुझे मनीषा के व्यवहार को लेकर बड़ा रंज था। उसके व्यवहार का उतार-चढ़ाव मेरे अंदर ज्वार-भाटा पैदा कर जाता। कभी मेरा अंतर्तम उसकी चाहत से अभिभूत होकर हिलोरें लेने लगता किंतु दूसरे ही पल सब एकाएक बड़ा सपाट, जड़ अथवा मुरझाया सा लगता। कभी साहस करके उसके हाथ पर मैंने अपना हाथ रखा भी तो 'सॉरी' कहकर वह अपना हाथ ऐसे झटक लेती जैसे कोई अपरिचित उसे स्पर्श कर निकल रहा हो। पिक्चर ऐसी तल्लीनता से देखती मानो किसी दूसरी दुनिया में विचरण कर रही हो। किंतु मेरी उँगली का स्पर्श भी उसे पूरी तरह सचेत कर देता...उस दिन घने कोहरे में वह मिली तो चहककर मेरे गालों पर अपने हाथ मलते हुए बोली, "देखो विवेक, कितनी ठंड है..." पर जब मैंने कहा, "देखूँ, तुम्हारे हाथ कितने ठंडे हैं..." तो हँसकर बोली, "बायाँ या दायाँ..." और अपने हाथ कोट की जेब में ऐसे खोंस लिए जैसे मेरे हाथों से छूकर पिघल जाएँगे...

इन्हीं दिनों हमें एक और त्रासदी का सामना करना पड़ा था। सचमुच यह मेरे और सचिन के लिए एक हादसा ही था जब हमें पता चला कि मनीषा विकास झा के साथ भी घूमती-फिरती देखी गई है। हमें लगा कि हमारा पत्ता ही साफ हो गया क्योंकि विकास हमारी ब्रांच के टापर्स में से था। उसके पिता भी एक वरिष्ठ अधिकारी थे और उन दिनों भी येजदी लेकर घूमता था। पहली बार जब हमने मनीषा को विकास के साथ पिक्चर हाल में देखा था तो हम अधूरी पिक्चर छोड़कर चले आए थे। उस दिन मनीषा को लेकर हम बड़े व्यथित और कहीं उग्र से थे। हमारी संवादहीनता उस दिन ढह गई थी।

"देखा तूने, मनीषा हमसे बिना कहे पिक्चर देखने चली गई और कल मैंने उससे पिक्चर देखने के लिए कहा था तो बोली कि यार, इक्जाम पास है, काफी पढ़ना है..." सचिन बौखला उठा था।

"हाँ यार, साली पागल हो गई है, दिमाग खराब हो गया है उसका। मैं काफी समय से उसके व्यवहार में परिवर्तन को देख रहा था...आज सत्यता का पता चला..." मैं भी उतना ही उद्विग्न था।

"सच यार," सचिन ने लंबी साँस ली, "लगता तो मुझे पहले से ही था कि वह मुझे बेवकूफ बना रही है। आज कारण पता चला है..." उसकी आवाज बड़ी गीली हो चली जो आँखों में आकर चमकने लगी थी।

"तू ठीक कहता है सचिन..." मेरा स्वर भी पिघल रहा था, "तुझे ही नहीं, हम दोनों को...अपना मतलब था तो हमें घुमाती रही। अब तो विकास मिल ही गया।"

उस दिन खुलकर हम दोनों ने एक-दूसरे के अंदर छिपे रहस्यों का पर्दाफाश किया था। दुख की भागीदारी हमारी भावनाओं को सहेजने में बड़ी सहायक रही थी। राहत इस बात से अधिक थी कि भँवर चक्र का विस्तार हम दोनों के ही इर्द-गिर्द है। समान व्यथा का अनुभूतिजन्य संतोष कितना अद्‌भुत था। रात में झुँझलाकर मैंने कहा था, "यार कभी मनी का हाथ तक नहीं पकड़ा..." तो सचिन चिढ़कर बोला, "और तू समझता है कि मैं उसे बाँहों में लेकर घूमता हूँ। गुरू अपन भी वहीं के वहीं हैं..." सुनकर मुझे हँसी भी आई और बड़ी राहत भी मिली...

हमने उससे आगे न बात करने का फैसला लिया था। लेकिन यह निर्णय बड़ा अल्पजीवी रहा। अगले दिन ही वह मुझसे बड़ी गर्मजोशी से मिली थी और बाजार चलने का आग्रह करने लगी। मेरे इनकार करने पर मेरा हाथ पकड़कर बोली, "मुझसे गुस्सा हो..." उसकी वाणी में विचित्र खिंचाव था और आँखों में चाहत की अचूक चमक...मेरा सारा रोष कपूर की तरह जलकर पिघल गया। स्मित की लहरें मेरे चेहरे पर फैलने लगीं।

मैंने सोचा था कि आज वह मुझसे क्रोध का कारण अवश्य पूछेगी तो मैं अपनी सारी शिकायतों का पुलिंदा उसके सामने खोल दूँगा लेकिन उसने वह अवसर ही नहीं दिया। राह में वह मेरे साथ ऐसे चलती रही जैसे लिफ्ट लेकर किसी अजनबी की गाड़ी में बैठी हो। हम हमेशा की तरह बाजार घूमकर अपने हॉस्टलों में लौट आए थे।

मैं विचलित हो चला था। उस दिन पहली बार मेरे मन में यह भावना आई थी कि मनीषा हमारे साथ फ्लर्ट तो नहीं कर रही। अगले कई दिन

अत्यंत तनावग्रस्त रहे। अब मनीषा मिलती तो मैं सहज होने के बजाय उसके व्यवहार का विश्लेषण करता रहता। उसका व्यवहार पूर्ववत था—बड़ा स्वाभाविक, खुला निरुद्देश्य और आत्मीय...चाहकर भी मैं उसमें कोई खोट नहीं ढूँढ़ पाया था। मुझे अपनी सोच पर बड़ी ग्लानि हुई थी।

गुनगुनी सर्दी के एक दिन हम हरिद्वार घूमने गए थे। हर की पौड़ी पर पानी में पैर डालकर हम देर तक बैठे रहे थे। वह शांत और स्थिर थी और मैं बड़ा गंभीर...एकाएक मेरे अंदर कुछ उफनने लगा अपने हृदय की छटपटाहट को मैं दबा नहीं सका।

"मानी, मुझे कुछ कहना है और प्लीज, तुम रोकना नहीं आज..."

वह पैरों से लहरें छपछपाती रही और एक झीनी सी मुसकान उसके चेहरे पर तैर गई।

"मनी, मैं नहीं जानता तुम मेरे बारे में क्या सोचती हो पर मैं आजकल बड़ा परेशान हूँ..."

"भला क्यों..." उसने बड़े भोलेपन से पूछा।

"तुम वास्तव में नहीं समझतीं ?"

"थोड़ा-थोड़ा..." कुछ देर चुप रहकर उसने कहा और धीरे से मुसकरा दी।

"फिर..."

"फिर क्या...हम इतने अच्छे दोस्त तो हैं..."

"केवल दोस्त..."

एकाएक उसके चेहरे पर कई रंग आए और उतरते चले गए। गंभीर मुद्रा में वह कहीं खो सी गई। उसके पैरों की गति थम गई और शायद समय भी...

"बोलो मनी..." कँटीली प्रतीक्षा मुझे रोक नहीं सकी।

"फिलहाल हाँ..." बड़े रूखे स्वर में बोली वह।

"फिलहाल क्यों..." मेरी उत्तेजना में उग्रता समा गई।

"क्योंकि मैं कोई निर्णय लेने में असमर्थ हूँ। विवेक, मैं जल्दबाजी में कोई फैसला नहीं लेना चाहती..." निरासक्त भाव से कहा उसने।

"कैसी जल्दबाजी...हम दोनों एक-दूसरे को इतने सालों से जानते है।..." मैं आवेश में आ गया।

"जानती तो मैं सचिन को भी हूँ..." उसने बिना संकोच कहा।

"और विकास को भी..." मुझसे रहा नहीं गया।

"हूँ...पर तुम दोनों से काफी कम..." मेरे कथन का उस पर कोई प्रभाव नहीं हुआ। उसका चेहरा बड़ा उदासीन था।

"और तुम हम तीनों को ही बराबर चाहती हो..." मैं चिढ़ गया था।

उसने नजरें घुमाकर मेरी ओर देखा।

"तुम क्या सुनना चाहते हो..."

मैं चुप रहा और वह कहीं खोई-सी बैठी रही। अपनी नजरें उसने पानी पर जमा दी थीं।

"शायद हाँ..." कुछ देर बाद वह निर्विकार भाव से बुदबुदाई थी।

मेरा सिर भन्ना गया। तनाव से मेरे मस्तिष्क की नसें चटखने लगीं। अंदर ही अंदर मुझे उससे घिन सी हुई। मन हुआ कि मनीषा को छोड़कर भाग चलूँ। आँखें बंद कर मैंने अपने को समूचे वातावरण से असंपृक्त करने का प्रयास किया। किंतु बंद दृष्टि दृष्ट्वा को ओझल करती है क्या...

"विवेक, मुझे समझने की कोशिश करो..." अब उसका स्वर बड़ा परिचित और आत्मीय था। उसका हाथ मेरे हाथ पर था।

मेरे संयम का बाँध टूट गया।

"मनी, मुझे क्या समझना है, साफ-साफ बतलाओ न। एक-दूसरे को समझने में इतना समय लगता है क्या। कभी प्यार कभी दुत्कार, कभी चाहत कभी दुराव, कभी निकटता कभी दूरी, कभी अपना कभी बेगाना..., आखिर मुझे क्या समझना है..." मेरा स्वर रुँधने लगा था।

मेरा आवेग उसे उद्वेलित नहीं कर सका। वह ठस्स सी बैठी रही गुमसुम और निस्पृह...

"शायद तुम्हें नहीं, समझना मुझे है विवेक..." भर्राए स्वर में कहा उसने। उसकी आँखों में नमी झलकने लगी थी।

उस दिन एक लंबा मौन हम दोनों के बीच आकर ठहर गया था। ऊपर सूरज की गरम किरणें थीं और नीचे गंगा का शीतल जल...अंदर एक लावा था और बाहर एक ठंडापन...गंगा में बहती कागज की छोटी-छोटी नावों की तरह मन हिचकोले खाता रहा था। गंगा के दूसरे तट पर स्नान कर रहे स्त्री-पुरुषों पर मेरी आँखें देर तक जमी रही थीं। ब्रह्म कुंड में यदा-कदा बजने

वाले घंटे मन को अंदर तक चोट करते रहे थे।

बाहर से शांत दिखने पर भी शायद मनीषा अंदर तक हिल गई थी। पानी की लहरों को मुट्ठी मे बाँधकर वह बार-बार हाथ बाहर लाती और देर तक खाली हाथों को देखती रहती।

हर की पौड़ी का सेतु पार करते ही मेरे और मनीषा के मध्य बना सेतु जैसे ढह गया था। कम-से-कम मुझे तो ऐसी ही अनुभूति हुई थी। मैं यह तो नहीं कह सकता कि उस दिन मनीषा से बातें करने के बाद मेरे अंदर उसके लिए कोई घृणा पैदा हो गई थी। सच तो यह है कि मुझे पहली बार उस पर बड़ा तरस आया था। पता नहीं क्यों, मुझे ऐसा लगा था कि कम से कम मैं अपने को इस त्रिकोणीय संघर्ष से हटाकर मनीषा के द्वंद्व को किसी सीमा तक कम कर रहा हूँ।

बी. ई. के बाद मेरी केंद्रीय लोक निर्माण विभाग में नौकरी लग गई और मैं दिल्ली चला आया। विकास भी एम. टेक करने खड़कपुर चला गया। और सचिन तथा मनीषा दोनों ही रुड़की में एम. ई. करने लगे। मुझे लगा कि सचिन से अधिक मनीषा के लिए यह हितकर था।

सचिन और मनीषा का मेलजोल अब यूनिवर्सिटी का चर्चा-बिंदु बन गया था। मनीषा के पत्र मेरे पास लगातार आते थे। किंतु वह सचिन का कोई उल्लेख नहीं करती। लेकिन सचिन के पत्रों से उसकी गंभीरता साफ-साफ झलकती। उस बार किसी कार्यवश वह दिल्ली आया था तो उसने स्पष्ट रूप से मनीषा से विवाह करने की बात कही थी। सुनकर मुझे अच्छा भी लगा किंतु पता नहीं क्यों, मैं उससे पूछ बैठा था, ''यार, मनीषा भी अब इतनी ही सीरियस है न या पहले जैसा...''

''नहीं विवेक, अब तो वह स्वीकार करती है कि वह मुझसे प्यार करती है।''

''दैट्स ग्रेट...'' मैं बरबस मुसकरा दिया, ''पर गुरू, कभी हाथ भी पकड़ पाए...''

''यार, तुम भी 'आलमआरा' और 'देवदास' के जमाने की बातें करते हो। हाथ तो उस जमाने में पकड़ा जाता था। अब तो 'दि बोल्ड एंड ब्यूटीफुल' और 'बनेगी अपनी बात' का समय है। कुछ समझे...''

हम दोनों देर तक हँसते रहे थे। मन ही मन मुझे सचिन से ईर्ष्या भी

हुई थी और संतोष भी। इसका कारण मैं आज तक नहीं समझ सका।

"तो फिर मैरिज में क्या देरी है..." कुछ देर बाद मैंने पूछा था।

मुझे लगा कि मेरा प्रश्न बड़ा सहज और सामान्य है किंतु सुनकर सचिन जैसे गहरी सोच में डूब गया। उसके चेहरे की गुलाबी रंगत जर्द हो गई। शब्द कहीं खो गए। उसकी चुप्पी मुझे भी अंदर तक बेचैन कर गई।

"सचिन..." कुछ देर बाद मैंने धीरे से कहा।

"यार, शादी के नाम वह थोड़ा पीछे हटती है। कहती है अभी एकाध साल बाद..." उसका स्वर उदास था।

"कारण...क्या सर्विस की वजह से..."

"नहीं...नौकरी का तो उसने कभी नाम तक नहीं लिया..."

"पर तुमने इस बारे में पूछा तो होगा..."

"कई बार...कभी तो वह चुप रहती है और कभी केवल यह कहती है कि मुझे कुछ वक्त दो..."

"वक्त..." मैं प्रायः चीखने लगा, "व्हाट नॉनसेंस...कैसा वक्त और क्यों...छह साल कम होते हैं। इज शी मैड..." पता नहीं क्यों, मुझे लगा मनीषा मेरे साथ हर की पौड़ी पर बैठी है। उस दिन का पूरा घटनाक्रम मेरी आँखों के सामने घूम गया। एक अजीब-सी बौखलाहट मेरे अंदर भर गई।

"पर क्यों सचिन..." कुछ देर बाद अपने को संयत करके कहा मैंने।

"एक बार मेरे बहुत जोर देने पर बोली थी कि मैं आश्वस्त होना चाहती हूँ कि हम दोनों एक-दूसरे के योग्य हैं..." उसका स्वर बड़ा भारी व कातर हो गया था, और चेहरा अत्यंत दयनीय...

मैं स्तब्ध रह गया।

"मैं समझा नहीं..."

"न ही मैं..." बुझी आवाज में बोला वह, "विवेक, सधी चाल चलते-चलते कोई लड़खड़ाने लगे, मनी की भी दशा कुछ-कुछ वैसी ही है। कभी-कभी अजीब सी बातें करती है। एक दिन मुझसे पूछने लगी कि तुमने अपनी पत्नी के बारे में जो कल्पना की थी, वह सब मुझमें है। मैंने हाँ कहा और यही प्रश्न अपने संदर्भ में मैंने दोहराया तो बड़ी परेशान हो चली वह। मेरे जोर देने पर बस इतना बोली कि समझ सकती तो अवश्य उत्तर देती..."

सचिन से मिलकर कई दिनों तक मैं काफी परेशान-सा रहा था। आरंभ

में मुझे मनीषा पर क्रोध और सचिन पर तरस आता रहा था किंतु बाद में मुझे मनीषा पर अधिक दया होने लगी। कई बार मैंने मनीषा से भेंट करने का भी मन बनाया किंतु मनीषा को इतनी अच्छी तरह जान लेने के बाद मुझे अपने प्रयास में कुछ सार्थकता नजर आती नहीं दिखलाई थी।

इसके कुछ महीनों बाद अचानक एक दिन सचिन ने मुझे अपनी और मनीषा की सगाई होने की फोन पर इत्तिला दी थी। मैं बड़ा प्रसन्न हुआ था और ऑफिस में मिठाई तक बाँटी थी मैंने। मेरे सहकर्मी मेरे उल्लास पर चकित थे। सचमुच मुझे एक व्यक्तिगत उपलब्धि प्राप्त होने का अहसास क्यों हुआ था, मैं स्वयं भी ठीक प्रकार से नहीं समझ पाया। मैंने दोनों को ही बधाई के अलग-अलग संदेश भेजे थे। सचिन का लंबा उत्तर आया था किंतु मनीषा ने कोई जवाब नहीं दिया। इस पर मुझे बड़ी हैरत थी।

अगले कई पत्रों में मैंने सचिन से उनके विवाह के कार्यक्रम के बारे में पूछा था किंतु हर बार उसके उत्तर में विवाह का कोई जिक्र नहीं होता। मेरी परेशानी बढ़ना स्वाभाविक था। मैंने मनीषा को भी कई पत्र लिखे, किंतु उसके उत्तर भी इस बारे में शांत रहते।

इन्हीं दिनों एक दिन कनॉट प्लेस में घूमते विकास मिला था। कॉफी हाउस में हम देर तक बैठे रहे थे। विश्वविद्यालय की यादें ताजा होती रहीं। मनीषा का संदर्भ आना स्वाभाविक था किंतु यह देखकर मैं चकित था कि एकाएक उसके चेहरे पर दुःख और बेचारगी झलकने लगी थी। मैंने सोचा था कि वह मनीषा के बारे में जानने को काफी उत्सुक होगा किंतु ऐसी कोई जिज्ञासा उसमें नहीं दिखलाई दी। सचिन और मनीषा की सगाई की सूचना पर भी उसमें कोई प्रतिक्रिया परिलक्षित नहीं हुई। मैं हैरत में था।

''रुड़की जाना हुआ ?'' मैंने घुमा-फिराकर अपने मंतव्य का प्रश्न किया।

''हाँ, एक बार गया था। एक साल पहले...''

''यों ही या...''

''नहीं, मनी का लेटर आया था...''

''क्यों...'' चौंकते हुए अचानक मेरे मुँह से निकल गया।

''ऐसे ही...उसने मिलने को लिखा था। पूजा ब्रेक में चला गया। एक हफ्ते रहा था। बहुत अच्छा लगा।''

सालों पुरानी ईर्ष्या मेरे अंदर फिर फड़फड़ाने लगी। वह दिन याद आने लगा जब पहली बार मनीषा को विकास के साथ हमने पिक्चर हाल में देखा था। उस दिन की बेचैनी आज फिर मेरे अंदर उमड़ने लगी।

"मनी पिछली गर्मियों में खड़कपुर भी आई थी..." जले पर नमक छिड़कने जैसा उसने बतलाया था।

विकास से मिलकर मैं कई दिन तक परेशान और विचलित रहा था। मनीषा और विकास के मध्य लगातार बना संपर्क मुझे अंदर ही अंदर सालता रहा था।

इसके कुछ ही समय बाद मुझे ज्ञात हुआ कि सचिन और मनीषा की सगाई टूट गई थी। जानकर मुझे एक गहरा आघात अवश्य पहुँचा था किंतु पता नहीं क्यों, मुझे कोई विशेष आश्चर्य नहीं हुआ। अब मनीषा ने मुझे पत्र लिखना भी बंद कर दिया जिसका उल्लेख मैं ऊपर कर चुका हूँ।

कई बार मन हुआ कि मनीषा से जाकर इस बारे में विस्तार से चर्चा करूँ, किंतु मुझे लगता कि मैं उससे इस बारे में क्या और कैसे बात करूँगा। उसकी मनःस्थिति की एक उदास और भयावह सी छवि मेरे अंदर अक्सर उभरती रही थी...

आज होटल पहुँचने तक उसका वही रूप मेरी आँखों के सामने तैरता रहा था।

स्कूटर खड़ा करके मैं रिसेप्शन तक पहुँचा ही था कि मनीषा मेरे सामने खड़ी थी।

"हलो विवेक..." उसने गर्मजोशी से मुझसे हाथ मिलाया। "रूम में बैठकर मैं तुम्हारा वेट ही नहीं कर पा रही थी। सोचा तुम्हारा नीचे ही वेलकम करूँ।"

उसके चेहरे पर लुभावनी मुसकान थी। चार साल के अंतराल में उसका बदन थोड़ा भरा हुआ लग रहा था और रूप पूरी तरह खिला-खिला...मैरून बेस पर पीले फूलों वाली साड़ी और कंट्रास्ट का ब्लाउज पहने वह काफी आकर्षक लग रही थी। संभवतः उसने बालों की भी सेटिंग करा ली थी जो उसके लंबे चेहरे पर खूब फब रहे थे।

वह मेरा हाथ पकड़े ही लिफ्ट की ओर बढ़ी थी। कुछ नजरें हमारे ऊपर टिक गई थीं। अंदर एक गुदगुदाहट थी किंतु बाहर मैं अटपटा-सा अनुभव

करने लगा।

“इतने सालों बाद तुमसे मिलकर कितना अच्छा लगा है...” मैंने सामान्य होते हुए कहा।

“और मैं तो आई ही इसलिए हूँ...” कहकर वह जोर से हँसी थी।

कमरे में हम आमने-सामने कुर्सियों पर बैठ गए थे। कुछ ही देर में वेटर चाय की ट्रे वहाँ रख गया था। मनीषा चाय बनाती रही और मैं एकटक उसे देखता रहा। स्टेशन पर मिली मनीषा से लेकर यूनिवर्सिटी में बिताए अनेकानेक दिन मेरी आँखों के सामने तैरते रहे। उसके साथ अकेली देखी वह पहली पिक्चर याद आने लगी जब मैं पिक्चर हाल की कुर्सी में सिमटा बैठा रहा था और फिल्म से अधिक उस बात पर उत्तेजित और प्रफुल्लित था कि मनीषा अकेले मेरे साथ पिक्चर देखने आई है। दृश्यों के पर्दे उठते और गिरते गए। मनीषा द्वारा मेरे बारे में कहे अनेक वाक्य मेरे कानों में गूँजते रहे। उस धुंध में उसके कोमल ठंडे हाथों द्वारा मेरे गालों का स्पर्श आज फिर गर्मी पहुँचाने लगा था।

वार्ता का क्रम मेरी नौकरी और रहने-खाने के प्रश्नों से आरंभ हुआ। मम्मी-पापा, भाई-बहन के कुशल-क्षेम की भी उसने जानकारी ली। कई पुरानी बातें भी याद करती रही। चार वर्ष के अंतराल में जमी संवादहीनता धीरे-धीरे पिघलने लगी।

“तुम भी कुछ बात करो या आज मुझे ही बोलना है...” उसने कुछ देर बाद कहा तो मैं मुसकरा दिया। लगभग उसी के प्रश्नों की पुनरावृत्ति मैंने भी की थी और बहुत शीघ्र सचिन पर आ गया।

“सचिन से मिली ?”

“इधर काफी दिनों से नहीं...” उसका स्वर गंभीर हो गया।

“क्यों ?” मैंने साहस बाँधकर पूछा।

“शायद वह मिलना ही नहीं चाहता...” बड़े तटस्थ भाव से कहा उसने।

“और तुम ?”

“मैं, आई डोंट माइंड...” वह लापरवाह अंदाज में बोली।

“पर मनी, इतना सब कुछ होने पर भी...” मैं सीधे विषय पर आ गया।

“हाँ विवेक...” उसने गहरी साँस लेते हुए कहा, “पर सगाई टूटने पर क्या दोस्ती भी टूट जाती है ?

उसकी सरलता और सहजता पर मुझे हँसी भी आई और खीझ भी।

''तुम इसे मामूली बात समझती हो ?''

''मामूली नहीं भी सही, पर मुझे लगता है कि हमारे बीच जो मित्रता का मूल संबंध था, वह तो कायम रह सकता है...''

''इमपोसिबुल...मंजिल पहुँचने से पूर्व हुई दुर्घटना क्या पूरी यात्रा को समाप्त नहीं कर देती, रास्ते के पड़ाव बेमानी नहीं हो जाते क्या...''

''मैं तो ऐसा नहीं सोचती...'' उसने विश्वास भरे स्वर में कहा, ''उस यात्रा के वे पड़ाव आज भी कितना सुख देते हैं। तुम अपने को ले लो...तुम्हारे साथ बिताया वह सारा समय क्या स्मृति से कभी लुप्त हो सकता है ?''

अपना संदर्भ आने से मेरे बदन में एक फुरफुरी-सी दौड़ गई।

''मेरी बात और है...'' मैंने अपने को सँभाला, ''मुझे तो कोई मंजिल ही नहीं दिखलाई दी जिस पर मैं आगे बढ़ता। पर सचिन...'' कुछ देर शांत रहकर मैं उसके चेहरे पर प्रतिक्रिया भाँपने लगा।

''मनी, यह सब आखिर क्यों हुआ ?''

वह कुर्सी पर पीछे टिक गई और उसकी नजरें छत पर जम गईं। लंबी गरदन की उभरती नसें साफ-साफ दिखने लगीं। जिसके दोनों ओर लटके ईयररिंग उसकी मुद्रा को बड़ा आकर्षक बना रहे थे।

मैं स्वयं ही कहीं खोने लगा।

''विवेक...'' काफी देर बाद बोली वह, ''मैं तुम्हें क्या बतलाऊँ। मैं खुद ही नहीं समझ पाई। जो कुछ हुआ, उसका मुझे भी कुछ कम दुःख नहीं है। सच तो यह है कि यह मेरे जीवन की सबसे बड़ी असफलता है बल्कि दुर्घटना है...'' उसका शांत व स्थिर स्वर कुछ क्षण के लिए थम गया। फिर रुँधे स्वर में बोली, ''विवेक, आई रियली लव सचिन...''

मैंने देखा कि उसकी आँखें पनीली हो चली थीं। चेहरे के लावण्य पर क्षोभ और पीड़ा की स्याह घटा घिर आई थी। मेरा हृदय भी पसीज गया। मन में आया कि इस विषय पर आगे वार्ता नहीं करूँ किंतु मुझे लगा कि इस बारे में उससे बात करने का शायद यह प्रथम और अंतिम अवसर था।

''मनी, फिर ऐसा क्यों हुआ। तुम जानती हो कि सचिन भी तुमसे बेइंतहा प्यार करता है...''

''मुझे मालूम है। पर विवेक मुझे हमेशा लगता रहा है कि हम दोनों

एक-दूसरे के लिए बने ही नहीं हैं। जो मुझे चाहिए वह सचिन में नहीं है, और शायद मैं भी उसके योग्य नहीं हूँ...''

''यह सब पागलपन है...'' मैं आवेश में आ गया, ''सचिन में तुम्हें क्या कमी लगती है ?''

''शायद कमी तो मैं कुछ भी नहीं बतला पाऊँगी। यही सब मैं समझ गई होती...'' उसने एक गहरी साँस ली, ''बस प्लीज, अब इस बारे में बात मत करो...''

''नहीं मनी, तुम दोनों एक-दूसरे को चाहते हो। एक-दूसरे को भली प्रकार समझते हो। दोनों परिवारों में भी समझ है। फिर ऐसा होना...''

''मैं तुम्हारी हर बात स्वीकार करती हूँ...'' जैसे बोझ के साथ कहा उसने, ''विवेक, सचिन को मैंने सब प्रकार से देखा, परखा है...पता नहीं क्यों, पति की जो कल्पना मेरे अंदर है, मैं सचिन को इस रूप में स्वीकार नहीं कर पाती...मुझे हमेशा लगता है कि सचिन में वह सब नहीं है जो मुझे पति में चाहिए...''

''तुम्हें वह क्या चाहिए मनी...'' मेरी झुँझलाहट मुखर होने लगी, ''साफ-साफ कहो न...तुम्हारी कल्पना का आखिर क्या रूप है...''

वह गुमसुम-सी बैठी रही—गहरी सोच में डूबी...उसके चेहरे पर विद्रूप का ग्रहण पड़ने लगा।

''मैं आज तक नहीं समझ पाई यह...'' मुझे लगा मेरी उपस्थिति उसके लिए अदृश्य हो चली थी। लगा वह अपने से ही संवाद करने लगी, ''पूर्णता की तलाश कितनी भयावह और तिलमिलाने वाली है। उस तलाश के लिए मैं कहाँ-कहाँ भटकी हूँ...अपूर्णता और उससे उपजा असंतोष मेरी नियति है शायद...''

उसका मौन सन्नाटे की तरह कमरे में भाँय-भाँय करने लगा। चील के डरावने डैने मेरे अंदर मार करने लगे।

मैं बुरी तरह छटपटा उठा।

''मनी, यह सब सोचना फिजूल है। तुम बेवजह परेशान हो। अभी कुछ नहीं बिगड़ा है। सब ठीक हो सकता है...'' मैं उठकर उसके पास चला आया और एकटक उसका बुझा चेहरा देखता रहा।

''मैं जानती हूँ विवेक, लेकिन...'' वह तत्काल वर्तमान में लौट आई।

"लेकिन क्या..."

"विवेक, जिस पुरुष की तलाश मुझे है, वह सचिन में नहीं है..." उसने तेजी से कहा और दोनों हाथों से अपना चेहरा ढाँप लिया।

शायद उसकी आँखें छलछला उठी थीं।

मैं दंग और परेशान था।

निःशब्द उसे ताकता रहा मैं।

कुछ देर बाद उसके हाथों को चेहरे से हटाकर मैंने अपने हाथों में थाम लिया था।

उसकी आँखों में जैसे एक शुष्क और वीरान अरण्य था।

वह सपाट चेहरे से मुझे देखने लगी।

मैं अचकचा उठा।

"शायद तुममें भी नहीं..." एकाएक उसने ठंडे व भावहीन स्वर में कहा और उसके हाथ सरककर नीचे आ गए।

गंगाजल की शीतलता पैरों से चढ़कर जैसे मेरे पूरे शरीर में फैल रही थी।

पकड़

बच्चा अभी भी गहरी नींद में सो रहा था। रात दिए इंजेक्शन का असर उस पर अभी उतरा नहीं था। पूरी रात बड़ी चैन से कटी थी हालाँकि उनकी निगरानी में कोई कमी नहीं थी। बॉस कहा करता है कि चोर, डकैत अब हर क्षेत्र में मौजूद हैं।

रात की बूँदा-बाँदी से आज की सुबह अन्य दिनों की अपेक्षा ज्यादा खुशगवार महसूस हो रही थी। लेकिन दिन में सूरज का सफर धीरे-धीरे मौसम में कँटीली गर्मी और चिपचिपी उमस पैदा कर रहा था। फौजी और निक्कू अभी-अभी बाहर चहलकदमी व खाने का जुगाड़ करने जा चुके थे। रमेश और संतु जानते थे कि अब वे दो-तीन घंटे से पहले आनेवाले नहीं। वे भी तो ऐसा ही करते थे। इस काल-कोठरी से जिसको मुक्ति मिले वही सुखी...

उन्हें यहाँ रहना कतई पसंद नहीं था। दुर्गम रास्तों और पतली गलियों के बीच स्थित यह भवन दरअसल एक जीर्ण-शीर्ण धर्मशाला था। अब यही स्थान काफी समय से उनकी शरण-स्थली बना हुआ था। पहली बार जब वे यहाँ आए थे तो काफी परेशान हुए थे। न रहने का उचित प्रबंध और न ही खाने-पीने का ठीक बंदोबस्त...न ज्यादा घूमने-फिरने की इजाजत थी और न ही इधर-उधर जाकर खाना खाने की स्वतंत्रता...किंतु बॉस ने उन्हें समझाया था कि इससे अधिक सुरक्षित स्थान संभव नहीं था।

हमेशा की तरह अपने मेहमान को आँखों पर पट्टियाँ बाँधकर वे यहाँ लाए थे। किंतु अगले दिन वे यह देखकर दंग थे कि उस भवन के अंदर व बाहर एक या दो आँखें बाँधे अनेक व्यक्ति दीख पड़े थे। जानकारी करने पर पता चला कि यहाँ आँखों का एक प्रसिद्ध चिकित्सालय था जहाँ अक्सर लोग सप्ताह-दो सप्ताह उपचार कराने के लिए आकर रुका करते थे। सुनकर वे बॉस की प्रतिभा और बुद्धिमानी के और कायल हो गए थे।

"भैया, राम-राम..." बाहर से गनेशी चाची ने आवाज दी जो कुछ अन्य वृद्ध, विधवा और असहाय स्त्रियों के साथ यहाँ स्थायी रूप से रहा करती थीं। "चाची, प्रणाम..." रमेश ने बंद दरवाजे से बाहर झाँककर कहा।

"अरे भइया, इत्ती गर्मी में भी हमेशा दरवज्जा बंद किए रहते हो। आते-जाते राम-राम तो कर लिया करो। राम जाने, कब आते हो और कब निकलते हो..." कहकर वह हँस दी।

रमेश भी मुसकरा दिया।

"रात आए...?"

"जी, चाची..."

"मरीज है का...?"

"जी चाची..."

"कौन है, भइया...?"

"बच्चा है..."

"बच्चा, राम-राम...छोटे बच्चे को आँखन का रोग..."

"मामूली चोट है चाची..."

"जरा देखूँ तो..."

"अभी सो रहा है..."

"इस कमरे पर कुंभकरन का प्रभाव दीखे है। जो आवे, हर पल सोता ही दीखे..." चाची फिर हँस दी। कुछ पल शांत रहने पर फिर बोली, "और वो बुढ़ऊ कैसे हैं...?"

"वो..." रमेश जानता था कि वह इतनी सरलता से पीछा छोड़नेवाली नहीं थी।

"ठीक हैं चाची..." कहकर रमेश को एकाएक डॉक्टर पांडे की याद आ गई जिन्हें पूरे बीस दिन यहाँ रखना पड़ा था।

चिलचिलाती गर्मी, दोपहर में तेज भभकती लू और उस पर बिजली की आया राम गया राम जैसी दशा। अपने इन मेहमानों के सामने संयम और शालीनता की प्रतिमूर्ति बना बॉस भी पहली बार अधीर होता दिखाई पड़ा था। रोज सायं को बॉस लौटता तो उसका चेहरा पहले से अधिक निराश और बुझा दिखाई देता। फिरौती की बात बनती नहीं दीखती थी। दस दिन बाद वे बुरी तरह त्रस्त हो चले थे। किंतु बॉस उन्हें समझाता रहा। अपने मेहमान

की सेवा में कोई कमी नहीं आने देता। डॉक्टर रक्तचाप और मधुमेह का रोगी था। उसके लिए दवाइयाँ, इंजेक्शन और विशेष भोजन की बॉस स्वयं व्यवस्था करता। लगभग प्रतिदिन डॉक्टर को कोई भी तकलीफ न होने देने की अपनी हिदायत दोहराता।

मन ही मन वे बुरी तरह खिन्न रहते किंतु बॉस की हिदायतों का उल्लंघन करने का साहस उनमें नहीं था। बॉस के इतिहास के साक्षी थे वे। उस डॉक्टर के साथ बीस दिन इस कोठरी में काटना जेल से भी अधिक कष्टप्रद हो चला था। अपहृत के मुक्त होने पर जब बॉस ने उन्हें समाचार पत्रों में छपी खबरों से अवगत कराया तो उन्हें बॉस की नीति का कारण पता चला था। डॉक्टर ने अपने अपहरण-कर्ताओं के विरुद्ध एक भी शब्द कहने से इनकार कर दिया था। उलटे उनके आचरण की भूरि-भूरि प्रशंसा की थी। संभवतः यही कारण था कि आज तक पुलिस को उनके विरुद्ध कोई साक्ष्य नहीं मिला था। तब से वे चारों भी अपने व्यवहार के प्रति और सचेत हो चले थे।

गनेसी चाची मुड़कर चलने को हुई कि अनायास फिर पूछ बैठी, "कित्ता बड़ा बच्चा है...?"

"छह, सात साल का..."

"अरे राम, इस उमर में यह तकलीफ...पर ईश्वर तुम लोगन का बड़ा भला करे। बड़ा पुन्न करते हो..."

रमेश चुप रहा, मन ही मन हँसता रहा।

"नेता भइया नहीं आए...?"

"शाम को आएँगे..."

"भगवान लंबी उमर दे उसे। बड़ा दानी और सज्जन मानुस है..."

बॉस को यहाँ 'नेता भइया' के रूप में ही जाना जाता था। मरीज के रूप में कई अपहृतों को लाकर व उनका कथित उपचार कराकर उसने अपनी साख एक समाज सेवी के रूप में बना रखी थी। बाहरी तौर पर बॉस ने भी यहाँ के लोगों की छवि के अनुरूप ढाल लिया था। सदैव खादी का कुर्ता-पाजामा पहनता। इस वृद्ध स्त्रियों और आस-पास के लोगों की सहायता वह बढ़-चढ़कर करता। इनके लिए कपड़े और दवाइयों की व्यवस्था करता। धर्मशाला प्रबंधक भी उससे बड़े प्रसन्न रहते। चारपाइयों, पानी की टंकियों, रजाई-गद्दों

का दान देकर वह धर्मशाला का सबसे सम्मानित पात्र था। तभी न यह कोठरी स्थायी रूप से उसके लिए आरक्षित थी।

लगभग दस फिट लंबी-चौड़ी इस कोठरी में सुविधा से केवल एक चारपाई डाली जा सकती थी। बल्लियाँ पड़ी नीची छत थी और पीछे जंगलेनुमा एक खिड़की। यह खिड़की भी सदैव बंद रहती क्योंकि पड़ोस की छत के कमरे के अंदर तक का नजारा दीख पड़ता था। नीची छत होने के कारण उस पर पंखा भी नहीं लगवाया जा सकता था। इसलिए हमेशा की भाँति आज भी एक पैडस्ट्रल पंखा घिरर्र-घिरर्र करके घूम रहा था। कमरे से सटा ही एक शौचालय था जिसका दरवाजा हमेशा बंद रखा जाता हालाँकि उसकी दुर्गंध यहाँ स्थायी रूप से वास करती।

जैसे-जैसे दूसरा पहर बीत रहा था, उनको अपनी परीक्षा की घड़ी निकट आती दिखलाई देती। बच्चा कुछ करवटें ले चुका था।

उसके हिलने-डुलने के साथ उनके अंदर एक अजीब-सी घबराहट भर जाती। दरअसल बच्चे के साथ यह उनका पहला अनुभव था। उस वृद्ध डॉक्टर को मुक्त करने के काफी समय तक उनमें व बॉस में भेंट नहीं हुई। किंतु पैसे की किल्लत होने पर वे बॉस से मिले थे और कुछ नया और बेहतर काम करने की बात कही थी।

"बॉस, अबकी बार किसी बूढ़े पर हाथ मत डालिए। साले ने बड़ा परेशान किया था। मुझे तो ऐसा लगता था कि पकड़ उसकी नहीं, हमारी हुई है। उसके नखरे भी हजार थे। दवा-दारू का इंतजाम, दिन भर की फ्री-फंड का ताश, वो भी कोटपीस..." फौजी ने मुँह बिगाड़कर कहा था।

बॉस उस पकड़ को लेकर स्वयं बड़ा त्रस्त रहा था। एक दिन झुँझलाकर डॉक्टर से बोला, "आपके बेटे को आपकी जान की बिलकुल परवाह ही नहीं। ठीक तरह बात ही नहीं करता..."

सुनकर डॉक्टर काफी देर हँसता रहा—बड़ी विकृत और असामान्य हँसी ...और जब हँसी थमी तो उसकी आँखें डबडबा रही थीं और रुँधी आवाज में बोला था वह, "बाप और बेटे में यही फर्क होता है..."

शायद डॉक्टर के ये शब्द बॉस के अंदर घर कर गए थे। इसलिए उसने इस बार एक उद्योगपति के इकलौते पुत्र के अपहरण की योजना बनाई थी।

बिजली गुल हो चुकी थी। पंखे के बंद होने से कमरे में एक अजीब सी

चुप्पी उतर आई थी। कुछ ही मिनटों में गर्मी और उमस ने अपना असली रूप दिखाना आरंभ कर दिया। बच्चा भी कुनमुनाने लगा था। मौसम की घुटन और अंतरंग की उद्विग्नता मिलकर उनकी स्थिति को बड़ा दयनीय बना रही थी। वे दोनों खड़े होकर बच्चे के चेहरे को ऐसे देखने लगे मानो परीक्षार्थी के सामने प्रश्नपत्र खुलनेवाला हो...

कली की मानिंद बच्चे की आँखें धीमे-धीमे खुलीं। ऐसा लगता था मानो पलकों पर कोई भारी बोझ जमा हो। अधखुली आँखों से उसने जाले से बुनी बल्लियों की पुरानी छत और फिर बाएँ-दाएँ देखा। भय और विस्मय से उसकी आँखें धीरे-धीरे फैल गईं और वह 'मम्मी' कहते हुए बिस्तर पर उठकर बैठ गया। उसने उन दोनों को बारी-बारी देखा। चेचक के दाग और कटे होंठवाले संतु और झक्क काला रंग और बड़ी-बड़ी मूँछोंवाले रमेश को देखकर उसके अंतस में उपजी वितृष्णा और घबराहट उसके चहरे पर साफ-साफ झलकने लगी। आतंक का साया उसके चेहरे पर मँडराने लगा जिसकी प्रतिच्छाया उसकी फैली आँखों में साफ-साफ दिखाई देने लगी थी।

''पापा...'' भय और हादसे से दबे स्वर में वह बोला, ''मेरे पापा...!'' उसकी आवाज काँपने लगी।

''आपके पापा काम से गए हैं...'' रमेश ने पास आकर धीमे स्वर में कहा, ''अभी थोड़ी देर में आ जाएँगे।''

''मेरे पापा कहाँ गए हैं, अंकल...?'' बच्चे की काँपती आवाज और उसकी आँखों में फैला भय और अविश्वास ने उन दोनों को भी हिला दिया।

''अभी आ जाएँगे आपके पापा...''

''कब अंकल...?''—बच्चा रोने लगा।

''बस कुछ देर में...'' रमेश उसके पास खिसक आया और उसके सिर पर हाथ फेरने लगा। बच्चे ने रोते-रोते अपना सिर एक ओर झटक दिया। देर तक सुबकने के बाद बच्चा शांत हो गया। वह चारपाई के एक कोने पर पैर लटकाए बैठा रहा। ईंट के फर्श पर जगह-जगह धूल जमा थी और बीड़ियों व माचिस की तीलियों के जले टुकड़े छितरे हुए थे। कुछ देर बाद उसने पानी की माँग की। पानी पीने के बाद वह धीरे से फिर बिस्तर पर पसर गया। उसके सिर में एक अजीब सी झनझनाहट थी। उसकी आँखें कभी खुलतीं

तो कभी बंद हो जातीं...

थोड़ी देर बाद वह एकाएक उठकर बैठ गया।

"मेरे पापा कब आएँगे...?"

"कहा न आ जाएँगे...?" न चाहते हुए भी रमेश के स्वर में खीझ आ गई।

बच्चा फिर देर तक सहमा हुआ बैठा रहा। कुछ समय बाद उसकी निगाहें फिर इधर-उधर चलने लगीं। उसने अपने कपड़ों पर नजर डाली और एकाएक बोला, "आज मैं पार्टी ड्रेस पहनकर ही सोया था...?"

बच्चे को कल रात्रि में अपने पिता के साथ एक पार्टी से लौटते समय उठाया गया था।

"आपके और कपड़े हैं न..." रमेश ने नए लाए गए कपड़ों के बंडल को खोल दिया। नए-नए कपड़ों को देखकर बच्चे ने विस्मय और अविश्वास से उन दोनों को देखा। "आप यह पहनेंगे..." एक नया सूट दिखाते हुए रमेश ने पूछा।

बच्चा बिना किसी प्रतिक्रिया के ठस्स-सा बैठा रहा। कभी कपड़े और कभी उन दोनों को घूरता रहा।

"अगर यह अच्छा नहीं है तो यह दूसरा..." रमेश ने झट दूसरा सूट निकाला।

"ये मेरे कपड़े नहीं हैं..." वह बड़ी मासूमियत से बोला।

"नहीं, ये आपके ही कपड़े हैं..." रमेश ने भी धीमे स्वर में कहा।

"कौन लाया इन्हें...?"

"हम..."

"आप कौन हो...?"

"आपके अंकल...?"

"अंकल, पर मैंने तो आपको पहले कभी नहीं देखा...मैं यह कपड़े नहीं पहनूँगा। मेरे पापा को बुलाओ..." उसके काँपते स्वर में रोष भी झलकने लगा था।

वे उसके स्वर के बदलाव से बड़े सशंकित हो चले। उनके अंदर की घबराहट और बढ़ गई। संतु ने बुदबुदाकर न जाने किसको गालियाँ दीं।

"बेटा, ये कपड़े आपके पापा ही लाए थे।" रमेश ने बात बदली।

“मेरे पापा..., मेरे पापा कहाँ हैं अंकल...?” और उसकी सिसकियाँ बह निकलीं।

वे दोनों अपने को बड़ा असहाय अनुभव करने लगे। रमेश ने उसे गोद में लेने का भी प्रयास किया किंतु वह उससे दूर हट गया। हिचकियाँ लेकर देर तक रोता रहा और मम्मी और पापा को याद करता रहा।

रमेश ने साहस नहीं छोड़ा। अपनी ओर से उसे बहलाता, फुसलाता रहा। कुछ देर बाद उसके प्रयासों का इतना प्रभाव अवश्य हुआ कि बच्चे की सिसकियाँ थमने लगीं। वह बिस्तर पर लेट गया।

“अंकल, यह कौन सी जगह है...?” काफी देर बाद उसने पूछा।

“अस्पताल...” एकाएक रमेश के मुँह से निकल गया।

“हास्पिटल, अंकल...” वह चौंक गया।

“हाँ, बेटा, कल आपकी तबीयत खराब हो गई थी। इसलिए आपको यहाँ लाए थे पापा...”

“मुझे क्या हुआ, अंकल...?” उसके चेहरे पर परेशानी झलकने लगी।

“बड़ा तेज बुखार था आपको।”

“क्या मुझे इंजेक्शन भी लगा था...?”

“हाँ बेटा, लगा था...”

“कहाँ, अंकल...?” उसका स्वर बड़ा रुआँसा हो गया।

“यहाँ हाथ में...” रमेश ने उस स्थान पर हाथ रख दिया जहाँ कल उन्होंने सुई लगाई थी। एक गुलाबी चकत्ता वहाँ उभर आया था।

बच्चा हाथ को देखकर जोर से रो दिया। बीच-बीच में मम्मी-पापा को भी याद करता रहा। उसकी रुलाहट बढ़ती जा रही थी।

उस उमस भरे कमरे का माहौल बड़ा दमघोटू हो चला था। उन दोनों के चेहरे पर पसीना बुरी तरह चूने लगा। असमंजस, अनिर्णय और परेशानी से घिरे कभी वे एक दूसरे को देखते तो कभी विलाप कर रहे बालक को। शायद बॉस की हिदायतों का भय नहीं होता तो वे कोई और ही रास्ता अख्तियार करने की सोचते।

“ससुरा अपने आप चुप हो जाएगा...” संतु ने कहा और बाहर की ओर चलने लगा।

“संतु, बाहर से चाकलेट, टॉफी ले आ...”

संतु को तो जैसे मुक्ति मिल गई। वह तेज कदमों से चला गया।

बच्चा रो-रोकर शायद थकने लगा था। उसका रुदन धीमे पड़ गया। वह बिस्तर पर औंधे मुँह पसर गया। अपना चेहरा उसने दूसरी ओर फेर लिया। उसकी आँखें मुँदने लगीं। संभवतः इंजेक्शन का असर पूरी तरह उतरा नहीं था। वह निश्चेष्ट सा लेटा रहा।

''अंकल, रामू कहाँ है...'' काफी देर बाद बुझी आवाज में उसने फिर पूछा।

''रामू...?'' रमेश समझ गया कि रामू घर के किसी नौकर का नाम है, ''रामू की तबीयत खराब हो गई न...''

''क्या उसके भी इंजेक्शन लगे थे, अंकल...?'' उसके स्वर में एक अद्‌भुत सा बदलाव आया और वह उठकर बैठ गया।

''हाँ, पूरे तीन...''

''तीन...'' उसकी आँखें चमकने लगीं..., ''वह चीखा भी था...''

''बहुत जोर से...'' रमेश को भी आनंद आने लगा। उसे इस बात पर प्रसन्नता थी कि उन दोनों के बीच संवाद का सिलसिला आरंभ हो गया था।

बच्चे के चेहरे पर एक झीनी-सी मुसकान थी और आँखों में जमी आँसुओं की सूखी पर्त...मानो हर्ष और विषाद मिश्रित होकर चेहरे पर फैल गया हो जिसे देखकर यह कहना मुश्किल था कि वह प्रसन्नता से चहक रहा था अथवा कष्ट और पीड़ा से व्यथित था।

''बहुत जोर से...'' बच्चे ने दोहराया।

''आपके पापा ने तो उसके हाथों को भी पकड़ा था...'' रमेश उसके मर्म को समझ रहा था।

''मेरे पापा कहाँ हैं, अंकल...?'' बच्चे के स्वर में एकाएक उदासी भर गई।

रमेश को अपनी गलती का अहसास हुआ। मन ही मन अपनी मूर्खता को कोसा उसने। किंतु शीघ्र ही सँभाला उसने, ''आपके पापा रामू के लिए दवाई और इंजेक्शन लेने गए हैं...''

''क्या उसके और भी इंजेक्शन लगेंगे...?''

''अभी बहुत सारे...'' अपनी वाक्पटुता को मन ही मन सराहा उसने।

''मेरे भी लगेंगे, अंकल...?''

"आपके क्यों लगेंगे..."

"मैं ठीक हो गया अब...?"

"हाँ, बेटा..."

"तो अंकल, मुझे घर ले चलिए..." वह उठ खड़ा हुआ।

रमेश को एकबारगी लगा कि बाजी बच्चे ने जीत ली। वह सर्तक हुआ।

"आपको तो पापा लेने आएँगे..."

बच्चा उदास होकर फिर बैठ गया। कुछ देर बाद संतु एक बड़े लिफाफे में टॉफी, चाकलेट लेकर आ गया था।

"लो, आप यह खाइए..." रमेश ने पूरा पैकेट वहीं फैला दिया।

बच्चा वहाँ फैली भिन्न-भिन्न प्रकार की टॉफी और चाकलेट को देखता रहा। रमेश के कई बार आग्रह करने पर भी उसके हाथ बँधे रहे। बीच-बीच में वह उन दोनों को भी ताकता रहा। काफी देर तक एक मौन वहाँ ठहरा रहा।

गर्मी, उमस, अंदर फैल रहे संत्रास से बच्चा पूरी तरह पस्त दीख रहा था। वह बिस्तर पर निढाल पड़ा था। आँखें बंद थीं जो कभी खुले रहने का भी आभास देतीं। काफी देर बिना हिले-डुले वह यूँ ही लेटा रहा। इस बीच फौजी और निक्कू भी वापस आ गए थे और अपने साथ खाने-पीने का सामान लाए थे।

"बच्चे ने कल रात से कुछ खाया नहीं है..." रमेश को भोजन देखकर याद आया।

"भूखा होता तो इत्ती टॉफी, चाकलेट लाया था, खाता नहीं..." संतु ने मुँह बिगाड़कर कहा, "जब भूख लगेगी तो अपने आप खा लेगा..."

तीसरा पहर बीत रहा था। बच्चा शायद गहरी नींद में डूब गया था। उन्होंने राहत की लंबी साँस ली। रमेश और संतु भी भोजन से निवृत्त होकर आराम कर चुके थे। शाम होने को आई। कुछ ही देर में बॉस को भी आना था। वे यह सोचकर अवश्य परेशान थे कि बॉस यह जानकर जरूर नाराज होगा कि बच्चा सुबह से भूखा था। रमेश ने बच्चे के पास आकर कुछ खाने के लिए दो-तीन बार कहा। बच्चे की आँखें थोड़ी खुलीं। उसके चेहरे पर थकान और कमजोरी साफ-साफ नजर आती थी। बच्चा गुमसुम-सा लेटा रहा। उसके होंठ पपड़ा गए थे और चेहरा अलग विकृत दीख रहा था।

बॉस आया तो अपने साथ कुछ फल और खिलौने लाया था...

"बच्चे ने सुबह से कुछ खाया नहीं है..." रमेश ने उसे बतलाया।

बॉस ने कोई प्रतिक्रिया व्यक्त नहीं की। बॉस उनसे कम ही बोलता था। उन्हें वह मात्र अपना कारिंदा समझता। वे भी यह समझते थे कि जहाँ वे चारों निश्चिंत होकर यहाँ पड़े रहते थे, बॉस हर प्रकार की दिक्कतों व उलझनों से जूझता रहता...सौदे के नए-नए ढंग अपनाता। उनके पूछने पर उन्हें औनी-पौनी जानकारी भी देता किंतु आगे की योजना वह अपने तक ही रखता। इस क्षेत्र का जाना-माना अपराधी था वह...नए-नए प्रयोग करता। हफ्तों उन पर मनन करता और फिर उनके साथ पूर्वाभ्यास...प्रत्येक की भूमिका वही निर्धारित करता। बच्चे के अपहरण के एक सप्ताह पूर्व से ही बच्चे व परिवार के आवागमन का वह अध्ययन व निगरानी कर रहा था। वह चाहता तो बच्चे को प्रातः ड्राइवर के साथ कार से स्कूल जाते समय भी उठा सकता था किंतु उसका मानना था कि पिता के हाथों से बच्चे का अपहरण करने से उनकी माँगें अधिक प्रभाव छोड़ेंगी...

"आज कुछ बात हुई क्या...?" फौजी ने मौन को तोड़ा।

"हाँ, फोन किया था पार्टी को। रकम बता दी है..."

"बॉस, मोटी आसामी है यह..." संतु बोला।

"मुझे मालूम है। पचास माँगे हैं। बीस-पच्चीस लाख में सौदा पट जाएगा..."

"पर बच्चे को भी ज्यादा दिन रखना मुश्किल है। आज भी दिन-भर रोता रहा..." रमेश ने धीरे से कहा।

"बच्चा तो रोएगा ही...मैं दवाई ले आया हूँ। सुबह-शाम दूध या कोल्ड ड्रिंक में मिलाकर पिला देना। फिर तुम्हें परेशान नहीं करेगा। सोता रहेगा..."

एकाएक 'पापा-पापा' कहते हुए बच्चा जोर से रोता हुआ उठकर बैठ गया। उसे तीन नए चेहरे दिखाई पड़े।

"मुझे मेरे पापा के पास ले चलो..." वह सिसकियाँ बँधे अस्फुट से स्वर में बोला। उसका चेहरा बुरी तरह दहशतजदा था।

बच्चे के एकाएक उठने से वे सभी हतप्रभ रह गए और एक दूसरे की शक्लें देखने लगे। काफी देर बच्चा जोर-जोर से रोता रहा। संतु से अब नहीं रहा गया, "चुप कर..." उसने डपटते हुए स्वर में कहा।

बच्चा सचमुच भयभीत हो गया। उसकी रुलाहट धीमी सिसकियों में दबने लगी। वह चारपाई से उठकर एक कोने में जाकर खड़ा हो गया। उसके हाथ बँधे थे और साँसें धौंकनी की तरह चल रही थीं। सारे प्रयास के बावजूद वह अपने रुदन को दबा नहीं पाया और 'पापा-पापा' कहते हुए जोर-जोर से रोने लगा।

"संतु, खबरदार..." बॉस ने आँखें तरेरते हुए कहा, "जा, बाहर से ठंडी बोतल ला।"

रमेश ने बच्चे को चारपाई पर लाकर बिठा दिया। उसके सिर पर हाथ फेरता रहा और इसी बीच शीतल पेयजल में दवाई मिलाकर बच्चे को पिला दी।

कुछ देर में बच्चा गहरी तंद्रा में आ गया।

अगले दिन प्रातः बच्चा उठा तो उसने रमेश और संतु को अपने सामने पाया। अब वह रो नहीं रहा था। उसकी आँखों में सफेद शुष्कता समा गई थी। उसका चेहरा पीला पड़ गया था। बार-बार ऐसा लगता मानो वह कुछ कहना चाहता था किंतु अंदर फैला आतंक उन शब्दों को जिव्हा पर आने से पूर्व ही दबोच लेता।

"अंकल, मेरे पापा...?" मरी सी आवाज में वह फुसफुसाया।

वे दोनों शांत रहे।

"अंकल, आपने मुझे क्यों पकड़ा है...?" कोमल और दयनीय स्वर में बोला बच्चा।

रमेश ने कोई उत्तर नहीं दिया। बच्चा निरीह सा लगातार उसे घूर रहा था। "मुझे पकड़ने से आपको पैसे मिलेंगे...?"

रमेश और संतु ने एक दूसरे को देखा और निस्पंद से बैठे रहे।

"अंकल, मैं स्कूल से अबसेंट हूँगा तो मैम मुझे पनिश करेगी..."

वे दोनों निरुत्तर थे।

"अंकल, यहाँ मैं खेलूँगा किसके साथ...?"

"हमारे साथ..." रमेश ने तुरंत उत्तर दिया।

"पर अंकल, मैं तो बच्चों के साथ खेलता हूँ..."

उसका उत्तर बड़ा भोला भी था और अत्यधिक सहमा हुआ भी। उसके नेत्रों में फिर आर्द्रता चमकने लगी थी।

अब बच्चा अधखुली आँखों से छत की ओर एकटक देख रहा था। न बच्चा कुछ बोला और वे दोनों भी जड़ से बैठे रहे।

"बेटा, आप कुछ खा लो..." कुछ देर बाद रमेश ने कहा।

बच्चे ने मिचमिचाई आँखों से उसे देखा..., बड़ी कातर और लाचार नजरों से। उसका पूरा शरीर शिथिल दीख पड़ रहा था।

"बोलो, आप क्या खाओगे...?"

बच्चा अभी भी शून्य में नजरें गड़ाए जैसे अर्द्धचेतन अवस्था में पड़ा हुआ था।

"बोलो बेटे..." रमेश उसके पास खिसक आया।

"कुछ नहीं..." कहकर वह जोर-जोर से रोने लगा।

दौरे

आज शनिवार का दिन है। बच्चों की स्कूल से जल्दी छुट्टी हो जाती है। इसलिए रोजमर्रा की तरह मीता खाना बनाने के कार्य से उससे पहले ही निवृत हो जाना चाहती है। बच्चों के आने के बाद तो उसका 'होलीडे हुड़दंग' शुरू हो जाता है। जब वह झल्लाती है तो सुदीप यह कहकर ही उसे प्रसन्न करने का प्रयास करते हैं। स्कूल से लौटते ही राजा नई पिक्चर लाने की जिद करता है और रानी या तो अपने गुड़िया के खेल का तामझाम फैलाकर इधर-उधर फुदकती है और या दोनों के मध्य पिक्चर और वीडियो गेम को लेकर घनघोर युद्ध...रानी की फिल्मों में रुचि नहीं है और राजा, ''बस मम्मी, आप सटरडे को ही तो पिक्चर देखने देती हैं। वीडियो गेम तो रोज ही खेलते हैं...'' कहकर कभी रानी और कभी उसके वीडियो गेम पर झपटता है।

कॉलबेल बजने पर खिड़की से झाँककर मीता ने देखा कि गुप्ता जी का चपरासी बाहर खड़ा है।

''मेम साहब ने कहलवाया है कि छोटे साहब को थोड़ी देर में दौरे पर जाना है। उनका सामान तैयार कर दीजिए...'' जैसे रिकार्डिड मेसेज चलाकर वह लौट गया है।

सुनकर मीता झल्ला पड़ती है। एक तो संदेश को लेकर और दूसरे मिसेज गुप्ता और उनके चपरासी पर...किचन में आकर वह देर तक अंदर ही अंदर झुँझलाती रही है...किसी को संदेश भेजने का यह कोई ढंग है भला..., मानो संदेश न होकर उनका स्वयं का आदेश है। वह अच्छी तरह जानती है कि मिसेज गुप्ता इस प्रकार की हरकतें जानबूझकर करती हैं। आज कोई नई बात नहीं है। उस दिन लेडीज क्लब की मीटिंग में जाने के लिए किस प्रकार कहलवाया था, ''मेमसाहब ने आपको बुलाया है। लेडीज क्लब की मीटिंग में चलना है आपको...'' मानो वह उनकी सेविका है जिसके लिए आदेश जारी

करना ही काफी है...

वह सुदीप को सब कुछ बता चुकी है लेकिन सुदीप भी केवल गुप्ता जी के यहाँ फोन करते हैं। कॉलोनी में और भी फोन हैं। यह सूचना तो कोई भी भेज सकता है। और फिर यह संदेश भेजने की आवश्यकता भी आखिर क्यों है। दौरे के लिए अटैची तैयार करना कोई भारी काम है क्या ! अटैची तो प्रायः तैयार ही रहती है। तब इस प्रकार मिसेज गुप्ता के द्वारा खबर भेजना..., जानते हुए भी कि मिसेज गुप्ता इस प्रकार के साधारण संदेश भेजने में भी अपने सीनियर होने का भाव अवश्य संप्रेषित करेंगी...

कितनी बार वह सुदीप से अपना निजी फोन लगवाने का आग्रह कर चुकी है। पर सुदीप हर-बार बस एक ही उत्तर देते...सुन-सुनकर वह अब बुरी तरह ऊब गई है...पहले बड़े उत्साह और हर्ष के साथ कहा करते थे सुदीप, ''बस डियर, कुछ ही महीनों की तो बात है...एक्सिएन बन जाऊँगा तो सरकारी फोन लगेगा ही...'' चेहरे पर मुसकान और उपलब्धि का भाव लिए ...और अब पिछले एक साल से वह कुछ कहते तो नहीं हैं लेकिन बड़ी वीरान और उदास आँखों से जाहिर करने का प्रयास अवश्य करते हैं, ''मीता, शायद अबकी बार...''

उसकी दृष्टि फिर मीता के चेहरे से हटकर कहीं शून्य में खो जाती है। ऐसे में मीता का मन बड़ा व्यथित हो जाता है। मन ही मन यह तय कर लेती है कि फिर वह कभी इसका जिक्र नहीं करेगी...

उस पर रानी का अब अक्सर पूछ बैठना, ''पापा, हमारे यहाँ फोन क्यों नहीं लगता। गुप्ता अंकल के पास तो फोन लग गया है...आप भी लगवाइए न...नेहा रोज अपने फ्रेंड्स से फोन पर बातें करती है...''

सुदीप के चेहरे पर बड़ी बेचारगी और असहायता झलकती है तब...जब आदमी अपनी ही निगाहों में छोटा होने लगता है, तब वह कितना तुच्छ और अस्तित्वहीन प्रतीत होता है...

नेहा गुप्ता जी की बेटी है। रानी के साथ ही पढ़ती है। पिछले तीन सालों से साथ ही खेली, बढ़ी है..., नन्ही बच्चियों से छोटी लड़कियों में। पर पिछले छह-सात महीनों से दोनों का मेल-जोल काफी कम होता गया है। अब अपनी बेस्ट फ्रेंड ''नेहा को नहीं बतलाती वह।'' जब मीता ने जोर देकर एक बार कारण पूछा तो रोने लगी वह, ''मम्मी, मुझे चिढ़ाती हैं वह। कहती हैं

तेरे पापा ए. ई. हैं और मेरे डैडी बड़े साहब...''

''पागल है वह...ऐसी बातें गंदे बच्चे करते हैं...'' जाहिर तौर पर मीता उसे समझाने का प्रयास करती।

पर अंदर-ही-अंदर देर तक कलपती है वह...ऐसा लगता, मानो कोई कँटीला तरल पदार्थ गले से नीचे उतरता चला गया हो जो अंदर-ही-अंदर लगातार चुभता जाता है। बड़ी बेचैनी व छटपटाहट होती है तब उसे...

बेमन से अटैची निकालकर मीता उसमें कपड़े लगाने लगी है। बच्चों के आने का समय भी हुआ जा रहा है। बच्चे यह सजी अटैची देखेंगे तो राजा तो चुप रहेगा लेकिन रानी अवश्य पूछ बैठेगी, ''मम्मी-पापा इस संडे को भी बाहर जा रहे हैं...?''

पिछले कई इतवार ऐसे ही सरकारी कामकाज में बीते हैं। बच्चों के साथ उठने-बैठने, ठीक तरह खाने-पीने का एक ही दिन तो मिलता है, पर वह भी...

वह जानती है कि सुदीप हड़बड़ाते हुए आएँगे और पूछने पर झुँझलाकर बताएँगे, ''बड़े साहब ने साइट का दौरा रख लिया है...''

''पर तुम्हारे बड़े साहब हर बार संडे का ही दौरा क्यों रखते हैं...? एक छुट्टी मिलती है, वो भी खराब हो जाती है। खुद तो पूरी छुट्टी काटकर शाम को पहुँचेंगे और तुम्हारा...''

''आखिर मेरे बॉस हैं वह...'' सुदीप कभी-कभी चीखने लगते हैं, ''क्या मैं उन्हें यह कहूँ कि संडे को मुझे घर पर रहने दीजिए...''

''पर काम के तो और छह दिन होते हैं, संडे को तो सरकार ने भी अवकाश घोषित किया है...''

''सरकारी अफसर की कोई छुट्टी नहीं होती...और फिर ए. ई. को तो साइट पर ही रहना पड़ता है...'' कहते-कहते उसका स्वर बड़ा कातर हो चलता है, चेहरे पर विद्रूप उतर जाता है। वह अचानक बड़ा सचेत हो गया है...तब उसका चेहरा स्याह, आँखें पथरीली और माथा बड़ा सपाट लगने लगता है...

सेवा में आने के कुछेक साल ये दौरे काफी रोमांचकारी रहे थे। पहले मीता और सुदीप अकेले और फिर दोनों छोटे बच्चे इस तरह के आउटिंग से काफी आनंदित अनुभव करते। राजा तो आरंभ में इसे पिकनिक ही कहा

करता था। इधर-उधर दूर-दराज के डाक बँगलों में रुकना, दोपहर में पेड़ों के झुरमुट तले चटाई या चारपाई पर खाना खाना, रात में मोमबत्ती के मद्धिम प्रकाश में रात्रि-भोज और फिर खुले और 'निछद्दम' जैसा सुदीप कहते थे, में मच्छरदानी तानकर सोना...पर जैसे-जैसे बच्चे बड़े हुए, उनके मित्रों के दायरे फैले और उनकी पढ़ाई का दबाव बढ़ा, उन्हें इन दूरस्थ स्थानों पर जाकर धूल, गरमी और अँधेरे में रहना कतई पसंद नहीं आता...''हमें नहीं जाना वहाँ, मम्मी। न वहाँ लाइट होती है, और न पानी...दिन में मक्खी तथा धूल और रात में अँधेरा और मच्छर...फिर दिन-भर क्या करें, किसके साथ खेलें...अब राजा मुँह बनाकर कहता है।''

अब तो रानी भी राजा के राग में सुर अलापती है। पूछ भी बैठती है, ''मम्मी, आप तो कहती हैं कि पापा का प्रोमोशन हो जाएगा। तब पापा बड़े साहब हो जाएँगे फिर संडे को हमारे साथ रहा करेंगे...है न मम्मी...''

रानी सच ही कहती है। सुदीप मीता और बच्चों को पिछले कितने सालों से यही बताया करते थे, ''ये सारी टूरिंग ए. ई. लेबिल पर है। एक्सिएन बनने के बाद तो काफी कुछ अपने ऊपर डिपेंड करता है। जब मूड हो तब जाओ वरना...''

आरंभ के पंद्रह साल तो मीता ने इस बात पर कभी ध्यान भी नहीं दिया किंतु जैसे सोलहवाँ और सत्रहवाँ साल गुजरने लगा तो सुदीप की बेचैनी के साथ मीता भी परेशान-सी रहने लगी। तब सुदीप, पता नहीं, उसे या खुद को समझाया करते, ''अब समय बदल गया है। सभी विभागों में प्रोमोशन डिले हो रहे हैं...''

उन दिनों घर का पूरा माहौल इस प्रोन्नति के इर्द-गिर्द घूमता दीखता। सुदीप, उसके मित्रगण क्या सगे-संबंधी भी मिलने पर केवल प्रोन्नति की बातें करते। मीता और बच्चे रात-दिन यही सब सुनते। राजा और रानी को तो ऐसा लगता कि पापा की प्रोन्नति से उनके जीवन में कोई जबर्दस्त और अद्भुत परिवर्तन आने वाला है। ''तब तो हमारे घर में फोन लग जाएगा न पापा को नई जीप मिलेगी मम्मी...'' राजा पूछता।

''मुझे बार्बी का पूरा सेट दिलाओगी न...'' रानी दुलार भरे स्वर में पूछती, ''मम्मी, पापा को तब कितने रुपए मिलेंगे...'' कभी राजा और कभी रानी पूछते।

उस दिन सुदीप सात बजे तक नहीं लौटे थे। मीता परेशान हो चली थी। प्रायः सुदीप शाम को समय से आते थे। आकर मीता के साथ बैठकर चाय पीते और फिर बच्चों को बुलाकर उनके साथ खेलते या घूमने का कार्यक्रम बनाते। आज बच्चे लौटे तो बड़े उदास से लगे। ''मम्मी-मम्मी, गुप्ता अंकल का प्रोमोशन हो गया।'' रानी ने अंदर घुसते ही बताया था।

''अच्छा...!'' मीता उत्तेजित अनुभव करने लगी, किसने बताया।

''नेहा हमें अपने घर ले गई थी। आंटी ने स्वीट्स दी थी...'' कुछ पल वे शांत रहे।

''मम्मी...'' अब राजा बोला था, ''विकास कह रहा था, पापा का प्रोमोशन नहीं हुआ...'' उसकी आवाज बुझ गई।

मीता को अचानक धक्का-सा लगा। खड़े-खड़े उसके पैर काँपने लगे, हथेलियों में पसीना उग आया। उसके मन में अचानक उबाल आया और फिर वह अंदर-ही-अंदर डूबने लगी।

मीता पास पड़ी कुर्सी पर धम्म से बैठ गई। काफी देर अपनी सुबकनें अंदर-ही-अंदर समेटने का प्रयास करती रही किंतु वह अपने को नियंत्रित नहीं रख सकी। वह फूट-फूटकर रोने लगी...रानी कुछ देर उसे ताकती रही फिर मीता के पास आकर सिसकने लगी...और राजा यों ही गुमसुम खड़ा रहा और फिर वहाँ से हटकर अपनी स्टडी टेबल पर अपना मुँह टिकाकर बैठ गया।

घर का माहौल बड़ा उदास हो चला। बाहर फैला साँझ का झुटपुटा बड़ा मनहूस लगने लगा। पता नहीं क्यों चमगादड़ की फड़फड़ाहट बार-बार कानों में बजने लगी...

मीता को अपनी गलती का अहसास होने लगा। उठकर उसने हाथ-मुँह धो डाले। बच्चों के लिए दूध तैयार किया किंतु दोनों बच्चों ने गिलास को मुँह तक नहीं लगाया। मीता भी आज जोर नहीं दे सकी। गिलास वहीं मेज पर रखकर किचन में आकर अपना मन बदलने का प्रयास करने लगी। आँखों में विवाह से आज तक सुदीप की सोलह वर्षों की सेवा साल-दर-साल उतरती चली गई। मन में एक अजीब-सा हौला उठता चला गया। दिल चाहता कि सुदीप को पकड़कर वह देर तक रोती रहे।

पिछले कई महीनों से प्रोन्नति की खबरों से कॉलोनी में काफी हलचल थी। मीता और मिसेज गुप्ता न जाने कितने कार्यक्रम बना चुकी थीं। नई

साड़ी से लेकर डायमेंड सेट तक...लोकल पिकनिक से लेकर काठमांडू घूमने तक...इधर कुछ दिनों से प्रायः रोज ही इस विषय पर बड़े उत्साह से चर्चा की जाती। घरेलू कामकाज हेतु नौकरों की उपलब्धता और किचन से मुक्ति, उन्हें अंदर-ही-अंदर कितना प्रफुल्लित करती। इसे लेकर वे आपस में एक दूसरे को छेड़ती भी, "अब तो किटी पार्टी ज्वाइन करोगी न..." मिसेज गुप्ता कई बार कह चुकी थी क्योंकि पिछले तीन वर्षों से मीता किटी पार्टी में घर के कामकाज की व्यस्तता के कारण ही नहीं जाती थी।

मीता को सब कुछ छिन्न-भिन्न होने का अहसास अंदर-ही-अंदर बुरी तरह कचोटता रहा।

रात दस बजने को आए थे और सुदीप अभी तक नहीं लौटे थे। मीता की परेशानी बढ़ना स्वाभाविक था। राजा अपना बेड लगाकर कब सो गया उसे पता ही नहीं चला..., खाली पेट...रानी ने दो-एक बार पापा के बारे में अवश्य पूछा पर मीता ने बुरी तरह झिड़ककर सुला दिया उसे...

न चाहकर भी वह गुप्ता जी के यहाँ पूछने गई तब गुप्ता जी नजरें चुराकर अंदर चले गए। मिसेज गुप्ता उस पर सहानुभूति जताती रही थीं।

"देखो मीता, दुख की बात तो है ही...पर जिन चीजों पर अपना बस न हो उसके बारे में सोचकर अपना खून जलाना भी कहाँ तक ठीक है। सुना है किसी नेता की शिकायत पर बेकार-सी जाँच चल रही है।"

गुप्ता जी कह रहे थे कि दो-चार महीने की बात है, सब ठीक हो जाएगा...

मीता भावशून्य-सी सुनती रही।

मिसेज गुप्ता को अपने कथन की निरर्थकता का अहसास हो गया था।

एक अस्वाभाविक मौन पर दोनों के बीच काफी देर ठहरा रहा। "सुदीप सात-साढ़े सात तक तो इनके ही साथ थे..." अचानक मिसेज गुप्ता ने कहा, "आते ही होंगे..."

मीता बिना कुछ कहे उठकर चल दी, मन से बड़ी खिन्न और कटु ...आदमी दूसरे की व्यथा को कितनी सरलता से समझाने और समझने का प्रयास करता है...मानवीय संवेदनाओं का सरलीकरण मनुष्य अपने ऊपर क्यों नहीं लागू कर पाता...!

उस रात सुदीप काफी देर से लौटे थे। सीधे बाथरूम में घुसकर नहाने

लगे और फिर बिस्तर पर पसर गए। मीता से निगाहें चुराते रहे...“खाना खा लिया मैंने...” मीता के पूछने पर धीरे से बुदबुदाए थे। बच्चों के संबंध में एक शब्द भी नहीं पूछा...शायद बच्चों को सोता देखकर एक राहत-सी महसूस की थी उसने...

न मीता ने कुछ पूछा और न सुदीप ही कुछ बोले...

पहली बार उस कमरे का माहौल बड़ा वीरान और बदला-बदला-सा लगा ...काठ और जड़ जैसा...छत, दीवारें, फर्नीचर, तसवीरें, शो पीस, जो घर के अंदर बड़े जीवंत और परिवार के साथ चलते-फिरते, हँसते-गाते लगते थे, आज सचमुच पत्थर से निर्जीव हो चले। मीता और सुदीप में कई अवसरों पर आपसी अनबन में बातचीत तक बंद हो जाती थी किंतु उस चुप्पी में भी एक वाचालता, संप्रेषणता का अहसास बराबर बना रहता...कहीं कुछ थिरकता, टिकटिकाता रहता...आज सब कुछ स्पंदनहीन था...पूरा वातावरण शून्यता के ग्रहण से ग्रसित हो गया था।

अगले कुछ दिनों तक घर का माहौल बड़ा बुझा-बुझा-सा रहा। मीता और बच्चे बड़े कटे-कटे से दीखते। शाम को सुदीप के ऑफिस से लौटने पर मीता तो मीता, दोनों बच्चे तक बाजार घूमने का नाम नहीं लेते। सुदीप कभी प्रस्ताव रखता भी तो मीता कोई-न-कोई बहाना बना देती। राजा पढ़ने बैठ जाता और रानी अपने को किसी अत्यावश्यक कार्य में व्यस्त दिखने का प्रयास करती। कई हफ्तों, बच्चों ने कोई चीज नहीं माँगी। दोपहर व रात्रिभोज के मीनू पर कोई आपत्ति नहीं थी। न ही डिनर के बाद आइसक्रीम का क्रम जारी रहा...

लगभग दो महीने ऐसे ही गुजरे...धीरे-धीरे रानी अवश्य सुदीप के साथ सामान्य नजर आने लगी। कभी-कभी राजा की शिकायतें भी करती और नई-नई माँगें भी रखती। “पापा, नेहा के पापा ने उसे नई साइकिल लाकर दी है। वह मुझे रोज चिढ़ाती है। मुझे भी दिलवाओ न, पापा...” एक दिन बोली वह।

राजा पास ही खड़ा था। अचानक कह बैठा, “उसके पापा का तो प्रोमोशन हुआ है। इसलिए उसे साइकिल मिली है...” फिर एकाएक उसे अपनी गलती का अहसास हुआ और नजरें चुराता वह वहाँ से तत्काल खिसक गया।

सुदीप ने अगले दिन ही रानी को नई साइकिल लाकर दी थी। मीता यह देखकर हैरत में थी कि उस नई साइकिल को लेकर अब रानी में कोई उत्साह नहीं दिखलाई दिया था। मीता के कहने पर ही उसने सुदीप के पास आकर 'थैंक्यू, पापा' कहकर उसके गालों को चूम जरूर लिया था। और फिर अगले कई दिनों तक मीता के लाख कहने के बावजूद रानी उस नई साइकिल को बाहर ले जाने से इनकार करती रही।

यह और न जाने ऐसी ही कितनी बातें मीता अपने तक सीमित रखती क्योंकि सुदीप को यह बतलाना, उसकी पीड़ा को और अधिक उभारना था। फिलहाल बच्चों की इस हादसे में भागीदारी से मीता काफी परेशान-सी होती और कभी-कभी चिढ़-सी जाती। सुदीप की प्रोन्नति न होने का क्षोभ, कसक बच्चों के हावभाव, बातचीत से कभी-न-कभी जाहिर हो जाते। उनका शाम को बाहर खेलने का क्रम धीरे-धीरे बंद होने लगा। पूरी शाम टीवी और वीडियोगेम में ही गुजार देते...नेहा और विकास बुलाने आते तो दोनों साफ मना कर देते।

उस दिन मीता को सचमुच आश्चर्य हुआ जब पैरेंट-टीचर्स मीटिंग के लिए बच्चों ने एक बार भी सुदीप से चलने को नहीं कहा। दोनों बच्चों को सदैव यह शिकायत रहती थी कि पापा उनके स्कूल नहीं जाते, फादर और मेम से नहीं मिलते जिससे मेम उन्हें पनिश न करें या 'माइंड' करने को न कहें। इस मीटिंग के लिए वह सप्ताह के आरंभ से ही रट लगाना शुरू कर देते। लगभग रोज ही याद दिलाते...उस पूरे हफ्ते खूब पढ़ते और आज्ञाओं का पूरा-पूरा पालन करते...स्कूल जाते समय रास्ते भर राजा व रानी कहते रहते, "मम्मी, मेरी कोई कंपलेंट मत करना, प्लीज..."

पर इस बार राजा ने बड़ी शालीनता से सूचित किया था, "मम्मी सटरडे को पैरेंट-टीचर्स मीटिंग है...आप चलेंगी न..."

"हाँ बेटा..."

राजा इसके बाद चुप रहा...सुनकर मीता काफी देर तक उलझी रही। राजा ने सुदीप के चलने का नाम तक नहीं लिया था...मीता ने भी सुदीप से इसका जिक्र तक नहीं किया...

"आजकल गौरव कुछ सुस्त रहता है...टॉकिंग भी कम करता है...ही हैज सडनली बिकम ए वेरी सोबर एंड डिसिप्लिंड चाइल्ड..." क्लास टीचर ने मीता

से कहा था तो मीता को अच्छा लगना तो दूर, वह अंदर-ही-अंदर कराह-सी उठी।

प्रोन्नति के कुछ ही दिन बाद गुप्ता जी ने एक बड़ी पार्टी की थी। चीफ साहब से लेकर काफी अधिकारियों का जमघट हुआ था...मीता और सुदीप को आमंत्रित नहीं किया गया था। सुदीप ने इससे बड़ी राहत महसूस की थी। शायद, मीता ने भी...पर गुप्ता जी के यहाँ किसी आयोजन में उन्हें आमंत्रित तक न करना मीता को सालता भी रहा था। शाम से ही रानी खबर देती रही थी...''मम्मी, बड़ी डेकोरेशन हो रही है। मम्मी, आइसक्रीम का अलग स्टाइल लग रहा है...''

''मम्मी, आपको नहीं बुलाया आंटी ने...?'' रानी ने रात में पूछा था। मीता का एकबारगी मन चाहा कि रानी के मुँह पर जोर से मार दे लेकिन फिर अंदर-ही-अंदर अपने क्रोध के उबाल को झेलती रही वह।

दो दिन बाद मिसेज गुप्ता स्वयं स्पष्टीकरण देने लगी थीं। ''मीता, तुम लोग बुरा मत मानना...सोचा तुम लोग तो घर के हो...फिर किसी दिन अलग बैठ लेंगे...वैसे भी चीफ, एस. ई. और एक्सिन आदि को मिलाकर लगभग तीस फैमली हो रही थीं...''

मिसेज गुप्ता का आशय स्पष्ट था कि अधिशासी अभियंता से नीचे के स्तर के अधिकारियों को पार्टी में नहीं बुलाया गया था।

मीता केवल चुप रही। अंदर-ही-अंदर चिढ़ती रही...

मीता का मिसेज गुप्ता से मिलना-जुलना काफी कम हो गया था। मिसेज गुप्ता जब कभी आती थीं तो चपरासी पहले पूर्व सूचना देने आता...नौकर को देखकर ही मीता खुनक उठती। कई बार इधर-उधर जाने का बहाना बना देती...मिसेज गुप्ता की वार्ता अब केवल टेलीफोन, नौकरों और नई गाड़ी पर केंद्रित रहती। मीता को लगता, जैसे जान-बूझकर उसे चिढ़ाने के लिए या अपनी उच्चता दिखाने के लिए यह सब करती है। झुँझलाकर कभी वह सुदीप को भी यह सब कुछ बतला देती तो सुदीप उसे समझाते, ''छोटी-छोटी बातों से मन को दुखी करना ठीक नहीं है। फिर चार बड़े अधिकारियों में जाकर ये अंटशंट बोलेंगे। इसलिए संबंध खराब करने में नुकसान ही है।''

मीता को लगता कि गुप्ता जी को लेकर सुदीप के मन में धीरे-धीरे सम्मानभाव आता जा रहा था। गुप्ता जी व मिसेज गुप्ता की कोई बात उसे

गलत नहीं लगती, उलटे एकाध बार मीता को ही डपटने लगते वह...तब मीता में सुदीप के अंदर पैदा हुए हीन भाव के प्रति जुगुप्सा-सी भर उठती।

कॉलबेल बजने के साथ बच्चों का शोर बाहर से आने लगा है। राजा किसी पिक्चर का नाम ले रहा है और रानी चीख-सी रही है, "मैं कार्टून लेकर आऊँगी आज।" शायद राजा ने उसे धीरे से मार भी दिया है जिससे एकाएक जोर से 'मम्मी, भइया मार रहा है' कहकर रानी दरवाजे पर ही रोने लगी है।

मीता को राजा पर गुस्सा आने लगा है। तेज कदमों से दरवाजा खोलकर वह डाँटने लगी है, "दरवाजे पर ही तुम लोग झगड़ने लगते हो..."

"मम्मी, भइया ने मेरी चोटी खींची है..." रानी रुआँसे स्वर में बोली।

राजा अपना बैग लेकर अंदर भाग गया है।

कमरे में लगी अटैची देखकर दोनों बच्चों के मुँह अचानक उतर गए हैं।

न राजा ने फिर पिक्चर की बात की और न ही रानी ने कार्टून की...न ही राजा की कोई और शिकायत...

कपड़े बदलकर चुप से खाना खाने बैठ गए हैं।

"मम्मी..." अचानक राजा बोला, "आज आप भी पापा के साथ दौरे पर चले जाओ न...!"

"हाँ, मम्मी..." रानी ने भी धीरे से समर्थन किया है, "पापा भी संडे को अकेले बोर होते होंगे न..."

और मीता दोनों बच्चों को बारी-बारी देखकर कहीं खो-सी गई है।

न चाहकर भी उसकी आँखें डबडबा उठी हैं।

हलो तरु...

ए.सी. टूटियर का यह गद्देदार कोच आज बड़ा असुविधाजनक लग रहा है। चारों ओर से घिरा-घिरा...। सितंबर के इस महीने में ए.सी. कोच काफी ठंडा है। किंतु फिर भी एक उमस भरी बेचैनी का अहसास मुझे लगातार होता रहा है। नींद पूरी रात आँखों से ही आँखमिचौली-सी खेलती रही है। अंदर एक अजीब सी बेताबी है और बाहर सब कुछ नया...। वैसे नया दरअसल है कुछ भी नहीं। दिल्ली यात्रा मेरे लिए घिसा-पिटा सफर है। कंपनी के काम से महीने में दो-तीन चक्कर लगाना मामूली बात है। इसलिए इस यात्रा के पड़ाव मेरे जहन में इस तरह अंकित हैं कि पुल की आवाज, बाहर झुटपुटे में चुँधियाई सी बत्तियाँ और तो और पटरियों का बदलाव मुझे स्टेशन विशेष के आने का बोध करा देता है। रास्ते में पड़ने वाले स्टेशन मेरे लिए बासी से हैं। चाय और फल के ठेलेवाले, ए. एच. व्हीलर के सेल्समैन तक के चेहरे बड़े पहचाने से हैं।

लेकिन आज आने वाला हर स्टेशन बड़ा नया-नया सा लग रहा है। बरबस मैं बाहर आकर खड़ा हो जाता हूँ और मेरी नजरें प्लेटफार्म पर इधर-उधर दौड़ने लगती हैं। इन तमाम चेहरों पर एक नया चेहरा मुखौटे की तरह लग गया प्रतीत होता है। फिर मुझे अपनी इस बाल-सुलभ उत्सुकता पर मन-ही-मन हँसी भी आती है। अंदर चला आता हूँ किंतु अगले स्टेशन पर फिर मैं बाहर आकर उसी अनजान और अपरिचित चेहरे को तलाशने लगता हूँ—वह चेहरा जिसे मैंने आज तक देखा नहीं है। लगभग एक वर्ष पूर्व उसकी फोटो अवश्य देखी थी मैंने। लेकिन फोटो भेजने से पूर्व उसने वापसी डाक से उसे लौटाने की शर्त रखी थी। वापस भेजने के दूसरे दिन ही मुझे लगा कि मैं उसका चेहरा भूल गया हूँ। तमाम कोशिशों के बावजूद मैं उसे याद नहीं रख पाया हूँ।...किसी को याद रखने की जबर्दस्त कोशिश उसे

भूलने की आशंका बढ़ा देती है क्या...?

पर आज उस चेहरे को बड़े विश्वास से मैं खोज रहा हूँ। चेहरे का कोई रूप मन में न होते हुए भी मुझे लगता है कि मैं उसे भीड़ में भी खोज लूँगा। सिर्फ देखने से ही चेहरे की पहचान बनती है क्या ! किसी के चेहरे की झलक उसकी आवाज में नहीं खनकती क्या...। अथवा हमारे पत्र हमारे चेहरे को रूपांतरित नहीं करते क्या... मुझे इन सारे प्रश्नों के उत्तर 'हाँ' में मिलते रहे हैं। फोन पर वह अक्सर पूछा करती, "कभी अचानक मिलूँगी तो मुझे पहचान लोगे...?"

कभी तो एकाएक मैं हँस देता और कभी अचानक गंभीर हो जाता, "तुमसे इतना अंतरंग परिचय होने और तुम्हारे बारे में इतना कुछ जान लेने के बावजूद क्या तुम वास्तव में ऐसा सोचती हो...?"

वह केवल हँस देती,...एक ऐसी हँसी जो दृश्य के तंतुओं को देर तक झनझनाती रहे,...एक ऐसी हँसी जो सागर की उमड़ती लहरों की तरह आगे बढ़कर तट पर खड़े लोगों को अपने से सराबोर कर दे,...एक ऐसी हँसी जो भीषण गर्मी के बाद वर्षा की तेज फुहार की तरह ठंडक भी पहुँचाए और माटी की भीनी-भीनी सुगंध की भाँति हमारे अंदर प्रवाहित होती रहे।

मुझे अपने पर पूरा भरोसा था—अविश्वसनीयता की हद तक..., या दरअसल अपने अंदर की उस भावना पर जिसे लोग प्यार कहते हैं। लव एट फर्स्ट साइट अथवा पहली नजर में प्यार के पुराने मुहावरे से कौन परिचित नहीं है...। पर मैं सोचता हूँ कि क्या प्यार सचमुच नजरों का मोहताज है. ..? क्या दृष्टि से बिना प्रवेश पाए हृदय के कोमल तंतु झंकृत नहीं होते.. .? सोचकर मैं बड़ा अटपटा सा अनुभव करता हूँ..., अटपटा इसलिए कि प्रेम की पुरानी अवधारणाएँ इसे आध्यात्मिक, आत्मिक व अशारीरिक मानती हैं। किंतु मुझे यह स्वीकार करने में संकोच नहीं है कि आरंभ में तरु को लेकर एक निरर्थकता का बोध मुझे अक्सर कचोटता रहा था, कारण इन सारी संवेदनाओं में छिपी उस फड़फड़ाती असफलता का अहसास जो मुझे लगातार सालता था...!

दिल्ली का स्टेशन कुछ ही दूर है। यात्रियों ने अपना सामान समेटना आरंभ कर दिया है। एक अद्‌भुत से रोमांस, आह्लाद, उत्सुकता और उत्कंठा की मिली-जुली स्थिति से हृदय थिरक रहा है। वह कल रात की फ्लाइट से

ही दिल्ली पहुँच चुकी है। चाहता मैं यही था कि मैं उससे पहले पहुँचूँ किंतु मेरे लिए कोई और सुविधाजनक ट्रेन नहीं थी और एक दिन पूर्व पहुँचने पर उसने आपत्ति की थी,'' ''सुबह से रात तक अकेले क्या करोगे...। बोर होने के सिवा। मेरी फ्लाइट रात ग्यारह बजे है। एकाध घंटे लेट भी हो सकती है...। मैं रात में जाकर सो जाऊँगी और सुबह तुम आ ही जाओगे...।''

बात गलत होते हुए भी तर्कपूर्ण थी। इसलिए मैं मान गया। वैसे मुझे अवकाश की भी समस्या थी और एक पूरा दिन इस प्रकार जाया करना मुझे मुनासिब भी नहीं लगा।

''मैं तुम्हें स्टेशन पर रिसीव करूँगी...।'' उसने कहा था।

''नहीं, तरु...। हमारी पहली मुलाकात इतने भीड़-भड़क्के में और इतनी औपचारिक नहीं होनी चाहिए...।''

''ठीक है, यार...!'' उसने लंबी साँस लेते हुए अपने उस खास अंदाज में कहा था। कुछ क्षण वह मौन रही थी और फिर बोली, ''पर स्टेशन पर मैं तुम्हें दूर से देख तो सकती हूँ न...।''

''पर तुम पहचानोगी कैसे...?'' मैंने हँसकर पूछा था, ''तुमने तो मेरी फोटो तक नहीं देखी है...।''

''यही चुनौती तो मैंने अपने को दे रखी है, रम्मी...।'' उसका स्वर एकाएक गंभीर हो गया।

''पर देखने पर फिर बिना मिले आपने आपको रोक सकोगी...।''

''हाँ, यार...!'' उसने उसाँस भरे स्वर में कहा था। उसका इस तरह बोलना मुझे बड़ा भाता था। आवाज गले से न निकलकर कहीं अंदर से उठती प्रतीत होती जिसमें हृदय की धड़कनें भी सुनाई देतीं, एक ऐसा स्वर जो हृदय की भावनाओं को उकेरता चला जाए..., एक ऐसी आवाज जो बोले शब्दों से कहीं अधिक भारी और डूबी-डूबी लगे...।

क्या मालूम वह मुझे स्टेशन पर देखने चली ही आई हो...। मेरे हृदय की धड़कनें गाड़ी की धीमी होती गति के विषम अनुपात में तेज होती गई हैं। मैंने उसे समझाया तो बड़ी सहजता से था किंतु क्या मैं अपने को रोक पाता...?

स्टेशन पर मेरी निगाहें लगातार उसे खोज रही हैं। चेहरे दर चेहरे एक उदासी मेरे अंदर भरती चली जाती है। कितना अच्छा होता वह स्टेशन पर

ही मुझसे मिलने आ जाती...। प्रतीक्षा के ये क्षण कितने कष्टप्रद हैं। मुझे अपने पर बड़ी कोफ्त सी महसूस हुई। किसी ने ठीक कहा है कि हमारी 'हाँ' सदैव 'हाँ' होती है किंतु 'न' हमेशा 'न' नहीं होती...। कभी-कभी उस इनकार के पीछे स्वीकृति का भाव कितनी शिद्दत से छिपा रहता है...।

होटल का यह ए.सी. रूम मुझे बड़ा उमस भरा लग रहा है। उद्विग्न मन अनिर्णय और अनिश्चितता के शिकंजे में गिरफ्त है। रूम बैरा दो बार चाय के लिए पूछ गया है और मैं दोनों बार गर्दन हिला गया हूँ पता नहीं स्वीकृति में या इनकार में...। एक अजीब-सा खालीपन मेरे अंदर भर गया है। उठकर मैं बाथरूम के दरवाजे तक जाता हूँ और फिर कुर्सी में आकर धँस गया हूँ। मेरे हाथ घंटी पर दब गए हैं। "चाय...।" मुझे नहीं मालूम मैंने उसे क्यों बुलाया है।

अटैची खोलकर मैं अपने कपड़े निकालने लगा हूँ। काफी पशोपेश के बाद...। दो-ढाई वर्षों से सँजोया पल सामने आ रहा है, वह भी इतना अनायास कि अधिक सोचने का समय ही कहाँ था। परसों ही उसने फोन पर बतलाया था कि सुदीप दौरे पर विदेश गए हैं और बच्चे अपनी मौसी के घर।

"तुमसे मिलने का यही एक अवसर है...।" उसके स्वर में चहक थी।

"ठीक है। मैं आ जाता हूँ।" मैंने उतावलेपन से कहा।

"नहीं, तुम यहाँ नहीं आओगे...। हम एक नए शहर में मिलेंगे जहाँ हम स्वतंत्रता से घूम सकें...। रम्मी, मैं तुम्हारे साथ देर तक घूमना चाहती हूँ..., तुम्हारा हाथ थाम कर...।" कहकर उसने एक ठंडी साँस ली। इन शब्दों की गहराई मेरे अंदर तक पैठती चली गई थी।

दिल्ली का सुझाव उसे स्वीकार था क्योंकि यहाँ उसका कोई परिचित नहीं है और दिल्ली मेरे लिए निहायत सरकारी शहर है जहाँ मेरे संबंध कार्यालय की चारदीवारी तक ही सीमित हैं...।

"ठीक है, मैं रूम बुक करवा देता हूँ...।" कुछ देर शांत रहने के बाद मैंने कहा था।

"पर एक नहीं, दो...।" जैसे टोकते हुए तेजी से कहा उसने।

"क्या मतलब...।" मैं चकित था।

"जी, डियर रम्मी...।" उसने प्यार भरे अंदाज में कहा था...दो कमरे,

वह भी अलग-अलग होटलों में...।''

''व्हाट स्टूपिड...।'' खीझकर मैं चीख दिया।

और वह जोर से खिलखिला दी। टेलीफोन के तारों और यंत्र से गुजरती वह हँसी जो मेरे रोम-रोम में प्रवाहित होने लगती..., जिसके स्वरतंत्र ठहरे पानी में डाले गए पत्थर से उठती लहरों की तरह मन में हलचल मचा देते. ..। काफी देर मैं कुछ कहने-सुनने की सुध ही भूल जाता।

''क्यों, चुप क्यों हो...?'' पता नहीं वह मेरी चुप्पी के कारण को समझती या नहीं।

''नहीं, कुछ नहीं...।'' मैं अनमने स्वर में बोला।

''नाराज हो...।'' मेरे स्वर के बदलाव को वह तुरंत भाँप जाती।

''नहीं यार, मैं कहीं और ही खो गया था...।''

''अच्छा...,'' उसके स्वर में शैतानी आ गई, ''बातें मुझसे करते हो और सोचते किसी और के बारे में हो...।'' वह फिर उसी अंदाज में हँस दी थी।

मन में आया कि उससे इसका कारण पूछूँ। पर सच तो यह है कि मैं साहस ही नहीं जुटा पाया। मेरा उससे परिचय ही कितना है—मात्र पत्रों की इबारत और फोन की बातों तक...। यह क्रम दो वर्ष पूर्व आरंभ हुआ था। उसकी एक कहानी पढ़कर मैंने सराहना का एक पत्र भेजा था। ऐसे पत्र न जाने कितनों को लिखे जाते हैं। कुछ के उत्तर आते हैं और कुछ के नहीं भी। कुछेक के उत्तरों की प्रतीक्षा रहती है और कुछ की नहीं भी।

उसका उत्तर आया था। बड़ा सामान्य किंतु अनौपचारिक...। ''दोस्त, आपका खत पाकर खुशी हुई। खुशी इसलिए भी क्योंकि यह खत अन्य खतों से अल्हदा था। कहानी के कथ्य, ट्रीटमेंट और पठनीयता की प्रशंसा करते हुए आपने कुछ भाषाई खामियों की ओर भी इशारा किया है। पर ठीक है यार...! रोजमर्रा की यह जिंदगी, इसके इर्द-गिर्द घूमते बच्चे, नौकर, कामवाली, धोबी और सब्जीवाले कमबख्त भाषा को सुधरने ही नहीं देते...।

फिलहाल...। खतो-किताबत का सिलसिला जारी रहेगा तो मुझे अच्छा लगेगा...।

अपनी ही,
तरु।''

पता नहीं इस पत्र में ऐसा क्या था कि मैं इसे कई बार पढ़ गया था। बार-बार पढ़ते-पढ़ते मुझे अपने लिखे पर शर्मिंदगी भी होने लगी थी और तरु की साफगोई और खुलेपन के प्रति सम्मान...। कम-से-कम उस समय तो मुझे ऐसा ही अहसास हुआ था। किंतु आज मुझे लगता है कि तरु के प्रति आकर्षण का पहला बीज इसी पत्र ने बोया था। मैंने उसी दिन उसे दूसरा पत्र लिखा था जो दरअसल माफीनामे की शक्ल में था किंतु उसके पीछे उसे और जानने की उत्कट उत्कंठा भी छिपी थी।

तब से पत्राचार का क्रम अनवरत जारी रहा।

मेरे ऐसे पैन फ्रेंड और भी हैं। सबसे ही नियमित पत्राचार चलता रहा है। पैन फ्रेंड्स को लेकर मेरे अपने मित्रों से काफी बहस भी हो चुकी है। मेरी धारणा थी कि कलम मित्रता मात्र एक स्वार्थ है, किसी उद्देश्य प्राप्ति का साधन अथवा शर्मीले, चुप्प और संकोची व्यक्तियों की भाव अभिव्यक्ति का एक माध्यम...। मैं इसे मित्रता न मानकर मात्र परिचय की श्रेणी में रखता था।

किंतु साल बीतते-बीतते तरु के साथ पत्राचार ने मेरे जीवन में एक नए अध्याय की संरचना कर दी थी—एक ऐसा अध्याय जो मेरे लिए बड़ा सजीव व जीवंत हो चला था। तरु मेरी जिंदगी में कहीं एक अनिवार्यता की तरह प्रवेश कर गई थी। एक समानांतर जिंदगी का बोझ मुझे अचानक होने लगा था...। हर एक अवसर पर जब मेरी पत्नी और बच्चे सामने होते तो कहीं दूर तरु भी अपने अदृश्य रूप में मुसकराती सी नजर आती। डाकिए की प्रतीक्षा मुझे अंदर-ही-अंदर गुदगुदाती भी रहती और बेचैन भी करती। साढ़े ग्यारह का समय जब डाकिया आता था, घड़ी की सेकेंड दर सेकेंड बढ़ती सुइयों की मानिंद आगे बढ़ता...? दीवार घड़ी की टिकटिक मुझे कहीं अंदर तक उद्वेलित करती रहती।

पत्रों का क्रम माह से सप्ताह और फिर दिनों पर आ गया था। इन पत्रों के प्रति बड़ा सचेत हो चला था मैं। स्टेशनरी की दुकान से नए-नए रंग-बिरंगे पैड और भाँति-भाँति के पैन खरीदे थे मैंने। अब पत्रों को लिखकर मैं उन्हें संशोधित करता और फिर सधे हस्तलेख में पैड पर लिखता...। भेजने से पहले उन्हें बार-बार पढ़ता...।

हमारे पत्रों की विषयवस्तु में कोई उल्लेखनीय परिवर्तन नहीं हुआ था

पर मैं उसके पत्रों को कई बार शब्द दर शब्द पढ़ता...। पता नहीं, उन इबारतों में क्या खोजने का प्रयास करता था मैं...। कभी मुझे दीखा भी नहीं किंतु उन खतों की गंध मेरे अंदर प्रवाहित होने लगी थी—कस्तूरी की तरह...।

किसी एक पत्र में मैंने उससे अपनी फोटो भेजने के लिए लिखा था। तुरंत वापसी की शर्त के साथ उसने फोटो भेज दिया था।

फोटो को मैंने सभी कोणों से देखा था। काफी देर तक भी देखा था। क्यों, मुझे न तब समझ में आया और न ही आज। गोरा-चिट्टा, लंबा चेहरा, नुकीली नाक, तेज पारदर्शी नजरें, पतले होंठ और मुसकराहट को छुपाने जैसा भाव...। मुझे याद नहीं कि उसका चेहरा देखकर मुझे कैसी अनुभूति हुई थी—आह्लाद अथवा उत्तेजना, उल्लास अथवा उन्माद...। किंतु पता नहीं, मैं उस चेहरे में क्या तलाशता रहा था।

शब्दतंत्र से अनुभूतियाँ जब दृष्टि में प्रवेश कर गईं तो उसके स्वरूप में परिवर्तन भी लाजमी था। मेरी बेकरारी बढ़ने लगी थी। किंतु यह बेचैनी केवल शब्दों तक ही सीमित थी। पत्रों की अपनी सीमाएँ भी हैं और औपचारिकताएँ भी। अब मैं तरु को पत्र लिखता तो एक अधूरापन मुझे जकड़े रहता। शब्द मेरा साथ छोड़ने लगे। अंतर्मन के भाव कुचलते से महसूस होते। हृदय की संवेदनाएँ इन वाक्यों में दम घुटती सी अनुभव करतीं।

तरु से मिलने की चाहत मेरे अंदर-ही-अंदर पनपने लगी थी। पर मैं अपने से ही जद्दोजहद में फँसा रहता...। आखिर क्यों ? मात्र उत्सुकता अथवा कोई आकांक्षा...?

एक पत्र में मैंने अपनी इस इच्छा को अभिव्यक्त किया था। उसने लिखा था :

"...एक दूसरे को इतना जान लेने के बाद मुलाकात की चाहत वाजिब है। निसंदेह हमारे खतों ने हमें एक दूसरे के काफी करीब ला दिया है। पर मुलाकात...। बुरा न मानें तो कहूँ कि इन नजदीकियों से डरती हूँ मैं...। अभी मिलना संभव भी नहीं लगता। फिलहाल फोन पर तो बात कर ही सकते हैं हम लोग...।"

अगले कई दिन बड़े पशोपेश में गुजरे थे। मेरी उँगलियाँ फोन तक जातीं और रुक जातीं। एक संकोच ने मुझे बुरी तरह दबोच रखा था। संभवतः मेरी आयु, परिवार कहीं आड़े आ रहा था। पर बिना फोन मिलाए मन नहीं माना।

''563258...।'' संकुचित स्वर में मैंने पूछा था।

''जी हाँ...।''

''आप तरु जी बोल रही हैं...।'' मुझे ऐसा लगा मानो स्वर से अधिक हृदय की धड़कन उस तक पहुँच जाएगी।

''हाँ, और आप रोमेश साहब...।'' उसके स्वर में एक पहचान उभर आई थी।

मैं हँस दिया, बड़ी प्रसन्नता और उससे भी ज्यादा एक राहत की भावना के साथ।

''मैं तो रोज ही आपके फोन का इंतजार कर रही थी। आपने अपना नंबर ही नहीं लिखा था वरना तो मैंने ही आपको फोन कर लिया होता।''

मुझे अपने कानों पर विश्वास ही नहीं हुआ था। मैं चुप रहा था। पहले खत की वह अनौपचारिकता एकाएक मुझे याद आई और तब मुझे सब कुछ बड़ा सहज और स्वाभाविक लगा।

''आप चुप क्यों हैं, जनाब...।''

''बस यूँ ही...। आपकी आवाज सुनकर अच्छा लग रहा है...।'' मैंने सकुचाए से स्वर में कहा था। एक अजीब सा उन्माद मेरे ऊपर हावी हो गया था।

''मुझे भी।'' कहकर शायद वह शरमाई थी।

कुछ देर हम दोनों शांत रहे थे। फिर कहानी और पत्रिकाओं के बारे में बात करते रहे थे। पंद्रह मिनट का समय बीतते पता ही नहीं चला।

''आज काफी देर बातें कर ली मैंने। आपको डिस्टर्ब भी किया।''

''कैसी बातें करते हैं। फिर कब फोन करेंगे...।''

''किसी भी दिन...।''

''ठीक है। मैं इंतजार करूँगी।''

''वैसे आपको क्या समय सूट करता है...।''

''एनी टाइम...। सुबह सात से रात बारह बजे तक...।''

तब से फोन पर बातचीत का क्रम जारी है। वार्ता कहानी से हटकर परिवार और फिर अपने पर केंद्रित हो गई थी। वह कभी न खत्म होने वाली बात थी। एक दूसरे के जीवन को काफी उत्सुकता से जाना था हमने। जीवन को भी जानने से अधिक एक दूसरे की संवेदनाओं को पहचाना था हमने।

शायद हमारी धड़कनें एक दूसरे के कानों में जाने लगी थीं। इस बीच में आप से तुम और रोमेश साहब से रोमेश और फिर रम्मी बन गया।

"तुम्हें प्यार में सब लोग क्या कहकर पुकारते हैं...।" एक दिन उसने पूछा था।

"मेरे मम्मी-पापा मुझे रम्मी कहते हैं। बचपन में अन्य लोग भी मुझे रम्मी ही कहकर बुलाते थे।"

"तो मैं भी तुम्हें रम्मी कहकर ही बुलाऊँगी।"

"बच्चा मानकर या प्यार से...।"

वह सिर्फ जोर से हँस दी। "जो तुम्हें ठीक लगे...।" ठहाके के बीच उसने कहा था।

पहली बार मुझे अहसास हुआ कि संबोधन हमारी आयु में कैसे इजाफा या कमी कर देता है। अब भी मम्मी मुझे अकेले में क्यों रम्मी कहती हैं, पत्नी और बच्चों के सामने रोमेश और अन्य लोगों के सम्मुख "मेरा बेटा डॉ. रोमेश चंद्रा।" रोमेश साहब से रम्मी और आपसे तुम का सफर मेरी आयु को कहीं पीछे धकेल गया था। लगभग दो दशक पूर्व पढ़े उपन्यास जैसे गुनाहों का देवता, लव स्टोरी मैं फिर पढ़ने लगा था। मेरे पहनावे में भी एक रोमांटिक-सा परिवर्तन आने लगा था। अचानक जींस, रंगीन टीशर्ट मुझे अच्छी लगने लगी। मुझे हैरत थी कि कभी-कभी आईने के सामने खड़े होने पर मुझे अपनी शक्ल के बराबर तरु की तसवीर जड़ी दिखलाई देती।

मैं इस परिवर्तन के प्रति सचेत तो था ही, भयभीत भी अनुभव करने लगा। फोन और पत्रों की मित्रता हृदय के कोमल तंतुओं में कब और कैसे प्रवेश कर गई, सोचकर भी मैं बड़ा अजीब सा अनुभव करता। कई बार मन में आया कि तरु से खुलकर बात करूँ किंतु ऐसा करने का साहस ही नहीं होता मेरा। तरु का खुला-खुला व्यवहार देखकर संकोच भी होता और शर्मिंदगी भी। संकोच और शर्मिंदगी के कई और कारण भी थे। ऐसा क्यों और किसलिए के प्रश्न लगातार मुझे त्रस्त करते रहते। इसकी आवश्यकता ही आखिर क्यों थी, मुझे या उसे...। हम दोनों एक दूसरे में आखिर क्या ढूँढ़ रहे हैं जो पति-पत्नी के संबंधों में नहीं है। एक अपराध-ग्रंथि मुझे कहीं अंदर तक चुभती रहती।

तरु सदैव अपने पति की तारीफों के पुल बाँधा करती। जीवन की सारी

उपलब्धि का श्रेय अपने पति को ही देती। उसके पति ने उसको वह सब कुछ तो दिया ही था जो एक पत्नी को मिलना चाहिए, साथ ही तरु के व्यक्तित्व के विकास में भी उसका पूरा योगदान था। अपने लेखन की प्रेरणा भी तरु सुदीप को ही मानती।

कई दिनों से मैं उससे कुछ कहने का मन बना रहा था। उससे बातें करते-करते मैं अचानक गंभीर होने लगता। तरु मुझे टोक देती। पर जब यह क्रम कई दिनों तक चलता रहा तो एक दिन उसने मुझसे पूछ ही लिया, ''आजकल तुम वैसी बात नहीं करते, जैसी पहले करते थे...''

''क्योंकि तब और अब में फर्क आ गया है...।'' मुझे सूत्र मिल गया था।

''कैसा फर्क...।''

''क्या तुम वास्तव में कुछ महसूस नहीं करती...।''

वह चुप रही।

''बोलो तरु...। मैं जो तुमसे कहना चाहता हूँ, क्या तुम वह नहीं समझती हो...।''

''तुम कुछ बोलो तो प्लीज...।'' उसकी आवाज पहली बार बड़ी भारी हो चली थी।

''तरु मैं नहीं जानता, जैसा मैं अनुभव करता हूँ वैसा तुम भी अनुभव करती हो या नहीं। यह मेरी गलतफहमी है या खुशफहमी। मैंने जो कुछ आशाएँ तुमसे बाँध ली हैं, वे उचित है अथवा अनुचित...। पर यह सत्य है कि मैं तुमसे प्यार करता हूँ, तरु, आई रियली लव यू...।'' अनचाहे मेरे स्वर में तरलता आ गई।

वह चुप रही और मैं भी काफी देर खामोश था।

''तरु, कुछ कहोगी...।''

''क्या कहूँ यार...।'' उसने एक लंबी साँस लेकर कहा, ''मुझे डर था कि तुम यही कहोगे। पर रम्मी, यह सब क्यों..., यह सब कैसे संभव है..।''

''क्यों, इसमें असंभव क्या है...।''

''असंभव नहीं भी सही तो भी अस्वाभाविक तो है ही...। जो कुछ तुमने कहा वह हमारी तुम्हारी स्थिति में इतना सहज और सरल है क्या...। और फिर इसकी आवश्यकता...।''

"आवश्यकता और पूर्ति के नियम क्या यहाँ भी लागू होते हैं...।"

"शायद हाँ...। तुम इसे न भी मानो, पर यह सत्य है...।"

"यदि यह सत्य है तो इसे आवश्यकता ही मान लो। अब इसका कारण मत पूछना...।"

"रोमेश, चलो कारण नहीं पूछती। पर क्या हम केवल अच्छे दोस्त नहीं बने रह सकते। दोस्ती की सीमाएँ लाँघना सरल है किंतु उनका निभाव...।"

"इसका अर्थ है कि या तो मैं इसके योग्य नहीं हूँ या तुम्हें मुझ पर विश्वास नहीं है...।"

"नहीं, ऐसा मत सोचो। तुम योग्य भी हो और तुम पर मुझे पूरा विश्वास भी है। पर मैं चाहती हूँ कि हम अच्छे दोस्त ही बनकर रहें...।"

"क्या प्यार करने वाले अच्छे दोस्त नहीं होते...।"

"होते हैं, किंतु प्यार के साथ कुछ और भी जुड़ जाता है। नई आकांक्षाएँ और अपेक्षाएँ भी प्यार के साथ जुड़ी रहती हैं। मुझे तुम्हें यह सब बताने की जरूरत भी नहीं है क्योंकि हम दोनों ही उस अवस्था को पार कर चुके हैं। दोस्ती एक सीधा सच्चा निस्वार्थ संबंध है। फिर मित्रता से अन्य संबंधों पर भी कोई प्रभाव नहीं पड़ता है। लेकिन प्यार में...।"

"तुम कहना क्या चाहती हो...। यदि मैं तुम्हें प्यार करता हूँ तो इसका अभिप्राय यह है कि मेरी अपनी पत्नी के प्यार में सच्चाई नहीं है।"

"शायद हाँ...!"

"मगर ऐसा क्यों...। हम माँ, बाप, भाई, बहनों को बराबर प्यार कर सकते हैं, अपने तमाम संबंधियों और मित्रों को प्यार कर सकते हैं। क्या वह प्यार पत्नी के प्यार में आड़े आता है...।"

"शायद हाँ...।"

"क्या उन अर्थों में जिनमें पत्नी और प्रेमिका के संबंध आड़े आते हैं...।"

तरु ने कोई उत्तर नहीं दिया। काफी देर हम दोनों ही चुप रहे।

"रोमेश, संबंधों के आयाम अलग-अलग हैं। उनकी सीमाएँ और विस्तार अलग-अलग हैं। जहाँ माँ-बाप और पत्नी के प्यार का रूप और विस्तार पूरी तरह भिन्न है, वहीं पत्नी और प्रेमिका का केंद्र-बिंदु और विस्तार अलग-अलग नहीं है। शायद इसीलिए दोनों में टकराव है...।"

"पता नहीं क्यों, तुम्हारी बात तर्कपूर्ण लगते हुए भी समझ में नहीं

आती। क्या तुम ऐसा सोचती हो कि तुम्हारे प्रति भावनाओं के कारण मेरे हृदय में पत्नी के लिए प्यार में कमी आई है या यदि मेरे लिए तुम्हारे अंदर कोई कोमल भावना है तो इससे तुम्हारे मन में पति के लिए प्यार को आघात पहुँचेगा। कम-से-कम मुझे तो ऐसा नहीं लगता।''

''मैं कह नहीं पाऊँगी, रोमेश। मेरे लिए यह एक नया और अनजान अनुभव है...।''

मैंन वार्ता के क्रम को आगे नहीं बढ़ाया। उस दिन दो बार तरु का फोन आया और दोनों बार 'मुझसे कुछ बातें करो...। मैं बहुत अकेलापन अनुभव कर रही हूँ...।' कहकर वह चुप हो जाती। मैं असमंजस में था किंतु शीघ्र ही उसकी मनःस्थिति को मैं भाँप गया। उसकी भावनाओं को सहेजने में मुझे अद्‌भुत आनंद मिला था।

फोन से वार्ता का क्रम बड़ा नियमित हो चला था। एक दिन का व्यवधान भी अब तरु को असहनीय लगता। बातें करते-करते अब वह कभी अत्यंत गंभीर और कभी बुरी तरह विचलित हो जाती, ''यार, मैं नहीं जानती तुम मुझ पर कैसे भरोसा कर बैठे हो...। मुझे स्वयं अपने पर ही भरोसा नहीं है। मुझे बार-बार लगता है कि मैं सुदीप के साथ कहीं अन्याय कर रही हूँ।''

''मगर किस तरह...। क्या तुम्हारे अंदर सुदीप के लिए प्यार में कोई कमी आई है।''

''नहीं, ऐसा बिलकुल नहीं है। बल्कि शायद इसका विपरीत ही हुआ है। अब सुदीप एक दिन के दौरे पर जाते हैं तो मुझे बिलकुल अच्छा ही नहीं लगता। उनकी लगातार उपस्थिति का एहसास मुझे इतना सुख देता है कि मैं शब्दों में बयान नहीं कर सकती। उनके जाने पर मैं उन्हें बड़ा मिस करती हूँ।''

''पर ऐसा क्यों...।''

''मैं स्वयं इस परिवर्तन से परेशान हूँ। सोचती हूँ कि कहीं यह मेरे अंदर पैदा हुए अपराध-बोध की अभिव्यक्ति तो नहीं है। मुझे स्वयं बड़ा अटपटा सा लगता है और लगातार यह भय भी बना रहता है कि कहीं सुदीप को मेरे अंदर आए इस परिवर्तन का आभास न हो जाए...।''

मैं कोई उत्तर नहीं दे पाया। पता नहीं क्यों, मुझे तरु के कथन में सत्यता-सी नजर आने लगी। यह सत्यता बड़ी कटु और दर्दनाक थी। तरु

की मनःस्थिति को मैं अच्छी तरह समझ सकता था। उसकी स्थिति मुझे बड़ी दयनीय लगने लगी। मैं अपने को दोषी भी अनुभव करने लगा था।

यह बातें शुरुआती महीनों की हैं। मैंने महसूस किया कि धीरे-धीरे तरु सामान्य होती जा रही थी। पहले हमारी बातों में सुदीप कहीं-न-कहीं अवश्य प्रवेश कर जाता था किंतु अब तरु उसके बारे में कोई बात नहीं करती। कभी मैं पूछ लेता, "सुदीप कैसे हैं" तो "मजे में...।" का बड़ा संक्षिप्त-सा उत्तर मुझे मिलता था।

तरु का जन्मदिन नजदीक आ रहा था। मैंने एक गिफ्ट पार्सल करके उसे भेजा था। जन्मदिन के दिन सुबह ही उसे शुभ-कामनाएँ देने के लिए मैंने फोन मिलाया था। आज उधर से एक पुरुष स्वर था। और कोई दिन होता तो मैं बात बिलकुल नहीं करता किंतु आज तरु को बधाई तो देनी ही थी। विवश होकर मैंने बात की।

"मैं तरु जी से बात करना चाहता हूँ...।"

"आप...।"

"मैं रोमेश हूँ...।"

"अच्छा-अच्छा, मैं सुदीप, उसका हस्बेंड बोल रहा हूँ। आपके बारे में मुझे तरु ने बताया है। आप होल्ड कीजिए। अभी तरु को बुलाता हूँ...।" कहकर उसने जोर से तरु को पुकार लगाई थी, "देखो, रोमेश जी का फोन है...।"

कुछ ही पलों में उधर तरु थी।

"जन्मदिन बहुत-बहुत मुबारक हो तुम्हें...। हैप्पी बर्थ डे, तरु...।"

"थैंक्यू रोमेश जी। आप कैसे हैं...।"

मैं समझ गया कि सुदीप आसपास है। मैं कुछ देर चुप रहा। "हाँ, आपका बर्थडे गिफ्ट भी कल मिला था। यह सब फार्मेलिटी क्यों...।"

इन औपचारिकताओं में वार्ता का क्रम संक्षिप्त होना ही था।

"ठीक है, कभी बाद में बात करेंगे...।" मैंने कहा।

"ठीक है...। बॉय...।" उसने तुरंत फोन रख दिया।

उस दिन मैं यह अवश्य काफी देर तक सोचता रहा कि तरु ने मेरा सुदीप से परिचय क्यों और कैसे कराया होगा। और सुदीप की इस पर क्या प्रतिक्रिया रही होगी। मैं जानने को उत्सुक भी था और परेशान भी। अगले

दिन तरु ने मुझे बताया था कि दरअसल मेरा वह गिफ्ट पैक डाकिए ने सुदीप को ही दिया था। अंदर केवल 'शुभ-कामनाएँ' और नीचे 'रोमेश' लिखा था। तरु को बड़ी सहजता से पैकेट दे दिया था उसने। तब तरु ने ही उसे मेरे बारे में बताया था, जितना बताना आवश्यक था।

"सुदीप की क्या प्रतिक्रिया थी...।" व्यग्रता से पूछा मैंने।

"कुछ नहीं। बोले बिना मिले तुमसे इतनी दोस्ती मानते हैं..."

"फिर...।"

"बस, मैं हँस दी...। पर सच यार, मैं कल से बड़ी मुक्त अनुभव कर रही हूँ। पता नहीं क्यों, मुझे लग रहा है जैसे मेरे मन से एक बड़ा बोझ कम हो गया है। रोमेश, यह बात मेरे मन में एक ग्रंथि-सी पैदा कर रही थी कि बिना सुदीप को बताए मैं तुमसे रोज फोन पर इतनी बात करती हूँ। मुझे लगता था कि किसी दिन एकाएक जब सुदीप को पता चलेगा तो उन्हें कैसा लगेगा। मेरे अंदर का चोर अचानक लुप्त हो गया है...।"

मैंने इस प्रकरण को आगे नहीं बढ़ाया किंतु मैं देर तक तरु की मनःस्थिति का विश्लेषण करता रहा था। ऐसा क्यों है, सुदीप को हमारी मित्रता के बारे में बताकर तरु किस दोष-ग्रंथि से मुक्त होना चाहती है और क्या वह वास्तव में इस अपराध-भाव से मुक्त हो सकेगी, यदि ऐसा कुछ उसके अंदर पनप रहा है।

इसके बाद तरु कभी-कभी बातचीत के दौरान सुदीप का जिक्र करती। नए साल का कार्ड आया तो उसमें भी सुदीप का नाम लिखा था। उसने मुझसे भी यह कहा था कि मैं जो कार्ड भेजूँ उसमें सुदीप का नाम अवश्य लिखूँ। एक दिन बात करते-करते अचानक मुझसे बोली, "सुदीप से बात करोगे...।"

मैं असमंजस में था कि उधर से सुदीप की आवाज आई। बड़ी ही औपचारिक-सी बात। मौसम और राजनीति की, चुनाव और सरकार की... । तरु से बाद में मैंने इसका कारण पूछा तो तरु ने बड़े साफ शब्दों में कहा कि वह चाहती है कि सुदीप किसी-न-किसी रूप में हमारी मित्रता स्वीकार कर ले...।

"मगर क्यों...।" मैंने पूछ ही लिया।

"तुम नहीं समझ सकोगे, रम्मी...। उस दिन सुदीप ने तुमसे बात की

तो मेरे मन का कितना बोझ कम हुआ, इसे मैं शब्दों में अभिव्यक्त नहीं कर सकूँगी। पता नहीं, मुझे क्यों लगता है कि सुदीप भी हमारी मित्रता में अब सहभागी है।''

मैं आगे क्या कहता, चुप रहा। पर मैं सोचता रहा कि क्या यह भारतीय नारी के शुद्ध सांस्कृतिक संस्कार हैं, जो उसे कोई भी कार्य चोरी करने से रोकते हैं अथवा अपनी चाहत को पति के हृदय में प्रतिस्थापित कर तरु उसे न्यायोचित ठहराने का प्रयास कर रही है। अथवा सुदीप के माध्यम से तरु यह आश्वस्त होना चाहती है कि हमारे संबंध अत्यंत सहज और स्वाभाविक हैं...।

वैसे सहज और स्वाभाविक तो है ही। हम दोनों के बीच लगभग दो हजार किलोमीटर की दूरी है। इस व्यस्त नौकरी और पारिवारिक बंधनों के होते ने मुझे अवकाश की गुंजाइश है और न ही तरु के लिए मुझसे मिलना संभव प्रतीत होता था। यह एक विचित्र-सी स्थिति थी। हम लोग अब तक मिले नहीं थे और न ही मिलने की कोई योजना थी। फिर भी घंटों बात करके हम एक दूसरे के कितने नजदीक आ गए थे...। चाहत अपनी संपूर्णता में दोनों ओर प्रस्फुटित हुई थी। किंतु इसका फल...।

मैंने जानबूझकर कभी तरु से इस बारे में बात नहीं की थी। पर पता नहीं क्यों, तरु ने ही इस प्रश्न को उठाया था।

''रम्मी, कभी सोचा है कि इस सबका क्या फल मिला है तुम्हें या आगे भी क्या मिलेगा...।''

''तुम्हें क्या मिलना है...।'' मैंने तनिक रोष-भरे स्वर में पूछा था।

''कुछ भी नहीं...। या शायद मैं समझ नहीं पाती हूँ। इसलिए तो तुमसे पूछ रही हूँ...।''

''मुझे जो मिलना था, वह मुझे मिल गया।''

''आदर्श की बात मत करो। क्या यह जीवन की वास्तविकता है...। क्या इस प्रकार के प्यार का कोई अस्तित्व है। मैं तुम्हें कुछ भी नहीं दे सकती। और तो और दुख-सुख में भी सहभागी नहीं हो सकती...शायद दूरी के कारण...।''

''पर मुझे इसकी दरकार भी तो नहीं...।''

''दरकार न भी सही...। पर प्यार कुछ-न-कुछ प्रतिकार तो चाहता ही

है...।''

''शायद हाँ...। इस रूप में कि तुम किसी को प्यार करते हो और वह भी तुम्हें अपने प्यार के योग्य समझता है...। यह जीवन की कम बड़ी उपलब्धि है क्या...।''

तरु शांत रही।

''बोलो तरु...।''

''सच है, यार...!'' लंबी साँस लेते हुए उसने कहा था, ''प्यार का पुरस्कार केवल प्यार है। शरीर, जीवन के लेन-देन इससे अलग हैं, शायद प्यार की विकृति है...।''

मैं इससे कभी इनकार नहीं कर सका कि मेरा तरु से मिलने का बड़ा मन था। अक्सर मैं उससे इस बारे में कहा भी करता था।

''मिलना क्यों चाहते हो...।'' मेरे कहने पर एक बार तरु ने पूछा था।

''जिससे कभी इधर-उधर मिल जाओ तो तुमसे छेड़खानी न कर बैठूँ...।'' मैंने हँसकर कहा।

''अच्छा, तो जनाब, ये सब हरकतें भी करते हैं...।''

''खूबसूरत चीज किसको अच्छी नहीं लगती...।''

''तुमने कैसे मान लिया कि मैं सुंदर हूँ...।''

''वो तो हो ही...। इतनी दिलकश आवाज और ऐसे कोमल हृदय वाले कभी कुरूप हो ही नहीं सकते...।''

''अगर सुंदर नहीं हो तो...।'' अब उसका स्वर गंभीर हो गया।

''तरु, मैंने तुम्हारे चेहरे अथवा शरीर को प्यार नहीं किया है; तुम्हारे मन को प्यार किया है, उसे ही जीता है। शरीर तो वैसे भी मेरा नहीं है...।''

काफी देर हम दोनों शांत रहे थे।

''पहली बार कैसे मिलोगे...।'' एकाएक उसने सधे स्वर में पूछा था।

''एकांत में। तुम्हारे हाथों को देर तक थामे रखकर और फिर...।'' मैं रुक गया। मेरे हृदय की गति बढ़ने लगी थी।

वह भी कुछ देर मौन थी।

''और फिर क्या...।'' उसका स्वर बदला हुआ था अपरिचित, सहमा किंतु अपने अंतरंग की भावनाओं को दूसरे के मुख से सुनने को उद्यत...।

"बातें करने से पहले तुम्हारी आँखों और माथे को चूम कर...।"

उस दिन बिना कुछ आगे कहे उसने फोन रख दिया था। मैं भी आगे कुछ बोलने की स्थिति में नहीं था। देर तक एक उत्तेजना मेरे अंदर हिलोरें लेती रही थी।

तैयार होकर आज जब मैं उससे मिलने चला हूँ, तो वही उत्तेजना मेरे अंदर प्रवाहित हो रही है। हृदय की धड़कनें अपनी दुगुनी रफ्तार पर हैं। हथेली पर एक गीलेपन का अहसास बराबर बना हुआ है।

थपथपाहट पर उसने दरवाजा खोला है। लाल और काले रंग की साड़ी में लिपटी छरहरे बदन की वह सुंदर प्रतिमा मेरे सामने खड़ी है।

अभिवादन में हम दोनों के हाथ जुड़ जाते हैं।

कमरे में पड़े सोफे पर हम आमने-सामने बैठ गए हैं।

उसकी आँखें नीचे झुकी हुई हैं। कुछ देर खुली और बंद हो गई हैं।

कुछ ही देर बाद अपनी लंबी-लंबी उँगलियों से उसने अपना चेहरा ढक लिया है।

उन पतली उँगलियों के बीच से उसकी मुसकराहट झाँक रही है।

मुझे लगा तरु मेरे सामने से एकाएक लुप्त हो गई है।

उसका अदृश्य होता अस्तित्व मुझे बड़ा सहज और स्वाभाविक लग रहा है।

पता नहीं क्यों, हम दोनों के मध्य बनी लगभग तीन फीट की दूरी उसी दो हजार किलोमीटर के आकार में फैल गई है।

"हलो तरु...।" हमेशा की तरह जैसे फोन पर मैंने उससे कहा है...।

बलात्कार

रामबली का ब्याह गाँव क्या, पूरी बिरादरी व छत्तीस जातियों में चर्चा का विषय बना था। बिन माँ-बाप, भाई-बहन के रामबली एकदम छड़ा और निखट्टू तो था ही, बदनामी की सभी सीढ़ियाँ पार करके वह अब छोटे-मोटे अवगुणों से काफी ऊपर जा पहुँचा था। आवारा, शराबी, जुआरी, औरतबाज जैसे साधारण शब्द उसके चरित्र और व्यक्तित्व का पूरा मूल्यांकन करने में असमर्थ थे। न वह गाँव की किसी घटना से प्रभावित होता और न वहाँ के लोग उसकी किसी हरकत, दुर्गुण अथवा दोष का असर अपने ऊपर लेते। गाँव के पंडित जी लोगों को समझाया करते कि गीता में इसको ही ''स्थिति पिरिगया' कहा गया है, ''ऐसे की तो राम ही इच्छा करे...।''

ये सब बातें भी शुरुआती सालों की थीं जब अपने चौदह-पंद्रह साल के इकलौते बेटे को छोड़ रामबली के माँ-बाप क्षय रोग से ग्रस्त होकर एक साल में ही चट्ट हो गए थे। पीछे छोड़ गए बीस बीघा जमीन और एक टूटा मकान...। खेती बटाई पर चली गई और मकान पर उसका एकछत्र अधिकार...। पूरी आमदनी उसके हाथों में आने लगी और उधर जवानी उसके सिर पर चढ़ गई। ऊपर वाले की ताकत तो हमेशा ही जबर रही है। अठारह का होते-होते पूरा गाँव उससे तौबा-तौबा कर गया। समझाने-बुझाने का क्रम एकाध साल चला और फिर वही पंडित जी उवाच...।

पचीस का होते उसका स्वास्थ्य भी ढीला पड़ने लगा था। लोगों को लगता था कि यों ही किसी दिन उसका अंत हो जाएगा और दरअसल उसी दिन की प्रतीक्षा वे करते भी थे कि एकाएक उसके विवाह का समाचार आ गया। दूर के एक चाचा ने उस पर तरस खाकर विधवा को अपनी लड़की देने के लिए राजी कर लिया था। उन्हें लगता कि विवाह ही उसके जीवन को बदल सकेगा।

अनारो लगभग तीन दशक पूर्व इस गाँव में बहू बनकर आई थी। शोख, चंचल छोटी गुड़िया-सी...। आयु भी लगभग पंद्रह की रही होगी। पति और अपनी गृहस्थी को समझने के लिए अभी बड़ी नादान थी। रूखा-सूखा जो मिलता उससे अपने को प्रसन्न रखती। माँ की सीख पति सेवा 'परमो धर्मः' को पूरी तरह पालन करने का प्रयास करती। किंतु अपनी आयु और स्वभाव को पूरी तरह नकार तो नहीं सकती थी। जब अवसर मिलता हमउम्र लड़कियों के साथ जी भरकर खेलती। बोलना आरंभ करती तो उसकी 'कतरनी' जैसा माँ अक्सर कहा करती थी, न तो कभी रुकती और विवेक और बुद्धि का उसकी वाणी से सामंजस्य होना ऐसे ही था जैसे चाकू और फल या कपड़ा और कैंची में...।

अनारो जिसे चाहे जो कह डालती। मुँह पर जो आ जाता, वह रुकता नहीं। कायदे, रीति-रिवाजों, पर्दे से बचे इस गाँव में इसलिए अनारो की काफी हलचल रही। उस पर उसका कली-सा दमकता चेहरा, गंदुमी रंग, भरा स्वस्थ शरीर और शोख अंदाज सबको अंदर-ही-अंदर उद्वेलित और कभी त्रस्त करते थे। लोग उसके खुले और पाक-साफ व्यवहार का गलत अर्थ लगाते। तरह-तरह के आरोप भी उस पर लगने लगे। पर वह इस सबसे बेखबर थी। उस दिन पड़ोस के किसनू ने उसका हाथ पकड़ लिया तो वह पहले हँसी और केवल अपना हाथ झटक लिया किंतु जब किसनू ने अपना हाथ उसके सीने पर छुआया ही था कि उसने हाथ घुमाकर उसके कानों पर झापड़ रसीद कर दिया। काम-काज से पका मजबूत हाथ..., और फिर अप्रत्याशित...। किसनू चकराकर नीचे गिर गया। अनारो जोर से खिलखिलाकर हँस दी और रामबली के लौटने पर उसे पूरी बात भी सुना दी।

रामबली के हाथ में दारू का गिलास था और ऊपर मामूली सुरूर...सुनते ही उबल पड़ा...। बाहर जाकर किसनू को घर से खींच लाया। चौपाल पर लाकर जमकर धुनाई की उसकी। पूरे गाँव ने किसनू की भर्त्सना की, पर रामबली को भी बहू को कब्जे में रखने की ताकीद कर डाली। "बुरा न मान, बली, तेरी बहू तो नन्ही-नन्ही छोरियों जैसी फिरे है। अपनी मान-मर्यादा तो मनुस स्वयं रखे है। आज तो गाँव का मौड़ा था। तूने मार भी लिया और हमने भी बुरा भला कै दिया...। कल जब बाहर का छोरा कुछ कर गया तो क्या तेरी इज्जत, क्या गाँव का सम्मान और क्या ही तू कर सकेगा...। तनिक

बहू को लगाम लगा...।''

रामबली ने घर आकर अनारो की जमकर धुनाई की। उसके घर से बाहर झाँकने तक पर पाबंदी लगा दी। और फिर मारपीट का यह सिलसिला न जाने कितने साल चला। इस बीच उसके छह बच्चे भी पैदा हुए जिनमें दो थोड़े समय बाद मर गए और शेष रह गए चार। बच्चे पैदा होते तो रामबली उसे जी भर कोसता, ''साली कुतिया है...।'' और जब मरे तो बुरी-बुरी गालियाँ देने के साथ हाथ भी उठा लेता, ''साली डाइन है, पूतना है। छातियों में जहर है तेरी...। खुद तो खा-खाकर मुटाई जाती है और बच्चे...।''

ठीक कुम्हार के बर्तनों की तरह पिट-पिटकर पक्की हो गई अनारो। अपने बच्चों में व्यस्त...। रामबली को बच्चों से वैसे भी कुछ लेना-देना नहीं था। चार बच्चों को अकेले पालना कोई सरल कार्य नहीं था। रामबली को न उनके पालन-पोषण का खयाल था, न ही उनकी पढ़ाई-लिखाई का। अनारो ने ही जाकर स्कूल में उनके प्रवेश कराए और घर पर भी उनकी पढ़ाई का पूरा ध्यान रखा।

उधर खेती भी धीरे-धीरे चौपट हो रही थी। बटाईदार जो पकड़ा देता, उसी से गुजारा करना होता। रामबली को केवल अपने दैनिक पौवे की माँग रहती। वह मिल जाता तो समृद्ध और खुशहाल लगता। बच्चे बड़े हो रहे थे। घर का खर्चा भी बढ़ रहा था। तब अनारो को ही निकलकर खेती पर ध्यान देना पड़ा। बटाईदार को अलग कर दिया और इसके दो सालों में ही उसकी आर्थिक दशा सुधरने लगी। अनारो वैसे भी अब बच्ची नहीं थी। वह भली प्रकार समझ गई थी कि उसका वर्तमान और भविष्य उसके बच्चे हैं, पति नहीं। और बच्चों के लिए वह किसी भी सीमा तक जा सकती थी।

रामबली तरह-तरह की बीमारियों से भी जकड़ गया था। प्रायः बिस्तर पर ही पड़ा रहता। अनारो उपचार की व्यवस्था करती किंतु वह शराब को ही अपना इलाज मानता था। गाँव वालों को ऐसा लगता कि अनारो रामबली और उससे जुड़े भविष्य से समझौता कर चुकी है।

रामबली के खेत से जुड़ा ही महातम का खेत था। वह क्षेत्र का जाना-माना गुंडा था। गाँव में बला का आतंक था उसका। काफी समय से उसकी निगाह रामबली के खेत पर थी। वह अच्छी तरह जानता था कि

रामबली के बाद उसकी संपत्ति की रक्षा करना किसी के बस में नहीं था। धीरे-धीरे वह रामबली के काफी नजदीक आ गया। घर भी आना-जाना था उसका। रामबली के बिस्तर पर पड़ने से महातम बड़ा प्रसन्न था। किंतु तभी अनारो ने खेती पर ध्यान देना शुरू कर दिया और यह ध्यान फसल बोने से लेकर समय से पानी देने, उसकी रखवाली करने, समय से काटने और बेचने तक था।

महातम को लगा जैसे उसका पूरा खेल ही बिगड़ गया। उसे झुंझलाहट भी हुई और चिढ़ भी...। मन में आया कि अनारो का सफाया कर दे किंतु अब उसकी निगाह धीरे-धीरे खेती से ज्यादा अनारो पर जाने लगी। फली-फूली खेती से कहीं ज्यादा अनारो का खिला-खिला रंग उसे आकर्षित करने लगा। उसका किरदार धीरे-धीरे बदलने लगा। अब वह बढ़-चढ़कर अनारो की खेती में मदद करता। खेत जोतने के लिए ट्रैक्टर लाकर खड़ा कर देता। कोऑपरेटिव से खाद के बोरे आ जाते और जब आवश्यकता होती तो मजदूरों की फौज खड़ी हो जाती। अनारो को मदद चाहिए भी थी। घर के खर्चे बढ़ रहे थे और वे खर्चे खेती से ही निकालने थे। अपने अहसानों से महातम ने उसे पूरी तरह दबा दिया था और जब महातम ने उसकी ओर हाथ बढ़ाए तो वह मना नहीं कर सकी।

पहले गाँव में इसकी मात्र सुगबुगाहट हुई। किंतु अलमस्त अनारो और लंपट महातम को किसी का लिहाज होता तब न कोई रोक-टोक हो पाती... । जल्दी ही इन अवैध संबंधों को लेकर गाँव में एक बवंडर-सा उठ खड़ा हुआ। किंतु न तो महातम से कोई कुछ कहने का साहस करता और मोटे खाल की अनारो अब चिकने घड़े की मानिंद हो गई थी। जिससे कुछ कहना, न कहना बेमानी था।...और रामबली...अब सचमुच 'थिति पिरिगया' में आ पहुँचा था..., सांसारिक लोभ-लालच माया-मोह से दूर...। पारिवारिक बंधनों से बाहर। असंपृक्त और निस्पृह...!!

उस दिन जब गाँव में रामबली की मौत का समाचार फैला तो किसी को न आश्चर्य हुआ और न ही दुख। दिखावे की खातिर लोग उसमें सम्मिलित अवश्य हुए। कुछ ने मुँह लटकाने का अभिनय भी किया। किंतु अनारो को देखकर वे दंग थे। सद्य विधवा न लगकर वह मात्र एक व्यवस्थापक की भूमिका का अंजाम देती दीख रही थी।

आरंभ में सामान्य-सी दीखनेवाली यह मौत बाद में अनेक चर्चाओं से घिर गई थी। अधिकतर गाँववासियों का मानना था कि रामबली की मौत अनारो और महातम द्वारा की गई एक सुनियोजित हत्या है। फिलहाल न तो इसकी जाँच-पड़ताल हुई और न ही खुलकर कोई अनारो या महातम पर इसका आरोप लगा पाया।

पति की मृत्यु से अनारो पर लगा सामाजिक बंधन भी जैसे हट गया था। महातम का आना-जाना पहले बढ़ता गया और फिर महातम अनारो के साथ ही रहने लगा। अनारो अब पहले से अधिक प्रसन्न चित्त नजर आती। उसकी चाल-ढाल, साज-सज्जा में कोई बदलाव भी नहीं आया था।

भले ही गाँव के लोगों को ऐसा लगता कि अनारो ने भावनाओं में बहकर यह अविवेकपूर्ण निर्णय लिया है किंतु सत्यता कुछ और ही थी। जिस लोभ ने महातम को रामबली की ओर खींचा था, वही लालच अनारो को महातम के निकट लाया था। महातम के पास पूरी दस एकड़ जमीन थी और एक पुरानी हवेली, जिसका कोई वारिस नहीं था। अनारो जानती थी कि महातम के बाद उसकी पूरी संपत्ति उसके ही पास आनी है। उसे महातम द्वारा इस संपत्ति को प्राप्त करने की कहानी भी ठीक-ठीक पता थी। हत्या के मामले में लंबी जेल काटकर जब वह गाँव लौटा तो सेठ किसनलाल ने उसे रख लिया था, अपनी संपत्ति और स्वयं की रक्षा करने के लिए। सेठ की कोई औलाद नहीं थी। उसके वृद्ध होने के साथ ही कुछ लोगों ने उनकी जमीन पर अनाधिकार कब्जा करना आरंभ कर दिया था। सो अपना रुतबा बनाने के उद्देश्य से ही उन्होंने महातम को रखने का निर्णय लिया था। सेठानी का कुछ वर्षों में स्वर्गवास हो गया और सेठ महातम को कर्ता-धर्ता बनाकर तीर्थयात्रा पर निकल गए थे। गाँव में चर्चा है कि सेठ ऋषीकेश के किसी आश्रम में वास करते हैं। किंतु अनारो ने सच उगलवा लिया था। उनका वास अब दूसरे लोक में था।

अब घर में खुशहाली दिखने लगी थी। एक तो अपनी पूरी आमदनी अब केवल परिवार पर ही खर्च होती और दूसरे महातम की खेती का हिसाब भी अनारो ने अपने हाथों में ले लिया था। उस टूटे मकान को भी ठीक-ठाक कर लिया। घर में दो-दो भैंसे पल रही थीं। मुर्गे-मुर्गियाँ थीं...। ट्रैक्टर था। बच्चे खूब अच्छा खाते-पीते और कपड़े पहनते। महातम को पिता तुल्य ही

समझते थे। अनारो की गिनती अब गाँव के समृद्ध परिवार के रूप में होने लगी।

गाँव में अनारो का दबदबा भी बढ़ने लगा था। एक तो उसका दबंग व्यक्तित्व, फिर महातम का बाहुबल और उस पर अर्जित नई धन शक्ति...। अब वह चलती तो दो-चार लठैत उसके पीछे चलते। ऊँची आवाज में बोलती। उसका पतला, मीठा स्वर कर्कश हो गया। मुँहफट इतनी कि किसको क्या कह दे, स्वयं उसे भरोसा नहीं था। बुरा-भला कहते-कहते गालियों पर उतर आती और यदि उससे भी काम न चले तो हाथ-पैर छोड़ बैठती। अगर विपक्षी शारीरिक तौर पर जबर होता तो फिर उन लठैतों का सदुपयोग...।

हमारे गाँवों में सदा ऐसे लोगों की खोज रहती है और जनता ऐसा चरित्र पाकर फिर अपने-आप उसके आगे-पीछे चलना शुरू कर देती है। ऐसे में फिर उसका भूत, वर्तमान वे सब भूल जाते हैं। अनारो के पास भी गाँव के गरीब लोग आने लगे और अपने कामों में उसके हस्तक्षेप की माँग करने लगे। पहले तो अनारो मात्र सेवा भाव से उनकी मदद करती किंतु धीरे-धीरे उसका अहं उन पर अपना प्रभाव मानने लगा। समय बीतते उसने नेता की भूमिका अदा करना आरंभ कर दिया। बटाईदारों में झगड़ा होता या दुकान, मकान, जमीन व फसल के विवाद होते अथवा मोहल्ले पड़ोसी परिवार के आपसी झंझट, अनारो बीच में पड़ जाती और उन्हें सुलझा देती। गाँव में उसके अनुयायियों की संख्या दिनोंदिन बढ़ती गई और उसी अनुपात में उसकी व्यस्तता भी...।

उस बार गाँव के एक लड़के को पुलिस ने डकैती के मामले में बंद कर दिया था। लड़के की शोहरत भी कोई अच्छी नहीं थी। ग्राम-प्रधान ने पुलिस केस मानते हुए इसमें हस्तक्षेप करने से मना कर दिया। लड़के के परिवारजन अनारो से सहायता माँगने गए। अनारो मन-ही-मन संकोच अनुभव करने लगी क्योंकि आज तक वह कभी थाने नहीं गई थी। पर उसे यही अपनी असली परीक्षा लगी। थाने की पुलिस उसके नाम से परिचित थी। थानेदार ने जब उसकी बात नहीं सुनी तो उसने थाने के सामने ही खड़े होकर पुलिस को खूब खरी-खोटी सुनाई। उसका भी प्रभाव नहीं हुआ तो अपना ट्रैक्टर भेजकर गाँव से तमाम औरतें और बच्चे जमा कर लिए। थाने के सामने रास्ता जाम कर डाला। जमकर नारेबाजी हुई। पुलिस बार-बार तैश में आती किंतु औरतों, बच्चों को देखकर पीछे हट जाती। आखिर क्षेत्र के डिप्टी आए...।

अनारो ने लड़के के डकैती में लिप्त होने का सबूत माँगा। पुलिस ने मात्र शक के आधार पर लड़के को पकड़ा था। आखिर लड़का थाने से छोड़ दिया गया।

गाँव क्या पूरे क्षेत्र आसपास के कस्बों में इस घटना की खूब धूम रही। अनारो नेता की इस परीक्षा में पूरी तरह खरी उतरी थी। इस एक घटना से उसके पूरे व्यक्तित्व में न जाने कितने गुना इजाफा हो गया। तब अनारो को यह अहसास हुआ कि राजनीतिज्ञ पुलिस को क्यों अपना करीबी रखना चाहते हैं। बड़े-बड़े नेताओं को अनारो का उदाहरण दिया जाता। अब उसके घोर आलोचक भी उसके प्रशंसकों में बदलते जा रहे थे।

सब कुछ करते हुए भी। अनारो अपने परिवार का तो ध्यान रखती ही थी, महातम का भी कम नहीं। उसके शौक में कोई कमी नहीं करती। महातम पहले शराब और अनारो में मस्त रहता। किंतु धीरे-धीरे उसकी अनारो में रुचि कम होने लगी। अनारो के शरीर का कसाव भी कुछ ढीला पड़ना स्वाभाविक था। महातम की निगाह इधर-उधर भटकने लगी। अनारो को इसका अहसास हो गया था। उसको यह चिंता नहीं थी कि महातम किसी अन्य स्त्री की ओर न आकर्षित हो किंतु वह महातम को घर से निकलने देकर उसे अपने चंगुल से मुक्त नहीं करना चाहती थी। अनारो ने दूर के गाँव की एक गरीब नवयुवती विधवा को अपने यहाँ कामकाज के लिए रख लिया। अनारो जानती थी कि महातम उसके रूप-जाल में फँसा रहेगा। कम-से-कम वह घर के अंदर तो बना रहेगा। अनारो की योजना सफल रही। महातम उस स्त्री के चक्कर में इधर-उधर देखना भूल गया। अनारो सब कुछ देख, जानकर भी नादान और अनभिज्ञ बनी रही। उधर महातम स्वयं बड़ा चौकन्ना रहता। उसे लगता कि उसका खेल अनारो से छिपा है। इस दोष ग्रंथि से पूरी तरह दबा रहता। जो अनारो कहती, करता जाता...। न जाने कब, कैसे अनारो ने महातम से पूरी जमीन, मकान का कागज अपने बच्चों के नाम करा डाला। इसमें सबसे रोचक बात यह है कि इन दो लोगों के बीच छिपे रहस्य की जानकारी केवल अनारो को ही थी।

ग्राम प्रधानी के चुनाव नजदीक आ रहे थे। वर्तमान प्रधान अनारो के बढ़ते प्रभाव से मन-ही-मन दुखी थे। सच यह है कि अनारो के मन में इस प्रकार की कोई आकांक्षा भी नहीं थी। किंतु गाँववासियों ने कह कहकर उसमें

यह इच्छा जागृत कर दी थी। और यह लगभग निश्चित भी था कि इस बार प्रधान अनारो ही बनेगी। किंतु एक दिन अचानक महातम ने चुनाव लड़ने की बात कही तो अनारो एकबारगी सकपका गई...। उसने महातम को समझाने का मन बनाया किंतु फिर अपने को रोक लिया। न जाने कितनी जद्दोजहद के बाद गाँववासियों ने अनारो और महातम के संबंधों को स्वीकारा था या कम-से-कम उसकी अवैधता को नजरअंदाज कर दिया था। अनारो जानती थी कि इसमें कोई भी दरार या बिखराव न उसके हित में था और न उसके परिवार के हित में...।

प्रधान बनने के बाद महातम की गतिविधियों में वृद्धि होना स्वाभाविक था। उसका घूमना-फिरना बढ़ गया। पुलिस, राजस्व, सिंचाई विभाग, जिनसे लोगों का रोज का वास्ता था, में उसने गहरी पैठ बना ली। गाँव के सभी कार्यों में उसका हस्तक्षेप होने लगा। सेठ की पुरानी हवेली सारी गतिविधियों का केंद्र-बिंदु बन गई। सिपाही, दरोगा, कानूनगो, सींचपाल आते तो उसी हवेली में रुकते। देर रात तक उस ह़वेली में जमघट चलता। महातम रात-रात भर घर से गायब रहने लगा।

अनारो अब चिंतित हो चली। वह महातम को अच्छी तरह जानती थी। शारीरिक इच्छाओं की पूर्ति के बिना वह अपनी रात खराब नहीं कर सकता था। पहले उसकी रातें हवेली में गुजरतीं और फिर धीरे-धीरे गाँव के बाहर। अनारो पूछती तो किसी सरकारी ओहदेदार को मोहरा बनाकर कोई-न-कोई बात बता देता। किंतु अनारो की चिंता निर्मूल नहीं थी। जल्दी ही उसे दूर गाँव की एक औरत के यहाँ महातम के जाने की बात पता चल गई थी। सोच-सोचकर एक हिंस्र-सी भावना उसमें प्रज्चलित होती रही।...जिस व्यक्ति के लिए उसने तमाम मर्यादाओं को तोड़कर पूरे समाज से मुचौटा लिया था, उसका तिरस्कार उसके लिए असहनीय हो चला था।

और एक दिन उस स्त्री के गाँव के बाहर ही महातम की हत्या हो गई। महातम व ग्राम प्रधान की हत्या कोई साधारण घटना नहीं थी। पूरे गाँव में खूब शोर-शराबा हुआ। पुलिस के लिए भी यह एक बड़ा सिरदर्द बन गया। डिप्टी से लेकर छोटे-बड़े सब कप्तान वहाँ आए। अनारो भी खूब रोई-पीटी। ऐसा लगा कि पति की मृत्यु पर बचे आँसू आज प्रयोग में आ गए। पुलिस

के सामने उस दूसरी औरत पर हत्या का खुलकर आरोप लगाया। वह औरत अभी तक गुमनामी के अँधेरे में थी। उसका पति कहीं दूर मजदूरी करता था। दो छोटे बच्चे थे उसके। अपनी इज्जत बचाने के लिए वह रातोंरात गायब हो गई। पुलिस को न औरत हाथ लगी और न हत्या का पर्दाफाश हो पाया।

अनारो ने चैन की साँस ली। उसे लगा कि धरती से पाप का तनिक बोझ कम हो गया। महातम और उसकी हत्या को भूलते लोगों को देर नहीं लगी। किंतु यह राज अभी भी बना हुआ है कि अनारो ने एक-एक जमीन क्षेत्र के जाने-माने गुंडों घनश्याम और कलुवा को क्यों दी।

महातम की हत्या से प्रधान का पद फिर खाली हो गया था। उप-प्रधान एक बूढ़ा और चालाक आदमी था। उसे अपने जीवन का सपना साकार होता लगा। अनारो को समझाने आया वह।

"मैं औरत हूँ, इसलिए चुनाव नहीं लड़ सकती...।" अनारो सुनकर उखड़ गई, "कब तक तुम लोग औरतों को दबाकर रखोगे...।"

"नहीं बहन...," वह रिरियाए स्वर में बोला, "ऐसा नहीं है। मैं तो गाँव की मर्यादा की खातिर कह रहा हूँ...।"

"क्या मेरे चुनाव लड़ने से गाँव की मर्यादा चली जाएगी," अनारो अब ताव खा गई, "गाँव की मर्यादा का सारा ठेका आदमियों ने ले रखा है।"

"मेरा यह मतलब बिलकुल नहीं है, बहन...। इस हादसे के बाद भाई-बहन के बीच चुनाव...।"

"मुझे भाई-बहन का पाठ मत पढ़ाओ...," अनारो का चेहरा बिगड़ गया, "ऐसे मामलों में भाई-बहन हो जाते हैं। और वैसे आदमी हर औरत को बिस्तर पर लिटाने के चक्कर में रहता है...।"

उप-प्रधान का चेहरा क्रोध, शर्म और अपमान से लाल हो गया। एक पल भी फिर वह वहाँ टिक नहीं पाया। गाँव में जाकर उसने अनारो के इस व्यवहार की जमकर आलोचना की। पंचायत भी जमा ली। उसे चुनाव का एक मुद्दा मिल गया था।

अनारो को पता चला तो एक रात उसके घर जा पहुँची। सामने खड़े होकर भद्दी-भद्दी बातों से लेकर माँ-बहन की गालियों पर उतर आई। तरह-तरह की धमकियाँ भी दी।

वह वृद्ध उप-प्रधान क्या, उसका पूरा खानदान ही काँप गया। "तेरी

हिम्मत है तो चुनाव लड़कर देखियो। सारी प्रधानी भुला दूँगी।" अनारो की छवि एक निर्मम, निरंकुश स्त्री के रूप में उसके मन में पहले से बनी हुई थी। महातम की हत्या को लेकर गाँव में तरह-तरह के किस्से प्रचलित थे।

प्रधानी के चुनाव में नामांकन तो दस लोगों ने भरा था। किंतु मैदान में अंततः कोई नहीं रह गया। अनारो ने सभी प्रकार के हथकंडे अपनाए। कुछेक को पैसा दिया तो कुछ को अपना रुआब। केवल एक अभ्यर्थी इनसे काबू में नहीं आया तो उसके पूरे खेत में आग लगवा दी। और अगली रात उसको बुलवा भी भेजा।

"तुझे चुनाव लड़ने का बड़ा शौक चर्राया है। लगता है समझाने-बुझाने से तुझे समझ नहीं आएगा। बोल... ।"

चार मुस्टंडे उसके सामने लाठी, बल्लम लिए प्रायः नंग-धड़ंग खड़े थे। अनारो के चेहरे पर मानो आग बरस रही थी।

उसकी जबान को लकवा मार गया।

गुंडों ने उसके सामने कागज कलम रख दिया और उसने दस्तखत बना दिए। अनारो निर्विरोध निर्वाचित घोषित की गई। इसके साथ ही उसकी ख्याति पूरे शहर में फैल गई। हाकिम परगना तक ने उसकी प्रसिद्धि और मान्यता की धाक मानी। महिलाओं की एक नई नेता के रूप में वह पूरे जिले में उभरकर सामने आई। महिलाओं की विभिन्न स्वयं-सेवी और सामाजिक संस्थाओं ने उसके सम्मान में कार्यक्रम आयोजित किए। वह जहाँ जाती उसका बढ़-चढ़कर गुण-गान किया जाता। बाजार कचहरी में लोग उसे घूर-घूरकर देखते।

अनारो का कार्य-क्षेत्र भी धीरे-धीरे बढ़ता गया। उसकी पहुँच ब्लाक और तहसील तक होने लगी। ब्लाक प्रमुखों के चुनाव हुए तो वह एक सशक्त दावेदार के रूप में सामने आई। पहले लोगों को विश्वास नहीं हुआ। किंतु जो अनारो को जानता था, उसको कोई आश्चर्य नहीं था। इस चुनाव में मतदाता सीधे-सादे गाँव वाले नहीं थे। हर मतदाता स्वयं एक नेता था। जिला स्तर की पूरी राजनीति इसमें घुसी हुई थी। काफी बड़ा क्षेत्र था। बड़ी कठिनाई से एक जीप वह ले पाई। उसका मुकाबला तीन बार प्रमुख रहे वाजपेयी जी से था। पैसा पानी की तरह बहाया जा रहा था। वाजपेयी पैसे से भी मजबूत थे और शारीरिक बल से भी। गुंडों की एक फौज थी उनके

पास। पर अनारो से मुकाबला करने में उनका खून-पसीना एक हो गया।

अनारो का नाम वह अच्छी तरह सुन चुके थे। पहले आकर उन्होंने अनुनय-विनय किया और उससे चुनाव से हटने का अनुरोध किया। नेता के सभी गुण उसमें थे। सबके सामने अनारो के पैर भी छू डाले। पैसे का भी लोभ दिया। पर अनारो कहाँ मानने वाली थी। आखिर चुनाव लड़ना ही पड़ा उन्हें।

यह चुनाव पूरे जिले में चर्चा का केंद्र था। महिलाओं के अनेक संगठन इसमें पूरी तरह सक्रिय हो गए। उस क्षेत्र क्या पूरे जिले से अनारो के लिए चंदा उमाहा गया। मतदाताओं से संपर्क करने महिलाओं का पूरा समूह जाता। उनके परिवार की महिलाओं, लड़कियों से संबंध बनाए गए। उधर सौदेबाजी भी चल रही थी। वाजपेयी यदि पचीस हजार की बात करते तो अनारो तीस की। हवेली में रोज दावतें होतीं। शाम को मटके में भरकर कुल्हड़ों से दारू पिलाई जाती। इस काम के लिए कुछ खास औरतें जमा की गई थीं। फिर नचिनी का नाच होता। देर रात तक यह जश्न चलता। कुछ लोग नचिनी को लेकर सोते तो कुछ अनारो पर ही निगाह रखते। अनारो किसी को निराश नहीं करती। चुनाव के तीन दिन पहले दो बसें भरकर इन्हें सैर-सपाटे के लिए भेजा गया। साथ में कुछ चुनी हुई स्त्रियाँ थीं।

चुनाव का परिणाम अनारो के पक्ष में ही रहा।

प्रमुख बनते ही अनारो का रूप-रंग, चाल-ढाल बदल गया। खादी की कलफ लगी मोटी साड़ी पहनकर जीप में वह आगे बैठती और पीछे दो-तीन बंदूकधारी सिर पर गमछा बाँधे बंदूकों की नाल बाहर निकाले बैठे रहते। आते-जाते लोगों पर फब्तियाँ कसते और स्त्रियों को लपलपाती निगाहों से देखते। कुछ ही सालों में अनारो की आर्थिक समृद्धि में वृद्धि दीख पड़ने लगी। अपने खेत से लगे आस-पास के खेत खरीदकर एक फार्म और उसमें एक फ़ार्म हाउस बना दिया गया। अनारो की दो-दो बसें चलने लगीं जिनका कोई परमिट नहीं था। जिन मार्गों पर बसें चलती थीं वहाँ टेंपो का चलना निषिद्ध हो गया। और तो और ताँगे और इक्के वालों को भी चलने की मनाही करा दी गई।

उन्हीं दिनों एक नौजवान दरोगा उस हलके में तैनात हो गया। अनारो का नाम सुन-सुनकर उसके कान पक गए थे। बिना परमिट और उससे भी

ज्यादा उसकी अनुमति के बगैर बसों का चलना उसे तनिक नहीं सुहाया। एक दिन बस थाने पर खड़ी कर दी उसने। बड़ा दरोगा अवकाश पर था। पूरे क्षेत्र में हल्ला मच गया। अनारो को पता चला तो पहले अपने कारिंदों को थाने भेजा। किंतु वह नहीं माना। आखिर अदालत से ही आदेश लेकर बस को छुड़ा पाई वह।

अनारो भला इस अपमान को कहाँ बर्दाश्त करती। उसने दरोगा को खबर भेजी। किंतु उस उत्साही दरोगा पर इसका भी कोई प्रभाव नहीं हुआ। अब हर रोज दरोगा की शिकायतें लिए लोग कप्तान के सामने खड़े रहते। तरह-तरह की शिकायतें...साब, भले आदमियों की नींद हराम है। सज्जन लोगों को सड़क चलते मारते-पीटते हैं। बात-बात में गालियाँ बकते हैं। कहते हैं कप्तान क्या, मुख्यमंत्री भी मेरा कुछ नहीं बिगाड़ सकते। मेरा खूँटा भी कमजोर नहीं... ।" अनारो ने स्वयं भी जाकर जमकर शिकायतें कीं। क्षेत्रीय विधायक को भी कप्तान के पास भेजा।

कप्तान नवयुवक और ईमानदार अधिकारी था। अनारो के बारे में सब कुछ जान चुका था। दरोगा को बुलाकर सारी पृष्ठभूमि की जानकारी भी उसने कर ली थी। शिकायतों को नजरअंदाज करता रहा।

अनारो हारने वाली नहीं थी। एक रात पता चला कि दरोगा पास के गाँव में ठहरा हुआ है। तुरंत अपने चेलों को बुलाकर गाँव की एक चरित्रहीन स्त्री को उसके कमरे में घुसेड़ दिया। पूरा गाँव जमा हो गया। उस औरत ने रो-रोकर दरोगा की ज्यादतियों की गाथा सुनाई। दरोगा को वहीं बंद कर लिया गया। जनता उसे मारने चली किंतु अनारो ने उन्हें रोक लिया क्योंकि वह जानती थी कि दरोगा को मारने-पीटने से खेल बिगड़ जाएगा।

थाने और कप्तान को खबर भेजी गई। बड़े दरोगा और डिप्टी आ पहुँचे। अनारो को बखूबी जानते थे वे। पहले समझाने-बुझाने की कोशिश की। किंतु जनाक्रोश अपनी चरम सीमा पर था। दरोगा को हथकड़ी पहनाकर जेल भेजने की माँग की गई। आखिर मुकदमा कायम किया गया। दरोगा को जेल भेजा गया। मुअत्तिल अलग हुए वह।

पूरी घटना से थानेदार क्या कप्तान तक हिल गए। पूरा समाचार अखबारों की सुर्खियों में छपा। पूरे जिले में पुलिस की छवि पर आँच आ गई। पत्रकारों ने अटपटे सवाल अलग किए, "सुना है स्थानीय पब्लिक ने इस

दरोगा के खिलाफ शिकायतों के पुलिंदे आपके पास भेजे थे। जन- प्रतिनिधियों ने भी उसकी ज्यादतियों की शिकायतें की थीं। लेकिन आपने कोई कार्यवाही नहीं की।" "चर्चा है कि वह आपका खासमखास है।"...दुर्भाग्य से कप्तान और दरोगा समजातीय थे। बेचारा नया कप्तान मुँह छिपाए घूमता रहा। उधर उच्चाधिकारियों ने अलग उसे लताड़ा। पूरी घटना की सी. आई. डी. जाँच के आदेश हो गए जिसमें कप्तान की भूमिका भी देखी जानी थी।

इस घटना का सामाजिक और राजनीतिक लाभ पूरे तौर पर अनारो ने लिया। पूरे क्षेत्र को असलियत मालूम हो गई थी। इसलिए अनारो का रुआब और बढ़ गया। जब दरोगा की यह हालत हो सकती थी तो फिर और लोगों की क्या बिसात। सभी विभागों के अधिकारी, कर्मचारी उससे थर-थर काँपते। जिससे जो कह देती, तुरंत हो जाता। उधर अपराधियों को खुलेआम संरक्षण देती वह। क्षेत्र के कुख्यात अपराधी उसकी छत्रछाया में पलते। स्वतंत्र होकर उसके साथ घूमते किंतु मजाल था कि पुलिस उन पर हाथ डालने का साहस कर पाती।

एक अजीब सी छवि अनारो की बन गई थी। क्षेत्र की औरतें उससे नफरत भी करतीं और अपना नेता भी उसे ही मानतीं। स्त्रियों को वह ज्यादतियों के विरुद्ध संघर्ष करने के लिए प्रेरित करती रहती।

उस दिन गाँव में एक स्त्री के साथ बलात्कार का मामला उसके सामने आया था तो सबसे पहले अनारो ने उस स्त्री को बुलाकर उसकी ही जमकर धुनाई कर डाली। फिर उस आदमी को पकड़वा लिया। निर्वस्त्र करके उसकी बुरी तरह पिटाई की गई। देखकर लोगों के दिल दहल गए। जिसने सुना वह काँप उठा।

शाम को भागा-भागा थानेदार आया।

"कम-से-कम मुकदमा तो लिखवा दीजिए, प्रमुख जी।"

"उससे क्या होगा," अनारो धीरे से मुसकरा दी, "दोषी को दंड तो मिल गया।"

"ऐसे गंभीर मामले में यह कोई दंड नहीं है। इसमें तो उम्र कैद तक हो सकती है। और फिर कानून...।"

"मुझसे कानून की बात मत कीजिए, दरोगा जी...।" अनारो ने बीच में ही टोक दिया।

"पर यह बात चारों तरफ फैल गई है। कल को हमसे पूछा गया तो क्या उत्तर देंगे हम। फिर उसकी बुरी तरह पिटाई हुई है। कल को वह ही दरख्वास्त लेकर खड़ा हो गया तो हम सबको ही परेशानी नहीं होगी, आपको भी...।" उसने आखिरी शब्द धीरे से कहे थे।

अनारो की भाव-भंगिमा बदल गई। तत्काल कुछ नहीं बोली। कुछ देर बाद 'अच्छा' कहकर उसने एक लंबी साँस ली, "ठीक है, आप जैसा चाहें करें। लेकिन लड़की के घरवाले मुकदमा कायम कराना नहीं चाहते। फिर भी आप इसे देख लें...।"

उधर लड़की का पिता भी परेशान था। पुलिस रोज आकर उससे पूछताछ करती। मुकदमा कायम कराकर वह इस जंजाल से पीछा छुड़ाना चाहता था, "प्रमुख जी, आज इजाजत दो तो मुकदमा कायम कराकर बवाल खत्म करें। रोज पुलिस वाले आ धमकते हैं। तरह-तरह की धमकियाँ भी देते हैं...।" उसने आकर अनारो से विनती की।

अनारो निर्लिप्त भाव से सुनती रही। न 'हाँ' कहा उसने और न ही 'न'।

अगले दिन अलस्सुबह उस बलात्कारी की लाश गाँव के जंगल में पाई गई थी...।

सफर

जिंदगी की आपाधापी और रेलमपेल का सही नमूना है रेल का यह प्लेट-फार्म...। हर आदमी किसी लक्ष्य के पीछे बड़ा उग्र और बेचैन सा इधर-उधर भागता दीखता है...। बूढ़ा, बच्चा, जवान, औरत, मर्द सबमें अद्‌भुत स्फूर्ति व जीवंतताः प्रस्फुटित होती दिखलाई देती है। पता नहीं क्यों, मुझे इस सक्रियता और हड़बड़ाहट में एक विचित्र आनंद आता है...।

सरकारी रेल यात्राएँ मुझे सदैव सुखद प्रतीत होती हैं। (वातानुकूलित यान में यात्रा करने का अधिकारी होने के कारण) इन लंबी यात्राओं का एकाकीपन मुझे अपने अति व्यस्त सामान्य जीवन के कारण बड़ा भाता भी है...। न टेलीफोन की ट्रिन्न-ट्रिन्न, न मुलाकातियों की शिकवे-शिकायतें और सच कहूँ तो न बच्चों का शोरगुल अथवा पत्नी की घुसपैठ...।

बेटी की परीक्षा के कारण आज पत्नी मुझे सी ऑफ करने नहीं आई है। किंतु पता नहीं कर्तव्य भावना के निमित्त अथवा औपचारिकतावश, बेटे शिखर को यह दायित्व सौंपा गया है। वह इस पर उत्साहित है...। उसे प्लेटफार्म का केवल एक ही आकर्षण है..., वजन की मशीन पर सिक्का डालकर टिकिट निकालना और फिर अपने वजन को सही न मानकर मशीन ठीक न होने की शिकायत करना, तुरंत ही दूसरी मशीन पर कोट, स्वेटर, जूते उतारकर व अपने पेट को बुरी तरह दबाकर पुनः वजन लेना और अंततः दोनों टिकिट फाड़कर फेंक देना..., एक उदास चेहरा लिए हुए...।

बर्थ पर नीचे व ऊपर सामान रख दिया गया। बाहर जनवरी की कड़कड़ाती ठंड के मुकाबले कोच के अंदर का मौसम ज्यादा खुशगवार है। आज यह डिब्बा अपेक्षाकृत खाली भी है। गिने-चुने लोग ही दीख रहे हैं। सीजन में इस कोच की स्थिति द्वितीय श्रेणी के थ्रीटियर जैसी दिखाई देती है। रास्ते, गलियारे सब लोगों से खचाखच भरे रहते हैं—टी. टी. से गुहार करते

और उसके आगे पीछे नाचते हुए...।

अभी गाड़ी के चलने में कुछ मिनटों का समय शेष है। मैं और शिखर बर्थ पर बैठ गए हैं। मेरे सामने की बर्थ पर एक वृद्ध पुरुष मोटा बिस्तर लगाकर लेटे हुए हैं। शायद आते ही उन्होंने अपना बिस्तर फैला लिया और उसमें घुसकर आराम कर रहे हैं। हमें आता देखकर उनके चेहरे पर आत्मीयता और परिचय की आभा सी छलक आई है। पता नहीं क्यों, मुझे अटपटा सा लगा है...।

जल्दी ही उनके झुर्रीदार चेहरे पर एक भीनी-सी मुसकान उतर आई है जिसमें मुसकान से अधिक वात्सल्य व प्रेम है। पहली बार मैंने उनके चेहरे को गौर से देखा है। पतले-लंबे चेहरे पर गाल की हड्डियाँ बुरी तरह उभरी हुई हैं। माथे और ठोड़ी पर सिलवटें हैं। अंदर धँसी आँखों के ऊपर सफेद भौहें, पर इस सबसे अलग उनके होंठों के ऊपर लंबी सफेद मूँछें तनी हैं...। उन्हें देखकर फौज के जनरल या पुराने रईस होने का मुझे आभास होता है। वैसे भी अपने खर्चे पर ए. सी. में यात्रा करना सामान्य व्यक्ति के बूते की बात कहाँ ?''

''बच्चे, क्या नाम है।'' वह शिखर से पूछते हैं।

''शिखर, अंकल।''

''पापा को छोड़ने आए हो।''

शिखर केवल सिर हिलाकर उत्तर देता है।

''चलो बच्चे, तुम भी लखनऊ चलो।'' उनके स्वर में एक अजीब-सी खुनक है और बड़ी परिचित आत्मीयता भी।

शिखर का सिर संकोच व लाज से नीचे झुका हुआ है...। वह धीमे-धीमे हँस रहा है। न चाहते हुए भी मैं उनकी ओर देखकर मुसकरा दिया हूँ पर सच तो यह है, मन-ही-मन मुझे इस तरह के हस्तक्षेप कभी नहीं भाते हैं।

तभी गाड़ी की सीटी सुनाई दी है।

''जाओ अब...।''

''बॉय, पापा...।''

''और हमसे बॉय नहीं करोगे...?''

''बॉय, अंकल...।'' शिखर धीरे से कहकर तेज कदमों से चला गया है...।

''साहब, असली जिंदगी तो यही है...।'' एक लंबी साँस लेकर वह मेरी

ओर देखकर कहते हैं, "अब इस उम्र में जीना कोई जिंदगी है...। सच मानिए, मन चाहता है, मैं इसी बच्चे की तरह जिंदा रहूँ...।"

मुझे न कोई उत्तर सूझा है और न ही किसी प्रतिक्रिया की मैं आवश्यकता समझता हूँ। मैं अपना सामान व्यवस्थित करने लगा हूँ और ब्रीफकेस से एक पुस्तक निकालकर उसे उलट-पलटकर देख रहा हूँ। ट्रेन चल दी है। आस-पास की सभी बर्थें खाली हैं। आज डिब्बे में न कोई शोर-शराबा है और न पूरियों, अचार और सब्जियों की गंध से यह महक रहा है। कोच अटेंडेंट अपने पेट पर तकिए, कंबल और चादरों का सेट बनाए एक-दो बार उधर से गुजरा है...।

"सर, बैडिंग...।" मेरी बर्थ पर उसने बैडिंग रख दिया है। मैंने जेब से पंद्रह रुपए निकालकर उसे दे दिए हैं...।

"रसीद बना दीजिए...।"

"जी सर, हरिद्वार के बाद...।" कहकर वह चला गया।

"रसीद माँगकर आपने बहुत अच्छा किया...," वह वृद्ध एकाएक बोल उठे, "ज्यादातर लोग रसीद नहीं लेते हैं और फिर ये पैसा इनकी जेब में जाता है और उससे भी ज्यादा यह कि यही बिस्तरा दूसरों को भिड़ो देते हैं...।" वह धीमे से हँसे हैं।

"जी...।" कहकर मैं शांत हो गया हूँ। पुस्तक के कवर को लौट पलट कर मैंने उसकी सामग्री को पढ़ना आरंभ किया है। लेकिन लगातार मुझे यह बात कोंच रही है कि मुझे उनकी बात का ठीक उत्तर देना चाहिए। फिर भी मैं चुप हूँ हालाँकि मुझे यह अहसास लगातार हो रहा है कि वह मुझे घूर रहे हैं अथवा मेरी शुष्कता के प्रति किंचित् क्षुब्ध हैं।

ऐसे में मेरा अटपटा महसूस करना स्वाभाविक है। गाड़ी ने गति पकड़ ली है और धीरे-धीरे मैं भी सामान्य अनुभव करने लगा हूँ...। किंतु मैं यह स्वीकार करने में संकोच नहीं करता कि उनमें कहीं कुछ ऐसा है जो मुझे लगातार उनकी ओर आकर्षित कर रहा है। मेरा मन पुस्तक पर केंद्रित नहीं हो पा रहा है। पता नहीं क्यों, रह-रहकर कहीं यह अहसास मेरे मन में पैदा हो रहा है कि मेरे हाथ में मात्र तीन सौ पृष्ठों की एक पुस्तक है और सामने एक भरपूर जिंदगी जिसके एक-एक वर्ष का आकार इस पुस्तक से कहीं अधिक विस्तृत दीख पड़ता है...। शायद कोई अन्य व्यक्ति होता तो इस

जीवंत पुस्तक को बाँचने से न चूकता। किंतु मैं अपने स्वभाव के हाथों बँधा हूँ।

थोड़ी देर बाद वह उठकर बैठे हैं और अपने सिरहाने रखे चमड़े के बैग से उन्होंने कुछ गोलियाँ व कैप्सूल निकाले हैं। आहिस्ता से पानी की बोतल खोलकर एक-एक करके सभी दवाइयाँ गटक ली हैं। बरबस मेरी निगाह उन पर जा रही है। उठने पर उनका क्षीण शरीर भी दिखलाई पड़ा है...। वे सचमुच कृशकाय हैं, संभवतः अस्वस्थ भी...। मेरे मन में आता है कि मैं उनके स्वास्थ्य के बारे में पूछूँ...। फिर भी मैं शांत हूँ...।

''बुढ़ापे में दवाइयाँ लेकर चलना पड़ता है...।'' वह आहिस्ता से लेटते हुए बुदबुदाते हैं। शायद वह मेरी नजर भाँप चुके हैं, ''जिंदगी ही दवाइयों से चलती है...। ऊहूँ...।'' उनका चेहरा एकाएक विकृत हो चला है।

''आपकी तबीयत तो ठीक है...?'' अब मैं अपने को रोक नहीं पाया।

''जी हाँ, सो तबीयत तो ठीक ही है। पर वैसे अंदर सब कुछ टूटा-फूटा लगता है। डॉक्टरों और दवाइयों की मेहरबानी से दो-एक साल की जिंदगी और मिल गई है...। अब अस्सी पर पहुँच रहा हूँ। आम आदमी की जिंदगी से कहीं ज्यादा जी लिया और साहब, पूरी तरह जिया हूँ। कोई गिला-शिकवा नहीं है, न जिंदगी से, न ऊपर वाले से और न ही भाईबंद, यार-दोस्तों से। पर मौत आए तब न। इन गोलियों, कैप्सूलों से मौत को छल रहा हूँ...। पता नहीं क्यूँ...?'' कहते-कहते उनकी साँस फूलने लगी है। उनके स्वर में उदासी भी उतर आई है। किंतु मैंने पाया कि उनके चेहरे पर तृप्ति और आनंद की मुसकान है, गरिमा और संतोष की झलक है।

कुछ देर तक हम दोनों के मध्य एक चुप्पी ठहरी रही है। उन्हें लेकर मेरे अंदर अजीब-सी बेचैनी हो रही है। डिब्बे में एक बच्चा कहीं जोर-जोर से रो रहा है। पता नहीं क्यों, मुझे उसका रोना आज अच्छा लगा है। क्या बच्चे और बूढ़े के रोने में यही अंतर होता है...।

''आप सोएँ तो लाइट बंद कर दूँ...?'' मैंने धीरे से पूछा है।

''बुढ़ापे में इतनी नींद कहाँ आती है...।'' कहकर उन्होंने मेरी ओर देखा है और धीमे से मुसकराए हैं।

''लखनऊ जा रहे हैं...?''

''जी...।''

“कोई मीटिंग वगैरह होगी...”

“जी हाँ...।”

“माफ कीजिए, सरकारी बड़े अफसर मीटिंग के अलावा भी कुछ करते हैं...?” कहकर वह धीरे से हँस दिए हैं।

मैं असमंजस में हूँ और तनिक झेंपा हुआ भी।

“जनाब, बुरा मत मानिए...।” शायद वह मेरी मनःस्थिति को भाँप गए हैं। “मैंने यूँ ही कहा। पर जब कभी लखनऊ सचिवालय गया तो हर मंत्री, सचिव, सुबह से शाम तक केवल बैठकों में ही मशगूल दीखते हैं। पहले काफी जाना रहता था। सभी से अच्छे ताल्लुकात भी थे। अब ये काम बेटों को दे दिया है। पर अब भी कभी-कभार कुछ कामों के लिए जाना ही पड़ता है, ऐसे काम जहाँ मेरी उम्र काम आती है...।” इस बार वह थोड़ा जोर से हँसे हैं।

मेरे चेहरे पर फीकी-सी मुसकान है जिसका कारण समझने में वह चूक नहीं करते।

“आपने मेरी बात का बुरा तो नहीं माना...। मुझे लगता है कि आप भी कोई बड़े अधिकारी हैं...।”

“जी, मैं यहाँ डी. आई. जी. हूँ। बुरा मानने की कोई बात नहीं है। लोकतंत्र में विचारों की स्वतंत्रता तो सबको ही है...।” कहकर मैं पहली बार स्वाभाविक तौर पर मुसकराया हूँ।

“बेशक, अब तो है ही...। पर हमने वो जमाना भी देखा है जब मुँह पर ताला और उँगलियों पर साँकल चढ़ाकर रखने को कहा जाता था...।” वह हँसे हैं।

“आप शायद ब्रिटिश हुकूमत की बात कर रहे हैं...।”

“जी...।” वह लंबी साँस लेते हैं। मुझे लगा कि वह आगे भी कुछ बतलाएँगे किंतु वह जैसे कहीं खो गए। कहीं वह कोई बड़े स्वतंत्रता सेनानी तो नहीं...? मेरे अंदर उनके लिए एकाएक बड़ा सम्मान उभर आया है। मैं उनसे काफी कुछ जानने को अत्यंत उत्सुक हो चला हूँ। पर उनके चेहरे को देखने से साफ जाहिर है कि वह यादों के भँवर में फँसे हैं...।

“आप देहरादून रहते हैं...?”

“नहीं साहब, मेरा कयाम अब लखनऊ में है...। लाटूश रोड पर मेरा

गरीबखाना है। चीनी वाली हवेली के नाम से जाना जाता है। जिंदगी भर शक्कर का कारोबार किया। इसलिए लोग इसे इसी नाम से जानते हैं...।''

''देहरादून कैसे आना हुआ...?''

''मसूरी में बेटा है। होटल डीरोज आपका ही है। कल मेरी पोती की मँगनी थी। बहू-बेटे ने मेरे आने के लिए जिद की तो आना पड़ा वरना इस ठंड में यहाँ आना तो कयामत है...।''

''जी हाँ, यह तो ठीक है, इस बार ठंड भी ज्यादा रही। खूब स्नोफाल हुआ। ऐसे मौसम में आपको अकेले सफर करने में दिक्कत होती होगी...।''

वह जोर से हँसे हैं और काफी देर हँसते रहे हैं। उनकी साँस भी तेज हो चली है।

''साहब, बुढ़ापे में तो सभी काम में दिक्कत होती है। जिंदगी का सफर ही मुश्किल हो जाता है, बिलकुल सवारी गाड़ी की तरह। जिंदगी चलने के बजाय घिसटने लगती है, बावजूद इसके कि आदमी के पास सब कुछ है। भगवान तो सफर के खात्मे की जब-तब घंटी बजा देता है पर आदमी की जीने की शिद्दत उसे चलाती रहती है। सच मानिए, मुझे ऐसी जिंदगी से सख्त नफरत रही है...।''

''पर यह कोई मनुष्य के हाथ में थोड़े ही है। मेरे पूछने का तो सिर्फ एक आशय था कि सफर में किसी को साथ लेकर चला करें...।''

''पर साहब, आज किसको फुरसत है ? दोनों बेटे अपने-अपने काम में लगे हैं। पोतों ने भी अपने धंधे फैला लिए हैं। एक पुराना नौकर मेरी खिदमत में जरूर है। वह भी साठ से ऊपर का हो चला है। इस वक्त अपने गाँव गया हुआ था। यहाँ आने का प्रोग्राम तो अचानक ही बना...।''

''मैंने तो यूँ ही कहा था। जब आप आए थे तो दो-चार दिन रुककर जाते। मसूरी नहीं तो देहरादून रुकते...।''

''उसकी तो कोई दिक्कत नहीं है। देहरादून में भी लड़के ने कोठी ले रखी है। पर साहब, बूढ़ा जरूर हुआ हूँ अभी रिटायर नहीं हुआ मैं...।'' वह जोर से हँसे हैं, ''पचास काम लगे रहते हैं। बस्ती वाली चीनी-मिल सरकार ने टेक-ओवर कर ली थी, उसका कंपनसेशन अभी तय नहीं हुआ। उस सिलसिले में काफी भागदौड़, मिलना-मिलाना रहता है। फिर सैकड़ों एकड़ खेती-बारी है। यह काम भी मेरे जिम्मे है। बच्चों की खेती-बारी में कोई

दिलचस्पी नहीं। वे तो एयरकंडीशन कमरों में बैठकर काम करने के आदी हैं... ।" इस बार वह काफी जोर से खिलखिलाए हैं और मैंने भी उनका साथ दिया है।

"यह चीनी की मिल कब लगाई थी आपने...?" हँसी रोककर मैंने पूछा है।

"इसकी भी एक दास्तान है। मेरे पिता रायबहादुर हरबंसलाल लाहौर के रहनेवाले थे। वहीं कारोबार था। एक अंग्रेज अफसर से उनकी अच्छी दोस्ती थी। वह अफसर बदली पर लखनऊ आ गया। एक बार पिता जी उनसे मिलने आए। वह उन्हें दौरे पर बस्ती ले गया। वहाँ काफी गरीबी थी। लोगों ने कोई मिल लगाने की दर्खास्त की और अंग्रेज अफसर ने यह काम पिता जी के सुपुर्द कर दिया। यह बात 38-39 की है। हम दो भाई थे। मैं छोटा हूँ। पिता जी ने बड़े भाई के लिए गोरखपुर में दूसरी चीनी मिल लगा दी। बस साहब, तब से यहीं के बाशिंदे बन गए... ।"

मैं उनके चेहरे को गौर से देखता रहा हूँ। जीवन में ऐसे लोग कम ही मिलते हैं जो सब प्रकार से संतुष्ट होने का दावा कर सकें और दावा ही नहीं प्रत्यक्षतः दिखाई भी दें। सचमुच आदमी का पूरा जीवन उसके चेहरे पर इबारत के रूप में छपा रहता है। उसकी आँखें जीवन के पारदर्शी का कार्य करती हैं। जीवन के सुख-दुख बड़े मुखर रूप में इन आँखों से झाँकते रहते हैं।

वह अब चुप हैं।

"आप पर तो ब्रिटिश सरकार की बड़ी कृपा रही... ।" एकाएक मेरे मुँह से निकला।

उन्होंने बड़ी पैनी निगाहों से मुझे देखा है। शायद मेरे कथन ने उनके मर्म को छू लिया।

"जी, पर आजादी की लड़ाई में भी हम पीछे नहीं थे... ।" वह स्पष्टीकरण देने लगे हैं, "लेकिन हाँ, गुपचुप ढंग से। एक बार लाहौर में जुलूस में मैंने भाग लिया था। पुलिस से भिड़ंत भी हुई, तोड़-फोड़ हुई और पहले लाठी चार्ज, फिर फायरिंग। मैं बचकर लाहौर से बस्ती चला आया। पिता जी को पूरा वाकया बतलाया। पिता जी मुझे सूटिड-बूटिड करके अंग्रेज कलक्टर और कप्तान के पास ले गए। साथ में बड़ी डाली भी गई। पिता जी के इन सभी

से अच्छे संबंध थे...।''

वह धीरे से उठे और पानी की बोतल से मुँह लगाकर उन्होंने पानी पिया है। आहिस्ता से वह फिर पसर गए हैं।

''लाहौर वाले मामले में मेरे नाम वारंट जारी हो गया और बस्ती पहुँच गया। कलक्टर ने यह लिखकर वापस कर दिया कि रायबहादुर हरबंसलाल यहाँ के प्रतिष्ठित नागरिक हैं और बिरतानिया सरकार के हिमायती हैं। उनका लड़का उन दिनों यहीं था और मुझसे मिला भी था। उन दिनों कलक्टर का यह लिखना बड़ा मायने रखता था। मामला रफा-दफा हो गया...।'' कहकर वह हँसने लगे हैं।

हँसी रुकने के साथ ही वह शांत हो चले हैं। उनका एकाएक शांत हो जाना मुझे अटपटा सा लगा है। काफी देर वह खोए-खोए से लगते रहे हैं। मुझे ऐसा लगता है कि यह विचारक्रम उनके अंदर कहीं आलोड़न पैदा कर रहा है। आज शायद उनकी जिंदगी की डायरी के पुराने पृष्ठ लगातार फड़फड़ा रहे हैं। कुछ पल के लिए उन्होंने आँखें भी बंद की हैं। कदाचित् वह थक भी गए हैं। बातचीत से तो क्या, विचारों से भी आदमी कम नहीं थकता...।

''मैं लाइट बंद कर रहा हूँ। आप आराम करें...।''

''हाँ...,'' उन्होंने मेरी ओर करवट कर ली है, ''सचमुच थक गया हूँ। शायद कमजोरी की वजह से। ये सब मेरे बेटों की करामात है। मेरे लाख मना करने पर पिछले साल ओपन हार्ट सर्जरी करा दी...।'' कहते हुए उन्होंने अपने पेट से कपड़े उठा लिए हैं। पेट के मध्य में एक लंबा चीरा लगा है और दोनों ओर लगे टॉके बड़े बीभत्स सा दृश्य पैदा करते हैं।

''यह सब दो-एक साल जीने के लिए है। आप बतलाइए अब मुझे जीकर क्या करना है ? भरी-पूरी उम्र पाई ईश्वर ने सब कुछ दिया। धन, दौलत, सम्मान, ऐश्वर्य, भरा-पूरा परिवार और अच्छे नेक बच्चे जिनके लिए आज भी मैं परिवार का मुखिया हूँ। है न, आज के युग में यह अचरज की बात...।'' कहकर वह एक अजीब-सी हँसी हँसे हैं।

''साहब...,'' वह फिर कहते हैं... ''आदमी को इतना सुख पाकर और जीने का हक कहाँ है भला। अब हर पल सोचता हूँ कि अब हमेशा के लिए सो जाऊँ। इस सुख के क्षण में, इसी वक्त...।''

उन्होंने धीमे से कमर सीधी कर ली है और अपनी आँखें बंद कर ली हैं। एकाएक वातावरण बड़ा गंभीर और बोझिल हो चला है। मैं गुमसुम-सा बैठा लगातार उनके बारे में सोच रहा हूँ। क्या सुख लंबे समय बाद असहनीय बन जाता है ? सचमुच सुख की नियति दुख से कितनी विपरीत है अथवा ऐसा तो नहीं है कि वह दुख से संभावित आगमन से विचलित हैं...?''

ट्रेन किसी स्टेशन पर रुकी हुई है। मैं बाथरूम जाकर लौटा हूँ। वह आँखें बंद करके लेटे हुए हैं पर शायद सोए नहीं हैं। मैंने लाइट का स्विच ऑफ कर दिया है।

''सुनिए...?'' स्विच ऑफ करने की आवाज पर वह धीरे से कहते हैं।

''जी...।'' मैं चौंक गया हूँ।

''एक दरखास्त करनी है। अगर रात में मेरी तबीयत खराब हो तो इस बैग में से एक कैपसूल और एक पीली गोली खिला दें। आपको तकलीफ तो होगी...।''

''इसमें तकलीफ की क्या बात है...।''

''और हाँ, मेरा पता याद है आपको। चीनी वाली हवेली, लाटूश रोड। दीवान निरंजनलाल को हर कोई जानता है। सुबह अगर मेरी हालत बिगड़े तो मुझे वहाँ तक पहुँचा दें। बड़ी मेहरबानी होगी...।'' कुछ पल शांत रहकर वह बुदबुदा रहे हैं, ''मैं इस तरह नहीं मरना चाहता। जो काम मेरे जिम्मे हैं, कम-से-कम वो तो पूरा कर लूँ...।''

मैं हतप्रभ-सा सुनता रहा। गलियारे की पीली रोशनी उनके चेहरे पर पड़ रही है।

मुझे लगा जिंदगी वहाँ खड़ी मुसकरा रही है।

ट्रेन ने गति पकड़ ली है और हमारा सफर जारी है।

फेऽट

आज सुबह से ही मन में एक अजीब-सी बेचैनी और आह्लाद के भाव मिल-जुलकर उथल-पुथल कर रहे हैं। अदालत का दिन है। मुकदमे भी लगे हैं। घर के कामों की फेहरिस्त देखकर जी चाहा कि या तो अवकाश ले लूँ अथवा पेशकार से कहकर तारीखें लगवा लूँ। किंतु अंदर बैठा कोई भाव ऐसा करने से रोक गया। सप्ताह में केवल दो दिन ही इजलास होती है। कृशकाय, वृद्ध, अपंग व असहाय से दीखते आदमी औरतें दूरदराज से अलस्सुबह चलकर कचहरी में वकील के बिस्तर पर आकर जम जाते हैं। किसी की जमीन कम नप गई है तो किसी का दाखिल खारिज नहीं हुआ किसी की फसल कोई अन्य पक्ष काटे ले जा रहा है तो किसी को शांति बनाए रखने के लिए पाबंद होना है...सालों ऐसे ही गुजर रहे हैं। अंटी में जो कुछ लाते हैं, शाम तक खोलकर चल देते हैं। और सब कुछ खाली-खाली लिए खाली मन से वापस लौट जाते हैं...

लेकिन पता नहीं क्यों, अभी भी हाकिमों पर उनका विश्वास बना हुआ है...हो सकता है, मुझे ही ऐसा लगता तो विवशता ही विश्वास की डोर थामे हो...माई-बाप, सरकार, हुजूर के पिघलते, रिसते शब्द, निस्तेज चेहरों पर झुर्रियों के बीच प्रायः बुझती-सी आँखें...मेरा मन बड़ा द्रवित हो उठता है। दिल चाहता है कि इसका निर्णय आज ही सुना दूँ। परंतु न्यायिक प्रक्रिया हृदय की धमनियों, धड़कनों और संवेदनाओं से शासित नहीं होती न...वह तो कानून की मोटी संवेदनहीन जिल्दों और वकीलों के काले कोटनुमा ताबूत में कैद होकर रह गई है...

शाम को घर पहुँचने पर एक दूसरी ही निगाह से घर की पड़ताल की है मैंने, मानो अपना घर न होकर किसी अन्य का हो...इस सरकारी बँगले के तीन कमरे बड़े खाली और आभाहीन से लगने लगे। ड्राइंग रूम में चार

सरकारी कुर्सियाँ, बीच में किराए की एक छोटी मेज, बेडरूम में एक फोल्डिंग चारपाई और किचिन में कुल जमा आठ-दस बर्तन...एक आई. ए. एस. अधिकारी की संपत्ति पर मन-ही-मन मैं स्वयं मुसकरा दी हूँ। शायद आज से पहले मैंने स्वयं भी इस निगाह से इस घर को नहीं देखा है...न बैठने का ठिकाना, न सोने का उचित प्रबंध। न खाने का कोई इंतजाम और न ही कोई साज-सज्जा...क्यों बुलाया मैंने मम्मी-पापा को यहाँ...?

लेकिन सब कुछ लेकर ही कोई पैदा थोड़े होता है...अभी पहली पोस्टिंग है। मुश्किल से तीन महीने हुए हैं तैनात हुए।

दो तनख्वाह मिली हैं...जो कुछ भी संभव हुआ खरीद डाला है...तैनाती के शुरुआती दिनों में मुझे इसका अहसास भी नहीं था किंतु सहयोगी अधिकारियों के घर जाती तो लौटने पर अपना घर बड़ा उजड़ा व खाली-खाली लगता...हालाँकि मैंने अपने को समझा लिया था किंतु उस दिन एक वरिष्ठ सहयोगी की पत्नी ने जब मेरे घर आकर ताना मारा, "क्या करती हैं दिव्या जी भी पूरी पे का...लगता है शादी के लिए..." और एक भद्दी-सी हँसी हँस दी तो मुझे बुरा सा महसूस हुआ था। एक हीनता की भावना भी कहीं अंदर कुलबुलाई थी। मैंने किसी को आमंत्रित करना ही बंद कर दिया और स्वयं भी कम ही उपलब्ध रहती।

कल मम्मी-पापा को आना है...अपनी लाडली दिवी के घर पहली बार ...मैं कितनी प्रफुल्लित हूँ, इसका अहसास मुझसे ज्यादा मेरे अर्दली व नौकरों को है। पर मेरा उत्साह स्वाभाविक ही है...एक तो पापा-मम्मी से भेंट और वह भी यहाँ उनका पहली बार आगमन...

यहाँ तैनाती के तुरंत बाद मैंने उन्हें आने का निमंत्रण दिया था। "पहले अपना घर तो ठीक-ठाक कर ले...मैं तो खाली हूँ। जब कहेगी, आ जाऊँगी..." मम्मी ने लिखा था, "मैं आप दोनों को एक साथ बुलाना चाहती हूँ। कम-से-कम पहली बार...पापा, जल्दी प्रोग्राम बनाइए..." मैंने पापा को लिखा था और एक सप्ताह में ही कार्यक्रम आ गया।

कैसा लगेगा उन्हें। आज भी समय मिलने पर उनके बिस्तर पर उनसे चिपककर सोने वाली लड़की, कल की छोटी, नादान दिवी...दुनियादारी से कोसों दूर..., उसका अकेला अपना घर, नीली बत्ती लगी गाड़ी, लाल पट्टी-धारी चमचमाता चपरास लगाए अर्दली और घर पर कामकाज हेतु नौकर-चाकर

...मुझे याद नहीं कि उनको क्या-क्या लिखती रही हूँ...

मम्मी हर बार अपनी प्रसन्नता की अभिव्यक्ति अपने पत्रों में करतीं। मेरी प्रशंसा करते न अघातीं, ईश्वर को बार-बार याद करतीं। किंतु पत्र का अंत होते-होते एक बोझिल विषाद-भरी अनुभूति मुझे होने लगती, "बेटी, अपना ध्यान रखना...पापा और मैं तुझे रात-दिन याद करते हैं। चिंता बनी रहती है। अब तो ईश्वर से यही कामना है कि हमारी प्रार्थना सुन ले। तेरा सब कुछ जल्दी ठीक-ठाक कर दे..."

पक्ष में दो-तीन बार इस प्रकार से पत्र आते तो पढ़कर खीझ होना स्वाभाविक ही था। दो-चार दिन उन्हें कोई पत्र नहीं डालती पर शीघ्र ही मुझे लगने लगता कि बेटी का चार-पाँच सौ कि. मी. दूर अकेले रहना भारतीय दंपति के लिए चिंता का विषय नहीं है तो क्या है...मैं उन्हें काफी समझा-बुझाकर लिखती, "मेरी चिंता मत किया कीजिए। यहाँ सभी लोग बहुत भले और अच्छे हैं। आप जितना ही खयाल रखते हैं। मुझे कोई परेशानी भी नहीं... आप सबकी याद तो आती ही है..."

यहाँ तैनात होने से पूर्व मैं घर होकर आई थी। ज्वाइनिंग टाइम का मुझ जैसे छड़ों के लिए यही सदुपयोग है। कई महीने बाद घर जाना हुआ। प्रशिक्षण की अवधि में अवकाश पाना बड़ी टेढ़ी खीर है...भाँति-भाँति के प्रपंच रचने पड़ते हैं या झूठ का सहारा लेना पड़ता है। फर्जी तार, भाई-बहनों के विवाह के फर्जी निमंत्रण पत्र, माँ-बाप के अस्पताल भरती के बोगस कागजात...ये सब तैयार करना मेरे बस का नहीं था। न मेरे घर का कोई सदस्य इसमें सहयोग देता। पहली बार छह माह तक सबसे दूर रही। इसलिए जाना और भी अच्छा लगा। फिर इस बार एक आई. ए. एस. अधिकारी भी तो बन गई थी... "यू बिलाँग टू ए प्रीमियर सर्विस ऑफ दि कंट्री, यू आर दि क्रीम ऑफ सोसाइटी, यू आर दि आर्किटेक्ट ऑफ फ्यूचर इंडिया..." सब कुछ इतना सुना था कि उसका कुछ-न-कुछ प्रभाव होना स्वाभाविक ही था। अपना यह नया रूप दिखाने को बेताब थी मैं।

मेरे अंदर भरे किस्से कहानियों को सबको सुनाने का जितना उत्साह था, मम्मी-भइया को सब कुछ चाव से सुनने की उतनी ही उत्सुकता...हम सभी काफी खुलकर बातें करते हैं। कुछ भी सुनाने में न मुझे हिचक है और न सुनने से उन्हें गुरेज...खूब हँसते-हँसते...प्रथम दिवस के लाइन में खड़े होकर

पंजीकरण कराने से ही बात शुरू हुई थी जब संबंधित लिपिक ने मेरा नाम दिव्या शर्मा के स्थान पर दिव्या राना लिख दिया था और फिर कई लोगों ने मुझे हीरोइन वाले अंदाज में देखा था...इस अटपटी निगाह के कारण को मैं दो दिन बाद ही समझ पाई थी...जीवन में पहले दिन की वह मॉर्निंग पी. टी. जब कई लड़कियों के साथ आधुनिक कहलाने के मकसद से मैंने भी शार्ट्स पहने थे...बाहर आकर खड़ी हुई तो ऐसा लगा जैसे कमर से नीचे पूरी तरह नग्न हूँ...फिर कुछ अन्य लड़कियों को पैंट पहने देखकर अगले दिन से ही मैंने नेकर का परित्याग कर दिया। जब तक मैं घर पर रही, भइया रोज मुझसे नेकर पहनकर दिखाने की जिद करता...राइडिंग क्लास में घोड़े से वह पहली मुलाकात और फिर सप्ताह में राइडिंग के दो दिनों में भोर से आरंभ होता तनाव...विलेज विजिट, ट्रेकिंग और फार्मल डिनर्स जिसके समापन के बाद सब लोग बाहर हरी की कैंटीन पर पराठों के लिए टूटते थे, बाल दिवस पर हमारे तीन लंबू साथियों का बाल घुटवाकर कक्षा में एक साथ प्रवेश करना...सुबह आँखें खुलते ही बिस्तर पर क्रम आरंभ होता और देर रात तक चलता रहता...प्रेम-प्रसंगों की भी खूब चर्चा हुई...अनेक स्कैंडल भी मैंने उन्हें सुनाए...

मम्मी सब कुछ बड़ी रुचि व ध्यान से सुनतीं...पर कभी कुरेद-कुरेदकर कुछ अटपटे सवाल करतीं।

"छह महीने में तेरी किसी से दोस्ती नहीं हुई ?"

"क्यों नहीं, मम्मी। कल जो मेरे साथ था, वही मेरा अच्छा फ्रेंड है।"

"वह जिसने मेरे पैर छुए थे...क्या नाम है...?" मम्मी ने पूछा।

"नितिन..."

"कहाँ का रहने वाला है...?"

"अहमदाबाद..."

"पंजाबी लगता है...?"

"हूँ..." मेरा धैर्य उखड़ने लगता।

"उसके पापा...?"

"बस मम्मी, तुम तो पूरा बायोडाटा चाहती हो। मैं पता दे दूँगी, लिखकर पूछ लेना..." मैं उठने लगती...झल्लाहट में।

"नहीं बेटी, मैं तो यूँ ही पूछ रही थी..." मम्मी सफाई देतीं।

मैं थोड़ी देर गुस्से में रहती और फिर वही क्रम आरंभ हो जाता।

एक सप्ताह में अनेक बार मम्मी अप्रत्यक्ष रूप से मेरे बारे में कुछ-न-कुछ प्रश्न कर डालतीं। जब मैंने अपनी एक मित्र के प्रेम-प्रसंग और विवाह के निर्णय के बारे में बताया तो वह घुमा-फिराकर संभवतः यह जानना चाहती रहीं कि उस लड़की में ऐसी क्या विशेषता थी, जो मुझमें नहीं है या उस लड़के को मैं क्यों नहीं आकर्षित कर पाई।

एक दिन साफ-साफ कह बैठीं मम्मी, ''तुझे अपना कोई साथी पसंद नहीं आया...'' मम्मी के खुले प्रश्न पर मैं थोड़ा चकित थी।

''क्यों...''

''इसमें क्यों की क्या बात है। कोई पसंद हो तो तेरे लिए उसके घरवालों से बात करें।''

''मम्मी, मैंने इस बारे में सोचा नहीं...''

''क्यों नहीं सोचा...फिर कब सोचेगी...'' मम्मी के स्वर में झल्लाहट स्पष्ट थी।

''यह सब आपका काम है...'' मैं भी तुनक उठी।

''हमारा है दिवी, पर अब तेरे लिए लड़का भी आसानी से थोड़े ही मिलेगा...इसीलिए वहाँ पर अगर किसी से अच्छी जान-पहचान हुई है तो हम बात करें...''

सुनकर मुझे तनिक अचंभा-सा हुआ। मम्मी पुराने खयालों की तो नहीं हैं लेकिन ऐसी बात भी कर सकती हैं, मुझे आशा नहीं थी। दरअसल मुझे तब यह अहसास हुआ कि सारे किस्से-कहानियों के सुनने के पीछे मम्मी का आशय यही जानना था। रात में मम्मी-पापा को बात करते सुना था।

''तुमने पूछा उससे...''

''वह तो कुछ नहीं बताती...''

''तो ठीक है...''

''ठीक क्या है...छब्बीस की हो रही है। अब जरा हाथ-पैर मारिए...यों बैठकर काम नहीं चलेगा।''

घर में आने वालों का ताँता-सा बँधा था। सभी को मुझसे मिलने की चाह थी। ऐसा लगा मानो उस छोटे शहर में हल्ला मच गया हो। ऐसे परिचित, संगी-साथी, अध्यापक जो संभवतः कभी हमारे घर पर नहीं आते,

मुझसे मिलने आते रहे।

"भाई साहब, आपकी लड़की तो हीरा है..." अनेक संबंधी मुझे सुनाते हुए कहते, "बस अब इसकी अच्छी-सी शादी और कर दो..."

सुनकर मम्मी का चेहरा एकाएक फक्क पड़ जाता। चिंता की लंबी-लंबी रेखाएँ उनके चेहरे पर उग आतीं और उसे विद्रूप बना जातीं...हँसी क्या मुसकान तक लुप्त हो जाती और जिह्वा एकदम काठ...

गाड़ी सुबह छह बजे आती है। जल्दी खाना निपटाकर सोने का यत्न मैं करने लगी पर आँखों से नींद कहीं दूर तक नहीं फटकी है। रह-रहकर कभी कुछ याद आता तो कभी कुछ...ऑफिस से लौटने के बाद से राशन, बर्तन, चारपाई, बिस्तर आदि की व्यवस्था में लगी रही हूँ, एक नई गृहस्थी जमाने जैसा अहसास होने लगा। पहली बार समझ में आया कि गेस्ट के आने की सूचना पर मम्मी क्यों इतना परेशान होती थीं...तरह-तरह के बिस्कुट, नमकीन खरीद लाई। रात्रि भोज के बाद फलों की याद आई तो नौकर को तुरंत दौड़ाया। फलों के लिए मम्मी की विशेष हिदायत थी। घर में फल नहीं देखती तो बस उखड़ जातीं। "...तभी न इतनी कमजोर हुई जा रही है..." उनको कैसे समझाऊँ कि एकेडमी में बढ़ा चार किलो वजन कितने जद्दोजहद से कम कर रही हूँ घी-दूध सब बंद है...रोटी गिनी-चुनी दो...वह भी एक समय भोजन...मम्मी मेरे खाने की अराजकता देख लें तो जमकर डाँटें...

अर्दली रामसिंह और दोनों चपरासी 'जंट साहिबा' की खरीदारी पर मन-ही-मन बड़े मग्न व आनंदित हैं। रामसिंह साठ पार कर चुके हैं, यह बात दीगर है कि उनकी सेवानिवृत्ति को अभी चार-पाँच साल शेष हैं। अनेक अधिकारियों के साथ काम करने का अनुभव है इन्हें...कई सुझाव तो ये लोग ही देते रहे, मसलन एक नया टी सेट, दफ्तर की एक बड़ी मेज की खाने की मेज में तब्दीली, उसकी अलग कुर्सियाँ 'सरकार, आप चिंता न करें...' रामसिंह अत्यंत स्नेह व सहजता से कहते, "मैं हूँ न। माता जी-पिता जी को कोई तकलीफ नहीं होने दूँगा।" और फिर थोड़ा रुककर दबे स्वर में पूछते, "सरकार मुर्गे-वुर्गे का इंतजाम करना हो तो..."

"बस रामसिंह, चुप रहो..." मैं बरबस हँस देती। एकेडमी के मिस्टर राव की वह बात याद आ जाती कि अधिकारी की चाटुकारिता व इस छोटे 'पंछी'

में कितना पुरातन व आत्मीय संबंध है...किसी वरिष्ठ पुलिस अधिकारी ने अपनी आत्मकथा में लिखा है कि लगभग पचास वर्षों पूर्व जब उन्होंने किसी दूरस्थ ग्रामीण थाने का निरीक्षण कार्यक्रम दिया तो किस प्रकार बेचारे थानाध्यक्ष ने मुआइने की तैयारी में और सबके साथ एक पोल्ट्री फार्म भी थाने के पीछे तैयार करवाया था। "मम्मी के सामने तो प्याज का भी नाम मत लेना..." मैंने हँसकर कहा।

ट्रेन आधा घंटा लेट है और मैं समय से काफी पहले ही स्टेशन पर जा पहुँची हूँ। मन उमंग और उत्साह चैन ही नहीं लेने दे रहे थे। सोचा स्टेशन पर ही मन बहलाऊँगी।

पापा गेट पर खड़े हैं और मम्मी खिड़की से बाहर झाँक रही हैं। मैं एकाएक चहक उठी—नन्ही दिवी की तरह...दौड़कर उनके डिब्बे के सामने जा पहुँची। ट्रेन के रुकते ही वे दोनों मेरे सामने खड़े हैं। मम्मी ने मुझे गले में भींच लिया है...एक अकथनीय आह्लाद मेरे अंदर हिलोरें लेने लगा। मम्मी काफी देर मुझसे लिपटी रही हैं। आत्मीय सुख मनुष्य को कितना आत्मकेंद्रित कर देता है। स्टेशन की भीड़-भाड़ में अटपटा लगते हुए भी मुझे अच्छा लग रहा है। एकाएक मम्मी के सुबकने का स्वर जब कानों में पड़ा तो मैं चौंक गई।

"यह क्या मम्मी..." मेरे अंदर भी आँसू उमड़ने लगे हैं। मैंने गले से उन्हें अलग किया है।

वह रुमाल से आँसू पोंछने लगीं...किंतु प्रवाह थमा नहीं है। "मम्मी, आप रो क्यों रही हैं। देखिए, मैं ठीक तो हूँ..."

"बस यों ही..." एक फीकी सी मुसकान उनके चेहरे पर उतरी है।

"तुझे इस तरह अकेले देखकर मन भर आया..."

"पर मम्मी, नौकरी में तो अकेले रहना ही पड़ता है...फिर अब तो लगभग एक साल से आप लोगों से अलग हूँ..."

"हम तो पहली बार तुझसे इस तरह मिले हैं..."

"अच्छा छोड़िए..."

घर पहुँचने तक पापा-मम्मी प्रायः शांत से रहे हैं।

"खूब अच्छा घर है तेरा, दिवी..." पापा ने घर का सर्वेक्षण किया। चाय का एक दौर चल चुका है। चाय का दूसरा दौर अभी शेष है। पापा की ही

तरह मुझे भी डबल बेड टी की आदत-सी पड़ गई है। मम्मी को यह दूसरी चाय सदैव अखरती रही है। "खूब बड़ा घर है। है न मालती..."

पता नहीं क्यों मम्मी चुप रहीं..., प्रतिक्रिया विहीन। "मैने तो तुझे लिखा था कि कुछ सामान खरीद ले। पैसे भेज देता...तूने मना क्यों लिख दिया..."

"अब पापा, अपने पैसे जमा करके धीरे-धीरे खरीदूँगी..." मैंने कुछ सकुचाए-से स्वर में कहा और हँस दी।

मम्मी अब भी चुप हैं। चाय का दूसरा दौर चल रहा है। "अच्छा..." पापा भी मुसकरा दिए और फिर मम्मी की ओर देखकर कहने लगे, "मालती, तुम इतनी चुप क्यों हो..." मम्मी इस पर भी खामोश हैं।

"आखिर..." पापा ने धीरे से कहा और जैसे कुछ याद आने के अंदाज में चुप हो गए हैं।

मम्मी की कोरों से आँसू टपकने लगे हैं।

"मम्मी..." अब मैं परेशान हूँ, "यह आपको क्या हुआ है..."

"इन्हें सामान की चिंता है...सामान तो हो ही जाएगा। कुछ और भी तो सोचें...पहले तेरी शादी तो करें..." मम्मी ने अपना बोझ हलका कर दिया। उनके चेहरे पर रोष है, खीझ या बेचारगी मैं समझ नहीं सकी हूँ। पर मुझे बुरा अवश्य लगा। मुझसे मिलने पर मम्मी को मानो कोई प्रसन्नता ही नहीं है। केवल एक ही चिंता मेरे विवाह को लेकर है। मेरा उत्साह एकाएक फीका पड़ गया...

पापा उठकर अंदर चले गए हैं। हम लोग काफी देर यों ही गुमसुम से रहे हैं।

मैं बड़े असमंजस में हूँ। मुझे लगा कि मम्मी को बुलाकर मैंने उनकी पीड़ा को अधिक मुखरित कर दिया है। मम्मी-पापा को यहाँ बुलाने का मेरा अभिप्राय ही कुछ और था...संभवतः अपने पद की गरिमा, उनकी बेटी के सम्मान से साक्षात्कार कराकर उनको अधिक आनंदित या गौरवान्वित करना ही मेरा मकसद था। दरअसल कई दिनों से यह प्रश्न मुझे पशोपेश में डाले हुए है। उनसे भेंट का उत्साह क्या एक छलावा मात्र है...अपनों को यह सब कुछ दिखाना आत्मश्लाघा की ही पूर्ति नहीं है क्या। "जंगल में मोर नाचा, किसने देखा..." रह-रहकर मुझे याद आ रहा था और मुझे अपने आप पर

शर्मिंदगी-सी होने लगी थी।

मम्मी को आए एक घंटे से भी ऊपर हो गया है लेकिन वह ठस्स-सी बैठी हैं। मैंने तो सोचा था कि घर में घुसते ही मेरी एक-एक चीज की पड़ताल करेंगी। तरह-तरह के प्रश्न पूछेंगी और प्रसन्न होंगी।

मम्मी को प्रकृतिस्थ होने में काफी समय लगा है। मैंने उनके पास आकर उनका हाथ थाम लिया है।

''मम्मी, न आपने मेरा हाल-चाल पूछा और न कुछ देखा...बस आँसू बहाए जा रही हैं...''

मम्मी पहली बार धीरे से मुसकरा दी हैं। उठकर बरामदे में लगे वाश-वेशन पर मुँह धोया है, उन्होंने। ''दिवी, इस बड़े घर में कैसे रहती है अकेले...'' मम्मी ने पास बैठकर दुलार भरे स्वर में कहा।

''बस मम्मी, आदत सी बन गई है...'' मैंने उनकी गोद में सिर रख लिया है।

''शुरू में डर भी लगा और बुरा भी। अब तो रात में सोने दो लेडी पुलिस आती हैं।''

''यह अच्छा किया तूने...और खाना-पीना...''

''सब कुछ ठीक है, मम्मी...गैस भी है...''

''गैस कब ली...''

''मम्मी, वी. आई. पी. कोटे से एक हफ्ते में मिल गई...'' मेरे स्वर में कहीं अहंकार है, ''मम्मी, देख तो लो...''

मम्मी ने किचिन और फिर सभी कमरों का निरीक्षण किया। ''लगता है, खूब तैयारी की है हमारे लिए...'' मैं हँस दी हूँ। अपने नए कपड़े उनके सामने रख दिए हैं।

''तूने तो कई साड़ियाँ ले लीं...''

''चालीस परसेंट वी. आई. पी. डिस्काउंट पर, मम्मी...''

''अब तेरी तो हर चीज वी. आई. पी. है...'' मम्मी ने हँसकर गाल पर प्यार भरा चपत दिया है और फिर धीरे से बोली, ''पगली, मुझे तो असली वी. आई. पी. लाकर दिखा...''

मम्मी के कथन को मैंने जान-बूझकर गंभीरता से नहीं लिया है और मैं जोर से खिलखिलाई हूँ।

संभवतः हमारे वार्तालाप को सुनकर ही पापा बाहर निकले हैं प्रसन्न मुद्रा में...

"साड़ी के अलावा भी कुछ और खरीदा कर दिवी..." पापा ने पास आकर कहा है।

"पापा, गैस ली, प्रेशर कुकर लिया, कुछ बर्तन, फोल्डिंग चारपाई। अब धीरे-धीरे ही तो..."

"अरे बेटी, मैं तो यूँ ही कर रहा हूँ। अच्छी-खासी गृहस्थी जमा कर ली है तूने..."

"इसे गृहस्थी कहते हैं आप..." मम्मी अचानक तेज स्वर में बोली, "कैसे अकेली पड़ी है..." पापा सहम से गए हैं।

"बस मम्मी, आप तो एकदम बिफर जाती हैं..." मैं अंदर-ही-अंदर उबल पड़ी, "हर समय एक ही बात..."

मम्मी चुप जरूर हो गईं लेकिन ऐसा लगा है कि कहीं कोई उन्हें डँस गया है। एक खुशनुमा माहौल अचानक भारी हो गया। मैं अदंर-ही-अंदर खीझ उठी हूँ। पापा काफी देर वहीं खड़े रहे और फिर अंदर चले गए हैं.. .मम्मी का चेहरा अलग लटक गया है। तनाव की एक धुंध-सी छा गई है. ..मुझे लगा कि मैं चीखने लगूँगी कि आपके लिए मेरे विवाह के अतिरिक्त करने-सोचने के लिए और कुछ नहीं है क्या...क्या आपकी सोच केवल मेरे विवाह तक सीमित है...मैं क्या हूँ, कैसे रहती हूँ, मेरी क्या उपलब्धियाँ हैं, क्या पहनती, खाती हूँ, भविष्य में मुझे क्या कुछ करना है, इससे कोई लेना-देना नहीं है आपका...शायद घर होता तो मैं चुप नहीं रहती, किंतु यहाँ पर अर्दली, नौकरों की उपस्थिति मुझे रोक गई।

मैंने आज ऑफिस न जाने का निर्णय लिया था। बॉस से अवकाश भी माँगा था, किंतु उन्होंने समझाया था कि प्रशासनिक अधिकारी मुख्यालय पर मौजूद होते हुए अवकाश नहीं लेते हैं...हाँ, अपनी सुविधा के लिए सबको बता दो कि दौरे पर जा रही हूँ और गाड़ी, अर्दली बँगले से नदारद।

मैं अचानक उठकर ऑफिस के लिए तैयार होने लगी हूँ...दिल चाहता है कि मम्मी-पापा न जाने के लिए एक बार कह दें पर न उन्होंने कहा और न मैं रुकी।

अनमने मन से ऑफिस में आ गई हूँ लेकिन मन वहीं अटका हुआ है।

एक अजीब-सा आक्रोश, छटपटाहट। खीझ और असहायता गड्ड-मड्ड होकर मेरे ऊपर हावी हो रहे हैं। आक्रोश मम्मी के व्यवहार पर है, छटपटाहट सब कुछ सामान्य न होने के कारण और खीझ व असहायता शायद अपने ऊपर। मैं क्यों नहीं मम्मी से खुलकर बात करती। मन की उथल-पुथल अभिव्यक्ति से भी तो कम हो जाती है। पापा भी मम्मी से कटे-कटे से दीखते हैं। उनसे बात करने के बजाय उनसे नजर बचाते से लगते हैं। शायद उनकी निर्लिप्तता मम्मी को और अधिक त्रस्त करती है। मुझे पापा पर भी गुस्सा आने लगा है।

दफ्तर में एक घंटा काटना दूभर हो गया है।

शायद पहली बार कुछ कागजों पर मैंने यों ही दस्तखत बना दिए हैं। बार-बार उठने को जी चाह रहा है, किंतु एक अजीब-सा तनाव मन को बुरी तरह से उद्विग्न व अस्थिर कर रहा है। मम्मी-पापा के आने से एक अजीब पशोपेश में हूँ मैं। अब दफ्तर का माहौल भी दम घोट रहा है। मैं घर के लिए चल दी हूँ।

पापा सो रहे हैं और मम्मी तख्त पर बैठी हैं। मुझे देखकर बड़ी प्रसन्न हुई हैं। मेरा मन भी बल्लियों उछल गया है। मैं उनके पास बैठ गई और अपना सिर उनकी गोद में रख लिया है। वह मेरे सिर व बालों में हाथ फेरने लगी हैं।

"तू खाती-पीती नहीं है...मैंने सब पूछताछ कर ली है। एक वक्त खाना, वह भी दो रोटी...घी, दूध, मक्खन सबका परहेज...फल भी आज ही दीख रहे हैं..."

"बस-बस, मम्मी...सारा मीनू बता दोगी क्या...बीमार लगती हूँ क्या..."

"और नहीं तो क्या..."

"तुम्हें तो हमेशा यही लगेगा..."

"अच्छा छोड़...अपने हाल-चाल सुना..."

"मैं ठीक हूँ। काम में दिन-रात का पता ही नहीं चलता..."

"बेटी, काम के अलावा भी कुछ सोच।" मम्मी का स्वर अचानक गंभीर हो गया है, "दो-तीन अच्छे प्रोपोजल्स हैं। उनके बारे में तुझसे बात करनी है..."

"मुझसे क्या बात करेंगी..."

"और किससे बात करें। तेरी सर्विस का तो लड़का मिलता नहीं। इसीलिए मैं चाहती थी कि अगर..."

"बस मम्मी, बंद कीजिए इसे। क्या आपसे कुछ बात नहीं हो सकती।" मैं उठकर बैठ गई हूँ।

"तू तो एकदम झल्ला पड़ती है। अब हमारे लिए तेरी शादी के अलावा और कुछ सोचने को है ही क्या...खैर छोड़...अभी ऑफिस जाना है।"

"नहीं मम्मी...बस पाँच बजे एक प्रोग्राम है। लॉइनेस क्लब के एक फेट को मुझे इनॉगरेट करना है..." मुझे बताते हुए अच्छा लगा।

मम्मी की आँखों में एक निर्मल व स्निग्ध भाव छा गया है। "आपको भी ले चलूँगी।"

मम्मी पहली बार जोर से हँसी हैं। इसके बाद हम तमाम संबंधियों, परिचितों और मित्रों के बारे में बातचीत करते रहे। मम्मी मेरी दिनचर्या के बारे में भी विस्तार से पूछती रही हैं। सोकर उठने से लेकर रात्रि विश्राम तक। वैसे काफी तहकीकात वह नौकरों से भी कर चुकी हैं। मुझे इसका पहले से ही अंदाजा था। इसलिए मैं काफी सतर्कता से उत्तर दे रही हूँ।

"अभी भी तेरा इधर-उधर खाना चल रहा है..." वह पूछने लगीं।

"कभी-कभार..."

"सो तो ठीक है बेटी, लेकिन यह सब अधिक नहीं होना चाहिए..." अचानक उनका स्वर गंभीर होने लगा है। वह धीमे से बोलीं, "बेटी, लड़कियों को बहुत सोच-समझकर रहना पड़ता है।"

इस विषय परिवर्तन पर मैं एकाएक उठ खड़ी हुई हूँ।

"मैं समझी नहीं, मम्मी..."

"दिवी, तू बच्ची नहीं है अब...इस दुनिया में द्वेष, ईर्ष्या मानने वालों की कमी थोड़े ही है। फिर तेरी नौकरी तो शीशाघर जैसी है। चारों ओर से लोग देखें और जब चाहें पत्थर मार दें।"

"यह सब ठीक है मम्मी, लेकिन आपके मन में ये बातें आ क्यों रही हैं।"

"ऐसे ही...मैं तो समाज और अनुभव की बातें कर रही हूँ।...तू चाहे कितनी बड़ी अफसर क्यों न हो, है तो लड़की ही न।"

"तो इससे क्या होता है..." क्रोध से मेरा स्वर मुखरित हो चला है।

"मुझे मालूम है कि तुझे अच्छा नहीं लगेगा सुनकर, पर यह वास्तविकता है। हमारे समाज में अकेली लड़की चिड़िया के घोंसले में रखे अंडों की भाँति असुरक्षित है।"

"पर मम्मी, हर लड़की को एक तराजू में मत तौलिए। मैं यहाँ लड़की नहीं, अफसर हूँ मम्मी..."

"होगी अफसर...हमारे लिए तो तू लड़की दिवी है, वही रहेगी..."

"बस मम्मी, आप चुप रहिए..." एक कड़वाहट से मेरा हृदय खिन्न हो चला है। मैं उठकर अंदर चल दी हूँ और आलमारी से कपड़े निकालकर कपड़े बदलने लगी हूँ।

लंच के समय पापा उठे जरूर हैं, किंतु बड़ी अनिच्छा से...पता नहीं शारीरिक थकान उन पर हावी थी या कोई अन्य मानसिक तनाव...मेरे जिद करने पर ही भोजन के लिए तैयार हुए हैं। अपना मनपसंद भोजन देखकर उन्होंने खूब चाव से खाना खाया है और धीरे-धीरे उनकी खुमारी भी दूर होने लगी है। मम्मी ने भी भोजन की सराहना की और दरअसल पहली बार आज किसी मुद्दे पर वे दोनों एक मत व निर्णय के दीख पड़े हैं।

भोजन के बाद सब कुछ सामान्य होने का अनुमान था...किंतु पापा कुछ कटे-कटे, बुझे-बुझे और दबे-दबे नजर आ रहे हैं। मुझे यह भी अहसास हुआ है कि पापा के रहते मम्मी के चेहरे पर लगातार तनाव मँडराता रहता है ...हर समय ऐसी आशंका बनी रहती है कि मम्मी अचानक बरस पड़ेंगी। नतीजतन एक संवादहीनता उन दोनों को जकड़े हुए है...एक सर्द, संवेदनशून्य जड़ता उन दोनों के मध्य आकर ठहर गई है...

पापा बड़ी हँसमुख प्रवृत्ति के हैं, इसे हर कोई स्वीकार करता है। कभी उन्हें तनावग्रस्त मैंने नहीं देखा है। दरअसल मम्मी को एक बड़ी शिकायत यह है कि पापा गंभीर-से-गंभीर बात को भी या तो बड़ी सहजता से लेते हैं या उसे हवा में उड़ा देते हैं। उस बार कॉलेज के किसी मामले में भइया का नाम आ गया था। कुछ लड़के गिरफ्तार भी किए गए थे। हम लोगों ने सुना तो पूरे घर को जैसे साँप सूँघ गया हो। दहशत, पुलिसिया डंडा पूरे दिन हमारे ऊपर हावी रहा...पापा शाम को लौटे, सब कुछ सुना तो हँस दिए।

"इसमें इतना क्या घबराना...जैसा जो करेगा, भरेगा..."

"मगर यह तो उस मारपीट में शामिल भी नहीं था..." मम्मी ने गुस्से

में भइया की वकालत की।

"हाँ पापा, मेरा तो प्रैक्टिकल चल रहा था। बनर्जी सर से पूछ लीजिए..." भइया ने सफाई दी।

"तो फिर घबरा क्यों रहा है...बात कर ली जाएगी..." कहकर हँसते हुए बाथरूम की ओर चल दिए थे।

पापा की जिंदादिली और हँसमुख स्वभाव के न जाने कितने किस्से मेरे अंदर भरे हैं। इसलिए पापा में यह परिवर्तन रह-रहकर चुभ रहा है मुझे। पापा कुछ देर पहले बिना कुछ कहे उठकर अंदर चले गए हैं।

"मम्मी, पापा कुछ सुस्त से हैं..." मैं अपने को रोक नहीं पाई हूँ।

"नहीं, ऐसी तो कोई बात नहीं है..."

"पता नहीं मम्मी, लेकिन आज जैसा सुस्त और उदास पापा को मैंने कभी नहीं देखा..."

"मम्मी ने कोई प्रत्युत्तर नहीं दिया। केवल मेरे चेहरे पर नजरें गड़ाए हुए हैं—एक ऐसी नजर जिसमें न जीवंतता का बोध है न स्नेह की छाँव...उनके चेहरे पर भी मानो पापा का ही चेहरा आकर चिपक गया है...एक निस्पंदता उस पर जम-सी गई है...मेरी अकुलाहट बढ़ने लगी है।

"मम्मी..." मैंने दो-तीन बार उन्हें पुकारा।

अचानक उनकी आँखों में तरलता रिसती चली आई है...मैं असमंजस में हूँ..., उनसे क्या पूछूँ—क्या कहूँ ! ! !

मम्मी की अनिच्छा के बावजूद मैं उन्हें फेट में लाई हूँ। प्रत्यक्षतः यह सोचकर कि उनका दिल बहलेगा पर अंदर-ही-अंदर शायद उन्हें यह भी दिखलाना चाहती हूँ कि अब मैं वह नन्ही बच्ची दिवी नहीं हूँ, बल्कि एक रोबदार, तेज-तर्रार अधिकारी हूँ...मम्मी को यह सब क्यों दिखाना चाहती हूँ, मुझे सोचकर थोड़ी शर्मिंदगी जरूर हुई है।

मेले में मेरा पारंपरिक अभिवादन किया गया है। ढेर सारे हार, मालाएँ, बुकें...पूरी तरह लद गई हूँ मैं। आयोजकों को मम्मी के बारे में पता चला तो उन्हें भी फूलों से लाद दिया है उन्होंने। मम्मी काफी प्रसन्न नजर आई हैं। मुझे उन्हें देखने मात्र से बड़ा हर्ष हुआ है। उन्हें इस तरह देखने के लिए मैं सुबह से ही तरस रही हूँ। मुझे लगने लगा कि यह मेला आज के दिन की सबसे सुखद घटना है। फेट के मुख्य आतिथ्य का निमंत्रण मैंने बड़े

संकोच से स्वीकार किया था। उस समय मम्मी के आने का कोई कार्यक्रम भी नहीं था। जब मम्मी की सूचना आई तो मुझे यह अफसोस था कि मैंने इस दिन यह व्यस्तता क्यों रख ली। मन में यह भी आया था कि इससे मुकर जाऊँ किंतु मन नहीं माना था और आज यह फेट...

हमारे घर पहुँचने पर पापा तैयार होकर ड्राइंग रूम में अखबार पढ़ रहे हैं। मम्मी पापा को फेट के बारे में खूब बढ़-चढ़कर बता रही हैं।

"दिवी तो सचमुच बड़ी अफसर हो गई है। वहाँ तो आपको भी चलना चाहिए था..."

"दिवी, मुझे ले ही नहीं गई..." पापा ने प्यार-भरे स्वर में कहा।

"पापा लेडीज का फंक्शन था।" मैंने धीरे से उत्तर दिया।

"मैं तो यूँ ही कह रहा था। हाँ तेरे पीछे कोई शर्मा जी आए थे।"

"अच्छा, मेरे सीनियर कुलीग हैं..."

"तेरी बड़ी तारीफ कर रहे थे...मालती, अपनी दिवी को फैमिली प्लानिंग में स्टेट एवार्ड मिल रहा है। स्माल सेविंग्स में भी पूरे डिवीजन में सबसे अच्छा कार्य रहा इसका..."

मैंने देखा कि मम्मी चुप हैं। ऐसा लगा कि मेरी तमाम उपलब्धियाँ उनके लिए एकदम अर्थहीन व प्रभावशून्य हैं। देखकर मुझे अच्छा नहीं लगा है।

"बस पापा, कुछ और बात कीजिए..."

"और क्या...बस इधर-उधर की बातें वह मुझसे करते रहे। कह रहे थे कि अब जल्दी दिव्या के लिए कोई अच्छा-सा लड़का ढूँढ़कर शादी कर दीजिए..." पापा तेजी से कह गए और ऐसा लगा जैसे उन्हें व मम्मी को एकाएक किसी विषधर ने डँस लिया हो...दोनों के चेहरे पर एक अजीब-सी बेचारगी और उदासी छा गई है...निस्तेज, विवर्ण चेहरे...पलों पूर्व थिरक रही उत्फुल्लता कहीं छन्न से लुप्त हो गई है। ऐसा लगा खेलते-खेलते बच्चे के पैर में कहीं काँटा चुभ गया हो और वह पीड़ा से कराह रहा है...

...एक मनहूस चुप्पी हम लोगों के मध्य आकर थम गई है।

...मम्मी के सिसकने का स्वर मेरे कानों में पड़ रहा है।

तबादले

आज उनकी तैनाती को पूरे चार सप्ताह बीत चले हैं। हफ्तों का हिसाब दो कारणों से है—एक तो आज वही शुक्रवार का दिन है जिसे शुभ मानकर उन्होंने यहाँ पदभार सँभाला था और दूसरे अब वैसे भी तैनाती का लेखा-जोखा 'वीक्स' में ही रखा जाता है। उनकी स्वयं की पिछली दो तैनाती बीस और तेरह हफ्तों की रही हैं। पचीस सप्ताह का समापन तो अधिकारी अब ऐसे मनाते हैं जैसे फिल्म की सिल्वर जुबली...। स्वर्ण जयंती यानि पचास सप्ताह तक टिके रहना अब एक दुर्लभ घटना है। संगी-साथी, जन प्रतिनिधि और पत्रकार बंधुओं के साथ जनता-जनार्दन तक उस अधिकारी के जुगाड़ की तहकीकात करने लगते हैं। और हीरक जयंती यानि सौ हफ्तों तक एक स्थान पर जमे रहना तो मात्र स्वप्न जैसा है...। ऐसे में अन्य साथी अधिकारी कुड़ने और कोसने लगते हैं, पब्लिक, नेतागण और अखबार-नवीस ऐसे कार्यकाल को निहायत बोसीदा, गतिहीन और उबाऊ मानकर उसे खारिज कर देते हैं। गुटबंदियाँ अलग उभर आती हैं जो कई वर्षों तक अपनी टुच्चई से जीवित रहती हैं।

ये चार सप्ताह बड़ी भाग-दौड़ में बीते हैं। नई तैनाती के शुरुआती दिनों में अधिक परिश्रम करना ही पड़ता है। जनता को कुछ नयापन और परिवर्तन दिखाने के लिए तथा अधीनस्थों पर अपना प्रभाव जमाने के लिए। यह 'टेंपो' बनाने में समाचार पत्र भी बड़ी अहम और सक्रिय भूमिका निभाते हैं। नए अधिकारी की किसी कार्यवाही या गर्ममिजाजी की खबर आग की तरह पूरे जनपद में फैल जाती है। "बिना टोपी के खड़े दो कांस्टेबल मुअत्तिल", "ड्यूटी पर सिगरेट पीने पर सिपाही ट्रैफिक पुलिस से हटा", "साइकिल चोरी की रपट न लिखने पर पूरा थाना कार्यालय स्टाफ लाइन हाजिर", "नए कप्तान ने ट्रक चालक बनकर दरोगा को वसूली करते पकड़ा", "फटेहाल

फरियादी बनकर नए कप्तान थाने पहुँचे—संतरी के साथ बीड़ी पी...वगैरह, न जाने ऐसी कितनी खबरें कई दिनों तक अखबारों की सुर्खियाँ बनी रहती हैं...

"सर, पुलिस एकदम बड़ी एलर्ट हो गई है।" कुछ बुजुर्ग और चापलूस अधिकारी कहने लगते हैं, "एक जमाने बाद शहर की गलियों में सीटी सुनाई देने लगी हैं। गाँव-गाँव में गश्त जा रही है। सर, लोग अब पूछते हैं कि क्या बाहर से पुलिस बुला ली गई है वरना अब तक यह पुलिस फोर्स कहाँ थी...। अधिकारी की 'रिटर्न' मुसकान ही उनके कथन का पुरस्कार है।

"कप्तान साहब, आपने ला एन आडर में बड़ा सुधार किया है। क्राइम भी कंट्रोल हो रहा है। बस यह और व्यवस्था करा दें कि थाने पर रपट तत्काल लिख जाए, जनता से दुर्व्यवहार न हो...।" कुछ राजनीतिज्ञ और पत्रकार तरह-तरह के सुझाव देकर अपने को पुलिस का करीबी और शुभचिंतक दिखाने का प्रयास करते हैं।

"कप्तान साहब, आपके आने से तो बदमाशों ने अपनी जमानतें तुड़वा ली हैं। कहते हैं कि जब तक यह एस.पी. है, जेल ही जीवन है...।"

"बड़ा अमन-चैन हुआ है, हुजूर। लड़कियाँ-औरतें बेखटके घूम-फिर रही हैं।"

"कल तो बार तक मैं डिस्कस हो रहा था। साहब, जब सब बदमाश अंदर रहेंगे तो जुर्म कैसे होंगे और फिर बेचारे वकील...।"

शहर के कई लोग जो अपने को किसी वर्ग विशेष का नुमाइंदा मानते हैं, नए अधिकारी से अपने संबंधों की शुरुआती प्रशंसा के ये शब्द बोलकर करते हैं। दिलचस्प बात यह है कि शब्दों के हेर-फेर के चलते यही बातें उन्हें व अन्य अधिकारियों को सभी स्थानों पर सुनने को मिलती हैं। सच तो यह है कि यह सब सुनना न केवल अच्छा लगता है बल्कि विश्वसनीय भी...।

इलाहाबाद में यह उनकी तीसरी तैनाती है। वह इस स्थान और यहाँ के लोगों को अच्छी तरह जानते हैं और यहाँ की जनता और पुलिस उनसे भली प्रकार परिचित है। इलाहाबाद में ही उनका जनपदीय प्रशिक्षण और पहली तैनाती हुई। सहायक पुलिस अधीक्षक के रूप में पूरे दो वर्ष काम किया उन्होंने। तब विभाग और वह एक दूसरे के लिए नए थे। पुलिस अकादमी में निदेशक कहा करते थे, "थ्योरी और प्रैक्टिकल दोनों भिन्न हैं। ट्रेनिंग का

दूसरा चरण जिले की तैनाती में ही पूरा होता है।" खूब जमकर काम किया उन्होंने। यहीं पहली बिटिया भी पैदा हुई और उसका मुंडन भी। विभाग के लोग एक वृहद परिवार की तरह लगने लगे उसे। उसकी छवि एक ईमानदार और सहृदय अधिकारी के रूप में बनती गई। किंतु धीरे-धीरे यह अहसास उसे होने लगा कि भोली छवि इस विभाग में उसके लिए हितकर नहीं है। अधीनस्थ अधिकारी उससे 'लिबर्टी' भी लेते और अनुचित लाभ उठाने का प्रयास करते। अपने पहले थाने के निरीक्षण के दौरान निरीक्षक ने खूब सलूट मारे, प्रति वाक्य तीन-चार बार 'सरकार', 'हुजूर' शब्दों का भी प्रयोग किया, फिर चाय के समय जेब से 555 की सिगरेट निकालकर पहले उसे पेश की और जब उसने मना किया तो "सरकार की इजाजत हो" कहकर उसने एक सिगरेट निकालकर अपने मोटे होंठों के कोने में दबा ली। एक अन्य अवसर पर रात्रि-भोज में थानेदार ने स्कॉच की बोतल तक मेज पर रख दी जिसे उसने "मैं नहीं पीता" कहकर हटवा दी। किंतु तीसरी घटना से वह हड़बड़ा भी गया और तिलमिला भी उठा।

बीहड़ देहात के एक वीरान डाकबँगले में वह रात्रि विश्राम के लिए रुका था। मध्य रात्रि में डाक बँगले के नेपाली चौकीदार ने उसका कमरा थपथपा कर खुलवाया था और पास आकर धीरे से कहा था, "शुंदरी शाब...।" समझने में उसे कुछ देर लगी थी किंतु जब चौकीदार के दोहराए गिलगिले शब्द और उसके चेहरे का लिजलिजा भाव उसके अंदर संप्रेषित हुआ तो वह शर्म और अपमान से जमीन में गड़-सा गया। उसी पल वहाँ से मुख्यालय लौट आया। कई दिन तक वह परेशान और बौखलाया सा रहा। पुलिस अधीक्षक से शिकायत करने का साहस भी नहीं जुटा पाया। अंततः एक बुजुर्ग पुलिस उपाधीक्षक जो उसके पड़ोस में ही रहते थे और उसे छोटे भाई की तरह चाहते थे, को सब कुछ बतलाकर उसने अपने मन का बोझ हलका किया।

"यह सब आपके सीधेपन का नतीजा है," उन्होंने झिड़कते हुए कहा, "वरना मजाल है कि दरोगा यह सब हरकतें करे। किसी से शिकायत करेंगे तो चार तरह की बातें सुनने को मिलेंगी और चालीस बेसिर-पैर की अफवाहें अलग फैलेंगी। इस विभाग में शराफत का मतलब जानते हैं क्या होता है, बेवकूफ और चूतिया होना...। ए.एस.पी. साहब, मातहतों को जरा अपने दाँत दिखाइए। काटिए भले ही मत, पर गुर्राइए अवश्य...।"

किंतु उस तैनाती में तो राकेश प्रकाश अपने में कोई बदलाव ला नहीं पाए हालाँकि मन-ही-मन किलसते भी रहते। दरोगा, सिपाही मिलने पर बड़े जोर से सलूट मारते किंतु धीरे-धीरे मुसकराते भी। बहुत जल्दी व्यक्तिगत और निजी सवालों पर आ जाते, मसलन ''मेमसाहब कैसी हैं'', ''बिटिया रानी तो ठीक है, हूजूर।'' कुछ सुझाव भी देने लगते जैसे, ''सर, एक कार खरीद लें अब...।''

उन्हें यह सब सुनना कतई नहीं भाता किंतु उनसे कुछ कहने का साहस भी नहीं कर पाते।

एक दिन वही बुजुर्ग अधिकारी उसके कक्ष में बैठे थे। एक थानेदार ने आकर अपनी पूरी ताकत से बूटों को मारकर सलाम ठोका और चेहरे पर मुसकान लिए बोला, ''सरकार, कैसे हैं...।''

उन्होंने ऊपर गर्दन की और चुप रहे।

''हुजूर कोई सेवा हो तो बतावें...।'' पान से काले दाँत निकाले उसने।

आर. प्रकाश अटपटा-सा अनुभव करने लगे। थानेदारों के ऐसे वाक्यों का अर्थ वह समझते थे अब। उस डिप्टी एस. पी. के सामने बड़ा लज्जित सा अनुभव किया उन्होंने।

''कैसी सेवा...?'' उन्होंने रोष भरे स्वर में कहा, ''यह बताएँ कि बल्लुपुर की डकैती के मुलजिम पकड़े गए या नहीं...।'' उन्हीं अधिकारी द्वारा सिखलाया गुर उन्होंने प्रयोग किया।

''जी सरकार, पूरी रात दविश दी है, हूजूर। खेतों-खलिहानों, ट्यूवेलों, घरों सब जगह छान मारा है, सरकार। साले सब बड़े शातिर, हरामी बदमाश हैं न, हुजूर। पर मादरचोद, माफ करें सरकार, बचकर कहाँ जाएँगे...। वैसे भी सरकार, उन्हें पकड़ना नहीं है। हुजूर उनका तो काउंटर ही होगा...।''

आर. प्रसाद उसकी धृष्टता पर मन-ही-मन उबलने लगे। किंतु क्रोध को शब्दों की अभिव्यक्ति नहीं मिली। पर वह उपाधीक्षक अपने को नहीं रोक सके। ''दरोगा जी, कुछ तमीज सीखिए। ए.एस.पी. साहब से बात करते वक्त अपनी जबान पर कंट्रोल रखिए। कल यही आपके एस.पी., डी.आई.जी. और आई.जी बनेंगे। इस तरह ही बोलेंगे तब...।''

थानेदार नीचे मुँह किए सुनता रहा और मरगिल्ला-सा सलाम बजाकर खिसक गया।

तब उसे समझने लगे वह, "आप आई.पी.एस. अधिकारी हैं। आई.जी. तक बनना है आपको। इसलिए अभी से अपना रोआब दाब बनाइए। यह दरोगा जो आपके कमरे में मुसकराता हुआ अंदर आया और आपसे सेवा की बात कर रहा है, वह बाहर जाकर बड़ी ही लूज टॉक करेगा। ए.एस.पी. साहब, आई.पी.एस. अधिकारी के कमरे में दरोगा-सिपाही पचास बार तो सोचकर घुसे कि पता नहीं किस बात पर उलट हो जाए। चेहरे पर हवाइयाँ उड़ें उसके और जो सोच कर आया है, उसमें भी आधी-पौनी बात करके कमरे से जल्दी निकल भागे। पेश होने से दो दिन पहले सोच-सोचकर उसका बदन काँपे और मिलने के बाद कम-से-कम उस पूरे दिन उसका बदन सिहरता रहे...।"

इस सीख का कोई तात्कालिक प्रभाव तो नहीं हुआ किंतु इसकी गाँठ अवश्य बाँध ली उन्होंने। पहले जिले में कप्तान बनने पर ही उस पर पूरी तरह अमल किया। जल्दी ही उनकी छवि में ईमानदार के साथ तेज-तर्रार होने का भी इजाफा हो गया। एक के बाद एक अच्छी तैनाती मिली उन्हें और मुश्किल से दस वर्ष की सेवा में उन्हें इलाहाबाद के वरिष्ठ पुलिस अधीक्षक पद पर तैनात कर दिया गया।

इलाहाबाद में दूसरी तैनाती हुई तो सोचकर आए थे कि उनकी यहाँ ए. एस.पी. वाली जो 'भले अधिकारी' की छवि है, उसे मटियामेट कर देंगे। काफी स्टाफ अभी भी पुराना था। बड़े उल्लास और उत्साह से मिलते थे। तनतनाते अंदर आते और अभिवादन के बाद हौले-हौले मुसकराते रहते। उनके चेहरे पर बड़ा अपनत्व, पहचान और स्नेह झलकता। आर. प्रकाश इससे अंदर-ही-अंदर प्रभावित भी होते किंतु फिर दूसरे पल उनके इस स्वच्छंद व्यवहार पर मन-ही-मन क्षुब्ध भी अनुभव करते। अन्य सभी स्थानों पर उनके अधीनस्थ उनके सामने आने तक में कतराते। यहाँ उनका इस प्रकार बेझिझक सामने आ जाना और ढीठ की तरह सामने खड़े होकर मुसकराना आर. प्रकाश को कतई नहीं सुहाता था। उन्हें लगता कि इतने परिश्रम से उन्होंने एक तेज-तर्रार अधिकारी की जो छवि बनाई है, यहाँ वह नष्ट हो रही है। आरंभ में पंद्रह दिनों में दो-तीन सख्त एक्शन भी इसी खीज और झल्लाहट में ले डाले। कुछ कर्मचारी मुअत्तिल और लाइन हाजिर हो गए। एक दिन उनके साथ तैनात रहा एक वरिष्ठ निरीक्षक उन्हें समझाने लगा, "हुजूर,

आप अब बड़े सीनियर अधिकारी हैं। मेरी कुछ कहने की हिम्मत तो नहीं है। फिर भी हुजूर की इजाजत हो तो कुछ अर्ज करूँ।''

''हाँ, कहिए...।''

''सरकार, यह फोर्स आपके बच्चे की तरह है। आप ही हमारे माई-बाप हैं। हुजूर, ये सिपाही-दरोगा कच्ची मिट्टी की तरह होते हैं। जिस तरह इन्हें ढालेंगे, ये वैसा ही बन जाएँगे। फिर आप तो आई.पी.एस. हैं। बड़ा ऊपर तक जाना है हुजूर को। छोटी-मोटी बातों को हुजूर, नजरअंदाज करें। यहाँ की फोर्स तो आपको वैसे भी बहुत चाहती है।''

पता नहीं क्यों, आर. प्रकाश को लगा कि वह फिर वही सहायक पुलिस अधीक्षक बन गए हैं। निरीक्षक के कथन से वह मन-ही-मन अत्यंत विचलित हुए लेकिन उससे कुछ कह भी नहीं पाए। इसी निरीक्षक ने उन्हें अपराध की दैनिकी लिखना सिखलाई थी। अपराध की बारीकियों को बड़ी रुचिपूर्वक समझाया करता था वह और हर दस मिनट बाद यह भी अहसास कराता जाता, ''सरकार, आप तो आई. पी. एस. हैं। ये सब काम तो दरोगा और डिप्टी लेबिल के हैं। दो-ढाई साल बाद आप जिले के कप्तान बन जाएँगे। आई.जी. तक पहुँचना है आपको...।''

कई सालों बाद आई. पी. एस. होने का वही प्रवचन सुनकर वह अंदर-ही-अंदर बड़े खिन्न थे। वह निरीक्षक और न जाने क्या-क्या कहता रहा। अपना पूरा अधिकार और स्नेह भी जताता रहा। यह भी याद दिलाना नहीं चूका कि उसने उन्हें विभाग की कार्यप्रणाली को समझाया है।

आर. प्रकाश शांत रहकर उसे सुनते रहे। उसकी बातों को बाद में विस्मृत करने का प्रयास भी किया किंतु कर नहीं पाए। उसके कथन का काफी प्रभाव उन पर इलाहाबाद की तैनाती में अवश्य बना रहा था।

आर. प्रकाश के लड़के का मुंडन संस्कार भी इन्हीं दिनों हुआ था। उनकी व्यस्तता के कारण यह काफी समय से टल रहा था। एक दिन घर लौटे तो पत्नी ने मुंडन कार्यक्रम की सूचना दी और यह भी बताया कि मनोहर नाई सारा प्रबंध कर रहा है। उन दिनों मनोहर बिना रोक-टोक के बँगले के अंदर घूमता-फिरता दीख पड़ता था। कभी आर. प्रकाश दिख भी जाते तो बिना हड़बड़ाए मुसकराते हुए उन्हें जोर से 'जै हिंद सा'ब' कहता ऐसे निकल जाता मानो मुहल्ले के बुजुर्गों को बच्चे 'अंकल नमस्ते' कहकर चले जाते हैं।

वह चुनावी साल था। चुनावों के ठीक बाद तबादलों का सिलसिला आरंभ हो गया था। आर. प्रकाश की भी बदली हो गई। इलाहाबाद से तबादले में वह दुखी भी हुए और एक राहत-सी भी अनुभव की उन्होंने। कष्ट इसलिए था क्योंकि यहाँ उन्हें अगाध स्नेह व अपनापन मिलता था और राहत उनके अंतर पर हो रहे प्रहार से बचने के कारण थी। कुछ अभिन्न मित्र कह दिया करते थे, ''और जगह तो आपके कारनामों के बारे में इतनी गरमागरम खबरें सुनने को मिलती हैं लेकिन यहाँ आकर एकदम ठंडा क्यों पड़ जाता है। सुनते हैं वहाँ सब लोग आपके नाम से थर्राते हैं। यहाँ तो सबके मुँह पर बस एक ही बात सुनने को मिलती है कि साब बहुत अच्छे हैं...। ऐसा क्यों...।''

''क्योंकि यहाँ तुम जैसे दोस्त हैं। यहाँ घर जैसा लगता है और घर पर कुत्ते के भौंकने का मतलब जानते हो...?'' आर. प्रकाश उसे हँसी में उड़ा देते लेकिन अंदर-ही-अंदर उन्हें ये बातें कहीं चुभतीं अवश्य।

लगभग पाँच साल बाद उनकी तैनाती इलाहाबाद परिक्षेत्र के उप-महानिरीक्षक के रूप में फिर हुई है। अब उनका कार्यक्षेत्र तीन जनपदों में फैला है। अधिकतर परिचित अधिकारी या तो सेवानिवृत्त हो चुके हैं अथवा स्थानांतरण पर अन्य जनपदों में जा चुके हैं। लगभग आधी सेवा बीतने पर एक छवि भी विभाग में उनकी अब बन गई है। वैसे भी इस बार वह काफी कुछ सोच भी आए हैं। मन-ही-मन निश्चय कर चुके हैं कि इस बार इलाहाबाद में वह अपना असली रूप अवश्य दिखला देंगे।

संयोग से यह शुरुआत पहले दिन ही हो गई। कार से सपरिवार वह सर्किट हाउस पहुँचे थे। वह यह देखकर चकित थे कि मार्ग में न तो पुलिस की समुचित व्यवस्था की गई है और न ही जनपद की सीमा पर पायलेट उपलब्ध था। आर. प्रकाश इसे सहन नहीं कर सके और उतरते ही वहाँ मौजूद अधिकारियों पर बरस पड़े, ''नए डी.आई.जी. के स्वागत का यही ढंग है आपका। न प्रोपर रूट अरेंजमेंट और न ही पायलेट का कोई इंतजाम...।''

कुछ देर सब सन्न से नीचे मुँह किए खड़े रहे। वरिष्ठ पुलिस अधीक्षक कार के दरवाजे के सामने थे। एक ओर अधिकारी एक लंबी पंक्ति में सावधान मुद्रा में खड़े थे और दूसरी ओर सुसज्जित गार्ड अभिवादन हेतु तैयार थी।

"आर. आई. कौन है...।" तेज स्वर में पूछा उन्होंने।

अधिकारियों की पंक्ति से एक निरीक्षक एक कदम आगे बढ़कर सलूट मारा।

"बोलिए...।"

"सरकार...।" पुराने लाइन इंस्पेक्टर ने दबे स्वर में कहा, "ऐसी गुस्ताखी कैसे हो सकती है। हुजूर, पायलेट तो लगा है पर शायद वह सरकार की गाड़ी नहीं पहचान पाया...।" उसके अंतिम शब्द फुसफुसाहट में तब्दील हो गए।

"लाइन साहब, इतनी नौकरी के बाद यही सब सीखा है आपने...। आप चाहते तो लखनऊ में मेरे पुराने दफ्तर से कार का नंबर पूछ सकते थे। या आप यह सोचते थे कि मैं खुद पायलेट को खोजूँगा और रुककर कहूँगा कि मैं डी.आई.जी. हूँ, आगे-आगे चलो...।"

सबके चेहरे पर हवाइयाँ उड़ने लगीं। कप्तान समझते थे कि यह सब टिप्पणियाँ दरअसल उनके लिए हैं लेकिन जिस प्रकार आर. प्रकाश ने लाइन इंस्पेक्टर को अपना माध्यम बनाया था, उन्होंने भी उसे ही अपना मोहरा बनाना ठीक समझा।

"सॉरी सर...।" उन्होंने धीरे से कहा, "सरासर बेवकूफी है इनकी। मैंने सब निर्देश दे दिए थे। इट्स ए ब्लंडर। अब माफ कर दें, सर...।"

अगले दिन अखबार थोड़ी देर से पढ़ने को मिला तो आर. प्रकाश सर्किट हाउस पर तैनात सूबेदार पर बुरी तरह बिगड़ पड़े।

"हुजूर, अखबार थोड़ी देर से आते हैं...। पर कल से...।" उसने थर्राए स्वर में कहा।

"सूबेदार साहब, कैसी नालायकों जैसी बातें करते हैं। सिपाही से सूबेदार बनने में तीन-चौथाई नौकरी बीत जाती है। यही सीखा है आपने। आपको तो वह जमाना भी याद होगा जब डी.आई.जी. देहात के थानों में इंस्पेक्शन के लिए कैंप करते थे तो उनके ठंडे पानी के लिए दूर शहरों से बैलगाड़ी पर बर्फ की सिल्लियाँ लाई जाती थीं, जो वहाँ पहुँचते-पहुँचते एक, चौथाई रह जाती थीं। आप शहर में रहकर समय से पेपर भी नहीं मँगा सकते।"

पहले दिन कार्यालय में पहुँचने पर अपने मुख्य सहायक और प्रधान लिपिक पर आर. प्रकाश बरस पड़े। "आप लोग क्या पुलिस एक्ट के अंतर्गत

भरती नहीं हैं। फिर वर्दी क्यों नहीं पहनते...।''

''सर, रेंज ऑफिस में केवल दरोगा, हेड और सिपाही ही वर्दी पहनते हैं...।'' मुख्य सहायक ने धीरे से कहा।

''और वर्दी एलाउंस सब लेते हैं...।'' आर. प्रकाश क्रोध में बोले।

दोनों कुछ देर तक नीचे मुँह किए खड़े रहे। फिर मुख्य सहायक ने धीरे से कहा, ''सरकार का जैसा आदेश होगा, पालन होगा...।''

बेचारे बाबुओं ने ट्रंक में सहेजी वर्दी निकाली। कुछ ने पैंट की कमर ठीक कराई तो किसी ने कमीजें साइड से खुलवाकर अपने फूलते शरीर में फिट कीं। चौड़ी बेल्ट बाँधकर कई दिन तक मुख्य सहायक ठीक प्रकार डिक्टेशन भी नहीं ले पाए। सो फटकार अलग सुनते। साहब के कमरे से निकलते ही सभी बाबुओं की टोपी हाथ में आ जाती और बेल्ट के हुक अलग हो जाते हैं। तब कहीं जाकर उनके चेहरे पर स्वाभाविक हाव-भाव आते हैं।

और बहुत कुछ भी व्यवस्थित किया गया है। कार्यालय में प्रातः आने पर गारद की सलामी की नई प्रथा आरंभ की गई है। आगंतुकों से भेंट का समय निर्धारित किया गया है। और उधर फील्ड में अलग हड़कंप-सा मचा है। पाँच थानाध्यक्ष प्रत्यावर्तित हो चुके हैं। अब प्रतिदिन ही कार्यालय खुलने पर सब यह जानने को उत्सुक रहते हैं कि बीती रात में किसका विकिट गिरा। कप्तानों को अलग झिड़का जा रहा है। उनके फोन आने पर स्टाफ के लोग कान लगाकर सुनते हैं जिससे अधिकारियों के आपसी संबंधों के बारे में उनकी जानकारी अपटूडेट रहे।

कार्यालय में अलग हड़बड़ी मची हुई है। समस्त कार्यों का समयबद्ध निस्तारण सुनिश्चित किया जा रहा है। प्रत्येक पत्रावली में नियमों के उद्धरण और फिर उस पर कार्यालय की टीप और टिप्पणियाँ। अभी तक फाइलों में नोट-शीट बतौर औपचारिकता लगाई जाती थीं। अब प्रधान लिपिक प्रातः से सायं तक सहायकों द्वारा तैयार टीपों पर अपनी टिप्पणियाँ तैयार करते रहते हैं।

कार्य ने गति भी पकड़ी है और किसी हद तक पूर्णता भी। तीसरे दिन ही एक संदर्भ विलंब से प्रस्तुत करने पर बड़े बाबू को निलंबन तक की धमकी मिल चुकी है। यह समय भी कुछ गलत है। अंतर्जनपदीय वार्षिक स्थानांतरण

भी किए जाने हैं। रविवार तक इसे संपन्न करने का लक्ष्य निर्धारित कर दिया गया है। अभी निरीक्षक और उपनिरीक्षक संवर्ग के ही तबादले हो पाए हैं। असली काम कांस्टेबल और हेड के स्थानांतरण में है जिनकी संख्या हजारों में है। कल एक उपनिरीक्षक का नाम सूची से छूटने पर शेखर बाबू को भर्त्सना प्रविष्टि का नोटिस दिया जा चुका है।

आज हेड कांस्टेबलों की सूची बन रही है। प्रधान लिपिक के साथ सभी सहायक उसे बार-बार चेक कर रहे हैं। कल आर. प्रकाश ने बार-बार सचेत किया था, "बाबू जी, लिस्ट में कोई नाम छूटना नहीं चाहिए।" सूची देखते हुए अचानक पूछ बैठे थे, "ये दो-तीन एस.आईस. आठ-नौ सालों से कैसे एक जनपद में तैनात हैं जबकि छह साल का नियम है...।"

"ये केस पिछले साल भी पुटअप हुए थे, सर ! लेकिन पिछले साहब ने इन्हें रोक दिया था...।"

"क्यों...। नियम में कोई डिस्क्रेशन है क्या ?"

"हुजूर, सब आपके हाथ में है।" प्रधान लिपिक ने चापलूसी का मौका नहीं चूका, "सर, प्रशासनिक इंट्रेस्ट में रोका जा सकता है...। फिर सर, आप तो लास्ट ऑथोरिटी हैं रेंज की...।"

"डोंट टॉक एबसर्ड...," आर. प्रकाश एकाएक नाराज हो चले, "सरकारी कामकाज इस तरह होते हैं। फिर नियमों की तो कोई आवश्यकता ही नहीं है। इन दो दरोगा के इस जनपद में बने रहने में कौन-सा प्रशासनिक हित है। भविष्य में मुझसे इस प्रकार की बातें न करें...।"

प्रधान लिपिक नीचे मुँह किए सुनते रहे। फिर न उनकी आवाज निकली और न ही आँखें उठा पाए वह। चार मामले चिकित्सा आधार पर तबादले रोकने के थे। आर. प्रकाश ने सभी को बिना वार्ता के अस्वीकृत कर दिया। सहायक को डाँटा अलग से, "यह सब लिखने की क्या आवश्यकता है, जैसे आप ही इनका इलाज कर रहे हैं। आप नहीं जानते कि मेडिकल सर्टीफिकेट कैसे बनते हैं। फिर क्यों इन्हें स्वीकार करके बैठे हैं। आपने किसी एस.पी. से इन प्रमाणपत्रों की जाँच-पड़ताल करने को लिखा...।"

आज प्रधान आरक्षियों की सूची काफी लंबी भी है और कई उलझे मामले भी हैं इसमें। जौहरी बाबू की सहायता में सभी सहायक लगे हैं। एक-एक मामले पर विचार कर आपस में यह निर्णय कर रहे हैं कि डी.आई.

जी. महोदय को क्या स्पष्टीकरण दिया जाता है। वरिष्ठतम् होने के कारण सबसे ज्यादा डाँट-फटकार प्रधान लिपिक को ही सुननी है। आज उन्होंने भी पूरी सावधानी बरती है। सहायक से सूची के नीचे प्रमाण पत्र तक लिखवा लिया है कि सूची में कोई नाम छूटा नहीं है, सभी प्रविष्टियाँ पूर्ण व अद्यावधि हैं। अपनी डायरी में कुछ नोट्स अलग से ले लिए हैं।

आर. प्रकाश ने सूची को आरंभ से अंत तक कई बार देखा है। कभी ऊपर से नीचे और कभी बाएँ से दाएँ। कहीं-कहीं पेंसिल से निशान भी लगा रहे हैं। प्रधान लिपिक और जौहरी बाबू के हृदय की धौंकनी अपनी गति बढ़ाती जा रही है। दोनों ही पुराने आदमी हैं। जानते हैं कि अफसर चाहे तो पचास गलती निकाल दे। कॉमा, फुलस्टॉप में ही सारी सेवा की किरकिरी कर दे और कभी बड़ी-से-बड़ी खामी को भी मुसकराकर नजरअंदाज कर दे। जौहरी बाबू को याद है कि एक अधिकारी ने उसके हस्तलेख पर ही पत्रावली को उठाकर फेंक दिया था और न जाने क्या-क्या अनाप-शनाप कह गए थे।

चुप्पी बड़ी लंबी और घनीभूत हो चली है। यह भयावह भी है और शुभ भी...। एकाध अवसरों पर देर तक शांत रहकर अधिकारी ने पत्रावली पर अपनी चिड़िया बिठा दी है। और कभी एकाएक बरस पड़े हैं, "से सब क्या बकवास है। एकाध मिस्टेक हो तो देखूँ। एकदम बेसिर-पैर की नोटिंग है। पंद्रह बार पढ़ लिया पर मैं आपका आशय नहीं समझ सका...।"

दोनों बाबू एक-दूसरे के चेहरे को चिंता और उलझन से कई बार देख चुके हैं। इस बीच दो फोन भी आ गए हैं। कई अवसरों पर इन फोन-वार्ताओं से अधिकारी के मूड का जायजा लेने का प्रयास करते हैं ये लोग। किंतु आज वह भी कुछ गड्ड-मड्ड-सा है। एक सूचना किसी जघन्य अपराध की आई है। आर. प्रकाश जिले के कप्तान पर बिगड़ रहे हैं, "एस. ओ. को फौरन सस्पेंड करिए...। इसका मतलब तो यह है कि आपके जनपद में मेरे आदेशों का पालन नहीं हो रहा है।..."

"...क्या लाइन ट्रांस्फर...। नो, नो अखिलेश, वी हैव टू बी फर्म एंड स्ट्रिक्ट विद द डिफाल्टर्स...।"

दूसरी फोन वार्ता में उनका रुख बदला हुआ है, "जी, आप ठीक कहते हैं। मैं इसे देख लूँगा।...नहीं, आज ही..., जी तबादला भी हो जाएगा..., आप निश्चिंत रहें...।"

वह पुनः सूची पर निगाह जमाए बैठे हैं।

"बड़े बाबू," अंत में उन्होंने पूछा है, "आपने पर्सनली यह चेक कर लिया है।"

"जी सर...।"

"पर यह कौन है जो बीस साल से एक ही जिले में तैनात है...।" उनकी नजर एक स्थान पर अटकी हुई है।

"जी सर, यह लाइन का बारबर है...।" जौहरी बाबू ने मेज के ऊपर से झाँककर उत्तर दिया है।

"वह मनोहर नाई...। उसका पूरा नाम राममनोहर वर्मा है...।"

"जी सर...।"

"पर इसका तबादला क्यों नहीं किया गया। हेड कांस्टेबल तो बारह साल से ज्यादा एक जिले में नहीं रह सकते। इसे तो बीस साल से भी अधिक हो चले...।"

दोनों बाबू शांत हैं। बड़े बाबू का कल का अनुभव उन्हें शांत बनाए हुए है। वह जानते हैं कि जो बोलेगा, वही उनका कोप-भाजन बनेगा।

"बोलिए...।"

"सर...!" जौहरी बाबू ने धीरे-से कहा, "लाइन में कोई और अच्छा बारबर नहीं है। सभी अधिकारियों के बाल काटता है, सर...।" वह कुछ पल चुप रहकर आर. प्रकाश की ओर देखते हैं। उनकी चुप्पी पर उसका मनोबल बढ़ गया है, "तीन साल पहले सरदार जी साहब ने उसका तबादला कर दिया था। पर मेम साहब ने कहकर रुकवा दिया। उनका एक बच्चा मोना था, सर। फिर मेम साहब भी इससे अपनी कटिंग करा लेती थीं। इसके लिए इसे विशेष रूप से ट्रेनिंग दिलाई गई थी। बस सर, इसी...।"

एकाएक जौहरी बाबू को अहसास हुआ कि वह कुछ ज्यादा ही बोल गए हैं। अंदर-ही-अंदर काँप उठे हैं वह। नीचे मुँह कर साहब की प्रतिक्रिया के लिए तैयार हैं वह। बड़े बाबू के हृदय की धड़कनें भी तेज हो गई हैं।

पर आर. प्रकाश आज एकदम शांत हैं। पता नहीं क्यों, अपने बेटे और बिटिया का मनोहर द्वारा गोद में बिठाकर किया गया मुंडन आज उनकी आँखों के सामने तैरने लगा है। सहायक पुलिस अधीक्षक के दिनों से ही उसका प्रत्येक दूसरे शनिवार को बँगले पर आकर बाल काटना और मना

करने पर भी देर तक चंपी करना व दीन-दुनिया का हाल बखानना बरबस याद आने लगा है। उन्हें भी उसके माध्यम से लाइन के बारे में जानकारी करना कितना अच्छा लगता था। पुलिस लाइन के भोजनालयों की भोजन व्यवस्था से लेकर शौचालयों की सफाई तक उसकी जानकारी आर. प्रकाश मनोहर के माध्यम से ही लिया करते थे। लाइन के निरीक्षक और सूबेदारों की कमजोरियाँ उसी के जरिए आर. प्रकाश जान पाए थे।

देर तक वह इसी खयाल में पत्रावली को उलटते रहे हैं। अचानक उन्हें यह अहसास हुआ कि दोनों लिपिक कई बार उन्हें हैरत और असमंजस से देख चुके हैं।

"ठीक है। फाइल छोड़ दीजिए। मुझे कहीं जाना है अभी। कम टुमारो...।" कहकर उन्होंने फाइल को एक ओर खिसका दिया है और आँखें बंद कर रिवाल्विंग चेयर पर गर्दन पीछे टिकाकर उस पर झूलने लगे हैं...।

माटी

''एक्कम बढ़ई, दुक्कम लुहार, केचो पेचो लगे कुम्हार''—सुन-सुनकर किसनी के कान पक गए हैं अब। कल रात रमेसर ने एक ही बार यह दोहा बोला कि एकदम बिफर पड़ी वह। न जाने क्या-क्या बोल गई। रमेसर वैसे भी कुछ परेशान-सा लग रहा था। उस पर उसके प्रहार से बड़ी दयनीय स्थिति बन गई होगी उसकी। सोच-सोचकर किसनी स्वयं बड़ी दुखी है। कहावत बड़ी पुरानी है। अपने मायके में भी माई-बाप के मुँह से सुना था उसने। पर रमेसर जिस तरह उसे बार-बार प्रयोग करता है, उससे उसका ऊब चलना स्वाभाविक है।

आज से लगभग अठारह वर्ष पूर्व जब वह ब्याह कर रमेसर के घर आई थी तो दूसरे दिन ही ससुर जी ने उसे लेहसुर (मिट्टी काटने का उपकरण) पकड़ाते हुए रमेसर के साथ मिट्टी लाने के लिए जाने को कहा था। किसनी तो भौंचक्क-सी कनखी आँखों से घूँघट से नीचे निगाह किए कच्चे फर्श को देखती रही थी किंतु रमेसर ने अवश्य सवालिया नजरों से पहले उसके मेहँदी लगे हाथों और फिर पिता जी की ओर देखा था। ससुर जी हँस दिए थे। समझाने लगे, ''बहू, ई हमार धरम है। हमरे कुटुंब के परमपरा है। रमेसुर की माई के भी ऐकरे बाबा बियाह के सबेरे ही फरुसा देकर माटी कोड़े के भेज देहल रहें। कुम्हार के काम मरद, मेहरुआ, बाल-बच्चे सबके हाथ बटाबे से चलत है। कहावत ते सुनले होवा 'एक्कम बढ़ई, दुक्कम लुहार, केचो पेचो लगे कुम्हार' यानी बढ़ई अकेला, लोहार दुई मिलकर काम करते हैं बकिन कुम्हार के काम पूरा परिवार लगे पर होत है। जा रमेसुर बेटा, बहुर के साथ लेई जा...''

उस दिन किसनी को इस कहावत का वास्तविक अर्थ पता चला था। काम वह अपने घर में भी करती रही थी किंतु उसके पीछे घर के कामकाज

में हाथ बँटाने की भावना ही रहती। यह कभी नहीं सोचा था कि यह भावना दरअसल एक संस्कार है।

तब से आज तक न जाने कितने अवसरों पर वह यह कहावत सुनती आई थी। बड़े बेटे मनोहर का पट्टी-पूजन हुआ तो रमेसर ने पूजन के बाद उसके हाथों पर मिट्टी भी लगवाई थी और इस कहावत को मंत्र की भाँति पढ़ा था। बच्चे जैसे-जैसे बड़े होते गए, यह कहावत सुनते गए और अपने पारिवारिक धंधे में लगते गए...

अपने इस पुश्तैनी पेशे पर बड़ा गर्व है रमेसर को। यह नाज अकारण भी नहीं है। यश, सम्मान, प्रतिष्ठा, स्तर क्या नहीं मिला है उसे। बड़े मान से बतलाया करता है वह कि सत्रहवीं सदी में निजामाबाद के काजी साहब ने गुजरात से एक प्रजापति परिवार को यहाँ लाकर बसाया था। निजामाबाद का पुराना नाम हनुमंतगढ़ था जहाँ राजभरों के किले के अवशेष आज भी विद्यमान हैं। ग्यासुद्दीन तुगलक के समय में मुस्लिम सेना ने इस किले को जौनपुर साम्राज्य से जीतकर इसका नाम निजामाबाद कर दिया। कालांतर में यह अपनी विविध घटनाओं के कारण ऐतिहासिक दृष्टि से बड़ा महत्त्वपूर्ण हो गया। सिखों के शीर्ष गुरु गुरु-नानक जी ने यहाँ रात्रि विश्राम किया था। उनकी स्मृति में बना गुरुद्वारा गाँव की आध्यात्मिक गरिमा की कहानी कहता है। कहा जाता है कि मुगल बादशाह अकबर महान ने अपने भूखंड भ्रमण के दौरान यहाँ रात्रि अवस्थान किया था। महाकवि अयोध्या सिंह उपाध्याय 'हरिऔध' की जन्मस्थली है यह धरती...

निजामाबाद में बसे प्रजापति परिवार ने मिट्टी के बने काले बर्तनों से दूर-दूर तक शोहरत हासिल की। मुगल बादशाह जहाँगीर ने इस कला से प्रभावित होकर इस परिवार को हीरों से जड़ा एक ताम्रपत्र प्रदान किया था। उन्नीसवीं सदी में रमेसर के परबाबा को भारत के वायसराय ने एक तमगा, प्रमाणपत्र और बीस रुपए का नकद पुरस्कार दिया था। पुरस्कारों और सम्मान का सिलसिला तब से जारी है। इस कला की प्रसिद्धि सुदूर देशों में भी जा पहुँची है। और इसके साथ ही इस फलते-बढ़ते परिवार की गरिमा भी...अपने पिता के समान रमेसर भली प्रकार समझ गया है कि पूर्वजों द्वारा अर्जित सम्मान को बनाए रखने के लिए परिवार के सभी सदस्यों का इस कला के प्रति समर्पण आवश्यक है।

कल रात किसनी के साथ हुई बहस से समर्पण की इसी भावना को ठेस पहुँची है। पहली बार किसनी बड़ी मुखर और कहीं क्षुब्ध-सी दीख पड़ी थी। रमेसर चकित तो था ही, साथ ही बुरी तरह आहत भी था। घने बादलों के साए में उठे बवंडर की तरह मन डाँवाडोल हो गया। किसनी का कथन एक अंधड़ की तरह उसके अंतर्तम को उखाड़-पछाड़ गया था। पूरी रात नींद आँखों के पास नहीं फटकी। झूलती बँसखट पर वह करवटें बदलता तो उससे निकलती आवाज अपने हृदय की पीड़ा की गूँज-सी लगती उसे। आदि और अंत का वैभिन्न्य और विषमता कितनी विचित्र है। एक कड़ी न लगकर दो छोर लगते हैं ये—निस्संग छोर, असंपृक्त और बेलाग...वह भी मात्र धरती के एक चक्र के अंतर से...

कल का दिन एक बड़े शुभ समाचार से उदय हुआ था। समूचे क्षेत्र में मनोहर के हाई स्कूल में प्रथम श्रेणी में उत्तीर्ण होने का समाचार फैला था। पिछले तीन वर्षों में जब से निजामाबाद का यह जूनियर हाई स्कूल माध्यमिक विद्यालय बना है। प्रथम श्रेणी प्राप्त करने वाला वह पहला छात्र है। यह विद्यालय इस क्षेत्र का इकलौता हाई स्कूल है। गाँव और आसपास के क्षेत्र का पहला प्रथम श्रेणी प्राप्त छात्र होने का गौरव कम बड़ी बात नहीं है। रमेसर और प्रजापति समाज के अन्य सदस्यों के लिए एक नया सम्मान है यह। दूसरे पहर तक एक उत्सव जैसा माहौल बना रहा। बधाइयों का ताँता लग गया। स्वयं प्रधानाचार्य घर आए थे। कहने लगे, "रमेसर भइया, तुमने और तुम्हारे पुरखों ने बड़ा यश कमाया है। पर यह बालक यश भी कमाएगा और तुम्हारे परिवार का कायाकल्प भी कर देगा। बड़ा कुशाग्र, परिश्रमी और गंभीर छात्र है यह। ईश्वर ने चाहा तो यह तुम्हारे परिवार ही नहीं, इस क्षेत्र के लिए भी नए कीर्तिमान बनाएगा..." सुनकर रमेसर का रोम-रोम भर आया था। वैसे भी कक्षा दस तक पहुँचने वाला मनोहर प्रजापति समाज का पहला बालक था। वे लोग ही क्या, गाँव के अधिकांश परिवारों के लिए हाई स्कूल उत्तीर्ण करना शिक्षा की इतिश्री था।

"मैं एक विशेष कारणवश आया था," प्रधानाचार्य ने कहा था, "मनोहर का अध्ययन जारी रहना चाहिए। मुझे मालूम है कि इसमें कठिनाई सामने आएगी। लेकिन इसके सुनहरे भविष्य के लिए कुछ त्याग तो आप लोगों को करना होगा..."

मनोहर को गले लगाकर और अपना आशीष देकर प्रधानाचार्य चले गए थे। हलके-फुलके, थिरकते माहौल में इस सुझाव की गंभीरता शायद रमेसर के अंदर पूरी छाप नहीं छोड़ पाई थी। पूरा परिवार ही उत्साह और उल्लास में खोया था। छुटकू और मझली के साथ नन्ही इनमिया भी आज किलकारी-सी मारती रही थी। इनमिया नाम सुनकर लोग पूछ बैठते हैं, ''भइया, ई का नाम हवै। काजी साहब के लड़के कै नाम इनाम अली रहा। का वही के याद में छोटी बिटिया के नाम इनमिया रख्खल है...'' बड़े गर्व से बतलाया है रमेसर, ''जिस दिन राष्ट्रपति जी ने हमें राष्ट्रीय पुरस्कार दिया था, उसी दिन यह पैदा हुई थी। सो किसनी ने इसका नाम इनमिया रख दिया...'' राष्ट्रपति भवन के दरबार हॉल में उसे एक ताम्रपत्र अंगवस्त्र और पूरे दस हजार रुपए मिले थे। निजामाबाद लौटने पर पूरे गाँव में एक उत्सव-सा मनाया गया था, ठीक आज ही की तरह...जिलाधिकारी का बधाई संदेश लेकर स्वयं हाकिम परगना उसके झोंपड़े पर आए थे।

महज इत्तेफाक है कि आज भी उसे परगनाधिकारी से मिलना था। कल शाम ही उनका संदेश लेकर लेखपाल आया था। ''हमारे पट्टों का क्या हुआ लेखपाल जी...'' रमेसर ने उससे पूछा था, ''उसी बारे में बात करने बुलाया है हाकिम ने,'' लेखपाल ने बताया।

रमेसर असमंजस में पड़ गया। बुलावे का कारण नहीं समझ पाया वह। परगनाधिकारी से कई बार वह भेंट कर चुका था। हर बार कोई नई बात सुनने को मिल जाती। गाँव के तालाबों की मिट्टी के पट्टों के बारे में यह क्रम कोई तीन वर्ष से चल रहा है। गाँव में तीन तालाब हैं जिनकी मिट्टी का प्रयोग कुम्हार अपने बर्तनों के निर्माण के लिए करते हैं। धूरीपुर तालाब की चिकनी मिट्टी इस कार्य के लिए सर्वोत्तम मानी जाती है। कहा जाता है कि प्रजापतियों को यहाँ बसाने के बाद काजी साहब स्वयं उन्हें धूरीपुर तालाब दिखाने लाए थे और अपने हाथों से मिट्टी की पहली टोकरी खोदी थी। सबसे पहले बर्तन इसी तालाब की मिट्टी से बनना आरंभ हुए। बाद में भैरोपुर और नसीरपुर तालाब की मिट्टी का भी प्रयोग किया गया। भैरोपुर की दोमट, नसीरपुर की बलुही और धूरीपुर की चिकनी मिट्टी के मिश्रण से बर्तनों में मजबूती भी आई और चिकनापन भी।

एक लंबे अरसे से ये तालाब गाँव के ठाकुरों के कब्जे में थे। बरसात

के दिनों में वे इनसे मछली पालन कर आय करते और बाकी साल कुम्हारों को मिट्टी बेचकर। कभी भी कोई विवाद खड़ा नहीं हुआ था। किंतु जबसे रमेसर का विभिन्न पुरस्कारों आदि के कारण मान-सम्मान बढ़ा था, इससे वे मन-ही-मन किलसते। क्षेत्र में जब कोई महत्त्वपूर्ण व्यक्ति आता तो उसे रमेसर के झोंपड़े पर अवश्य लाया जाता। अधिकारियों में भी इसकी पहुँच बढ़ रही थी। लगभग पाँच वर्ष पूर्व प्रदेश सरकार द्वारा रमेसर को हस्तशिल्प दक्षता पुरस्कार प्राप्त होने के बाद यह क्रम और बढ़ गया था। ठाकुरों को अपनी प्रतिष्ठा और आँच आती महसूस हुई।

अब मिट्टी पर कोई-न-कोई विवाद खड़ा हो जाता। एकाध बार मामूली हाथापाई तक नौबत आ गई। कुम्हार गरीब और कमजोर थे। हाथ-पैर जोड़कर फिर सिलसिला जारी हो जाता। पर उस दिन बात पूरी तरह बिगड़ गई।

यह लगभग तीन वर्ष पुरानी घटना है। रमेसर अपने बेटे मनोहर के साथ फावड़ा, बेलचा, टोकरी लेकर धूरीपुर तालाब से मिट्टी निकालने गया था। अभी पहला फावड़ा हवा में लहराया ही था कि ठाकुर राम कृपाल सिंह अपने दल-बल के साथ पहुँच गया और उसे मिट्टी निकालने से रोकने लगा।

"मगर हम लोग इसकी एवज में आपको पैसा देते हैं," रमेसर ने कहा।

"क्या देते हैं ! एक खाते भर मिट्टी के तीन रुपए..."

"पर माटी तो आखिर माटी ही है। इससे ज्यादा और क्या कीमत होगी इसकी ?"

"और इस माटी से जो तुम बर्तन बनाते हो वो सोना हो जाते हैं..."

"कैसा सोना...क्या मिलता है हम लोगों को। दो जून की रोटी भी कुम्हार अच्छी तरह नहीं पाते..."

"हमें तुमसे इस बारे में बहस नहीं करनी। तालाब हमारे हैं और हम तुम लोगों को मिट्टी नहीं निकालने देंगे..."

"ठाकुर साहब, यह क्या कह रहे हैं आप। हमारे तो सात पुरखे इन्हीं तालाबों से मिट्टी निकालते रहे हैं। फिर हम कैसे रुक जाएँगे ?" रमेसर ने कहा और फावड़ा चलाना शुरू कर दिया। एकाएक एक लठ उसकी पीठ पर पड़ा था। वह औंधे मुँह गिर पड़ा। मनोहर यही कोई तेरह-चौदह साल का

बालक था। आतंक और भय से जकड़ा वह भागा-भागा गाँव आया था। पूरा प्रजापति समाज जमा होकर धूरीपुर तालाब पर पहुँचा था। उधर से ठाकुर भी जुटने लगे। बात बढ़ी। खूब सिर-फुटौवल हुई।

मामला पुलिस तक पहुँचा। दोनों ओर से पंद्रह-पंद्रह आदमियों को बंद कर दिया गया। रमेसर की दलीलों का थानेदार पर कोई प्रभाव नहीं हुआ। बड़े तटस्थ भाव से कहा उसने, "जमीन पर आपका कोई हक नहीं बनता है। बरसों से ठाकुरों के कब्जे में हैं ये तालाब। सही है कि आप लोग भी सदियों से इस मिट्टी का प्रयोग कर रहे हैं। मुझे आपसे पूरी हमदर्दी है। पर यह दीवानी मामला है। इसका निर्णय तो अदालत ही करेगी। झगड़े-फसाद से तो आप लोग बदअमनी फैला रहे हैं। इससे वर्ग संघर्ष भी शुरू हो सकता है। हम लॉ ऐंड ऑर्डर नहीं बिगड़ने दे सकते। बाकी आप अपने हक के लिए अदालत में चारागोई करें।"

पुलिस द्वारा इस मामले को धारा 145 दंड प्रक्रिया संहिता के अंतर्गत परगनाधिकारी को संदर्भित कर दिया गया। मिट्टी के प्रयोग पर भी रोक लगा दी। ठाकुर तो चाहते ही यही थे। ठाकुरों द्वारा पूरे दस हजार रुपए खर्चा-पानी करने की चर्चा आज भी सुनी जा सकती है।

कुछ अन्य लोगों के साथ तब रमेसर परगनाधिकारी से मिला था। "साहिब, हमारी रोजी-रोटी इन्हीं तालाबों पर है। तीन-साढ़े तीन सौ सालों से हम लोग इस माटी का इस्तेमाल कर रहे हैं। रोक लगने से तो हमारे लोग भूखे मर जाएँगे," रमेसर ने कहा था।

"मुझे सब मालूम है," परगनाधिकारी ने सहानुभूति दर्शाते हुए कहा, "हमने रिकॉर्ड भी चेक करा लिया है। ये तालाब ग्राम समाज की संपत्ति है। ठाकुरों ने तो यों ही अपना कब्जा कर रखा है। इन पर उनका कोई हक नहीं है। पर हम यह भी नहीं चाहेंगे कि ग्राम समाज की भूमि का आप लोग भी नाजायज प्रयोग करें..." एकाएक उनका स्वर रूखा और सपाट हो गया।

रमेसर को जहाँ यह जानकर अपार हर्ष और संतोष हुआ था कि इन तालाबों पर ठाकुरों का कोई अधिकार नहीं है, वहीं यह सुनकर भी बड़ा विचलित हुआ वह कि कुम्हारों को भी इनके प्रयोग की अनुमति नहीं दी जा रही थी।

"तब हम लोग अपना काम कैसे करेंगे साहब ? हमारा गुजारा कैसे होगा...?" उसका स्वर बड़ा दयनीय हो चला।

"आप लोग चिंता न करें। सरकार कुछ-न-कुछ व्यवस्था अवश्य करेगी। मैं कलक्टर साहब से बात करूँगा। चाहें तो आप लोग भी डी.एम. साहब से मिल लें..."

जिलाधिकारी का दृष्टिकोण अत्यंत सहानुभूति व सहृदय था। वे एक युवा अधिकारी थे। रमेसर व अन्य लोग मिले तो परगनाधिकारी को बुलवा भेजा।

"एस.डी.एम. साहब, इनकी समस्या बड़ी जेनुइन है। इन तालाबों की जमीन के पट्टे आप इन लोगों के नाम कर दीजिए। ग्राम प्रधान, लेखपाल और कानूनगो से कहकर एल.एम.सी. की बैठक में इनका प्रस्ताव पास करा दीजिए। एनी प्रॉब्लम..."

"नो सर..."

"राइट...तो आप मुझे कब प्रोग्रेस रिपोर्ट करेंगे..."

"सर, एक महीना..."

"एक महीना...तो ज्यादा है। हाउ एवर, गो अहेड..." कहकर उन्होंने अपनी डायरी का पन्ना उलटकर उस पर कुछ लिखा और फिर कहने लगे, "आप लोग निश्चिंत रहिए..."

"हुजूर, आपके बड़ी किरपा है..." बुजुर्ग चरतु बोले, "पर अबहिन के त कोनो इनजाम कर देई। हमार काम-धंधा, रोजी-रोटी बंद पड़ल हवेए। ठाकुर लोग माटी खोदे पर मिन्हा कर देहले हवें..."

कलक्टर कुछ देर सोच में डूबे रहे। "एस.डी.एम. साहब, आप पुराने आदमी हैं। इनकी समस्या का कुछ निदान आपको करना चाहिए। जब ग्राम समाज की लैंड है तो उन्हें रोकने का क्या राइट है..." उन्होंने कहा।

"जी सर ! पर उनका बरसों से इन तालाबों पर कब्जा है..."

"बट दैट्स अनऑथाराइज्ड ऐंड इललीगल," उनकी आवाज में रोष था।

"जी सर...पर सर, हम रोज-रोज के झगड़े से इन्हें बचाना चाहते हैं," परगनाधिकारी दबी आवाज में बोले।

"इसका मतलब है कि पट्टे न होने तक ये लोग बेकार रहें बिकॉज

ठाकुर्स हैव मसल पावर...'' उनका क्रोध मुखर हो चला।

परगनाधिकारी शांत रहकर नीचे देखने लगे। इन छोटे और गरीब लोगों के सामने अपनी किरकिरी होने के भय से आशंकित हो चले वह। ''सर, एक सोलुशन है। झगड़ा धूरी पर तालाब की मिट्टी पर हुआ है। बाकी दोनों तालाबों की मिट्टी का ये लोग फिलहाल इस्तेमाल करें...'' कहकर उन्होंने जिलाधिकारी के चेहरे पर देखा।

''यस, दैट्स राइट...'' जिलाधिकारी के चेहरे पर स्वीकृति का भाव आ गया और एक झीनी मुसकान थी, ''यह तो ठीक है न...'

''जइसन सरकार के मरजी होय...'' चरतु ने कहा, ''पर कल के उबहाँ भी...?''

''आप उसकी चिंता मत कीजिए...'' परगनाधिकारी ने टोकते हुए जवाब दिया, ''मैं एस.ओ. को बुलाकर समझा दूँगा...''

जिलाधिकारी से वार्ता करने के बाद रमेसर और उसके सभी साथी बड़े संतुष्ट हुए थे। भैरोपुर और नसीरपुर के तालाबों की मिट्टी से काम चल गया। ठाकुरों ने अड़ंगे लगाने का प्रयास किया किंतु इस बार पुलिस का रवैया दूसरा था। हालाँकि रमेसर और प्रजापति समाज के सभी सदस्य ये समझ गए थे कि इस समस्या का स्थायी हल खोजना जरूरी था।

ग्राम प्रधान की अध्यक्षता में आयोजित भू-प्रबंध समिति (एल.एम.सी.) की बैठक में परगनाधिकारी ने नायब तहसीलदार को भेजा था जिससे ग्राम के ठाकुरों के प्रभाव में कोई गलत निर्णय न ले ले। समिति के सचिव लेखपाल को पात्र व्यक्तियों की सूची एक सप्ताह में बनाने के निर्देश दिए गए। कार्यवाही आरंभ हो गई। सूची लंबी होती गई। तालाबों की मिट्टी के अनेक दावेदार सामने आ गए। यह भी सुना गया कि लेखपाल की इस सूची बनाने में हजारों के वारे-न्यारे हो गए। भू-प्रबंध समिति द्वारा प्रस्ताव तैयार करके परगनाधिकारी के पास अनुमोदन के लिए भेज दिया गया। किंतु अनुमोदन से पूर्व ही उच्च न्यायालय ने इस कार्यवाही पर रोक लगा दी। आखिर ठाकुरों की प्रतिष्ठा का प्रश्न था यह...

उच्च न्यायालय से स्टे समाप्त करवाने में पूरे दो वर्ष लग गए। इस बीच सभी अधिकारियों ने अपने हाथ खड़े कर दिए। जब-जब रमेसर आदि इन अधिकारियों से मिलते तो उनसे एक ही उत्तर मिलता, ''हम मजबूर हैं। स्टे

के होते पट्टे नहीं हो सकते। कोर्ट का कंटेंप्ट हम नहीं कर सकते। पर स्टे वैकेट कराने के लिए पूरी कोशिश चल रही है।" इस बीच दो कलक्टर बदल गए। उनमें से एक विचारों से अत्याधुनिक और इक्कीसवीं सदी के जबर्दस्त हामी थे। किसी भी विषय पर बात करते ही वह तुरंत कंप्यूटर की ओर मुड़कर उस पर उँगलियाँ चलाने लगते जो उन्होंने मेज के बाईं ओर लगवा रखा था। रमेसर को राष्ट्रीय पुरस्कार मिला तो मिलने पर समझाने लगे उसे, "यह मिट्टी का काम कब तक करेंगे आप। क्या मिलेगा इससे आपको। जमाना बदल रहा है। बच्चों को साइंस वगैरह पढ़ाएँ। कोई छोटी-मोटी इंडस्ट्री लगाएँ..."

रोक समाप्त होने पर पट्टे लिए जाने की कार्यवाही पुनः आरंभ हुई। कुछ लोगों ने आपत्ति की कि पात्र व्यक्तियों की सूची पुरानी हो गई है, दूसरी सूची बनवाई जाए। पुनः भू-प्रबंध समिति की बैठक बुलाई गई। पात्र व्यक्तियों की नई सूची तैयार हुई। प्रस्ताव बनाकर परगनाधिकारी के पास अनुमोदन हेतु प्रेषित किया गया जिस पर अंतिम आदेश होना फिलहाल शेष है।

रमेसर के मन में आया कि मनोहर को भी साथ ले ले। उसके परीक्षाफल की सूचना हाकिम तक अवश्य पहुँची होगी। उसका मान तो बढ़ेगा ही, मनोहर को भी ये बातें जाननी चाहिए। मनोहर को चलने को कहा तो किसनी बिगड़ उठी, "कौन माटी खोदने जा रहे हो जो मनोहर के बिना काम नहीं चलेगा। हाकिम-वाकिम, पट्टे-वट्टे के मुकदमे में इसे क्यों डालते हो ! इसके लिए तो इसकी पूरी जिंदगी पड़ी है," एकाएक रमेसर को लगा कि उसके स्वर में एक अजीब-सी कड़वाहट है। कम-से-कम आज के दिन किसनी का यह व्यवहार उसे तनिक भी समझ में नहीं आया। तालाब के पट्टे और उसकी कार्रवाई में वह सदैव रमेसर की चिंता की सहभागी रही थी। पिछली बार जब रमेसर अन्य लोगों के साथ जिलाधिकारी से मिलने गया तो वह भी जिद करके साथ गई थी। वार्ता के दौरान उत्तेजित होकर बोली भी थी। किंतु आज उसके शुष्क और कठोर व्यवहार का कोई कारण भी नहीं समझ पाया रमेसर। भारी मन से वह परगनाधिकारी से मिलने चला गया।

हाकिम परगना ने उसका गर्मजोशी से स्वागत किया। रमेसर अपने साथ सफेद नक्काशी किए हुए एक काली सुराही भी ले गया था। उन्हें भेंट की तो गद्‌गद हो चले वह।

"रमेसर जी, आपको इसलिए बुलवाया था कि हम लोग बैठकर यह तय कर लें कि पट्टे कुल कितने लोगों को दिए जाने हैं। पात्र व्यक्तियों की संख्या तो सैकड़ों में पहुँच गई है। तालाबों की भूमि तो सीमित है। पट्टे कुछ ही लोगों को दिए जा सकते हैं..." परगनाधिकारी ने कहा।

"साहब, हम लोगों ने बारह परिवारों के नाम दिए थे जो यह काम करते हैं..."

"पर आपकी जाति के तो कम-से-कम पचास परिवार हैं यहाँ। सभी ने दरख्वास्तें दी हैं। वे सभी पात्र भी हैं..."

"साहब, उनमें से कई लोगों ने यह काम कब का छोड़ दिया। कुछेक तो नौकरी करने लगे हैं। माटी से उनका कोई सरोकार नहीं रहा..."

"किंतु हमने जाँच-पड़ताल कराई तो सभी के घरों में चाक, पट्टे, फावड़ा, लेहसुर, छोलनी, कंडे और कुछ बना हुआ सामान दीख जाता है। मुफ्त में जमीन कौन नहीं चाहता।"

रमेसर मन-ही-मन उलझन महसूस करने लगा। कुछ देर तक शांत बना रहा। बोला, "साहब, आप गुप्त जाँच करा लें। जो यह काम करते हों उन्हें पट्टा जरूर मिले। फिर किसी का भला हो, होगा तो वह अपना भाई-बंद ही..."

"रमेसर जी, ऐसा कोई नियम नहीं है कि तालाब की जमीन का पट्टा कुम्हारों को ही दिया जाए। सूची में अनेक हरिजनों, गरीबों भूमिहीनों के नाम हैं। वे सभी पात्र भी हैं—भू-आबंटन नियमों के अंतर्गत पात्र व्यक्तियों में भूमिहीन हरिजन पहले नंबर पर हैं। आपको पट्टे देने के लिए हमें उनके प्रार्थनापत्र किसी आधार पर ही अस्वीकृत करने होंगे...वही तो समझ में नहीं आ रहा। इसीलिए बुलवाया आपको..."

सुनकर रमेसर दंग रह गया। परगनाधिकारी के अंदर से उसे एक चालाक प्रशासनिक अधिकारी झाँकने लगा। यह एक नई समस्या उठाई गई थी। आज तक जब भी वे जिलाधिकारी, परगनाधिकारी से मिले थे, सबने उन्हें ही पट्टे दिए जाने का आश्वासन दिया था, भले ही कानूनी कार्यवाही में कुछ विलंब हो। रमेसर इस बात से परिचित था कि पट्टों के लिए अनेक लोगों ने अपने दावे प्रस्तुत किए हैं। वह यह भी जानता था कि कुछ से कराए भी गए हैं। अभी तक काबिज चले आ रहे ठाकुरों ने कुछ हरिजन और भूमिहीन परिवारों को उकसाकर और लेखपाल की जेब गरमाकर उनके नाम

पात्र व्यक्तियों की सूची में अंकित करा दिए हैं जिससे कागज पर इनका नाम रहे और वास्तविक मालिक वे ही बने रहें। अपने अंदर एक उबाल-सा अनुभव किया रमेसर ने। मन में आया कि अपने आक्रोश को उनके सामने उड़ेल दे अथवा उठकर चल दे किंतु अपने को संयत रखा उसने। ''साहब,'' वह धीरे से बोला, ''मैं क्या राय दे सकता हूँ। मैं इस योग्य कहाँ...'' उसने खिन्न मन से कहा।

''नहीं भई, ऐसा नहीं है। आपका सभी अधिकारियों में सम्मान है। खुद कलक्टर साहब ने कहा था कि आपसे बात कर लूँ...''

रमेसर ठस्स-सा बैठा रहा—अंदर से उद्विग्न व विचलित प्रशासनिक अधिकारियों के संबंध में उसका अनुभव वैसे भी मधुर नहीं था। उनकी ''हाँ, हाँ'' ''अभी लीजिए'' के पीछे कितना नकारात्मक दृष्टिकोण छिपा रहता है, इससे वह भली प्रकार परिचित है।

''मैं सोच रहा था,'' परगनाधिकारी ने उसकी चुप्पी को अर्थहीन समझा, और कहने लगे, ''कि पात्र व्यक्तियों की अधिक संख्या और सीमित भूमि को देखते हुए आप लोगों की एक सहकारी समिति बनवा दी जाए। इससे जिसको जितनी मिट्टी लेनी हो, ले ले। कोई मिट्टी जैसी चीज को खा तो नहीं जाएगा और न ही इसके भंडार अपने घर में जमा कर सकता है। फिर यह कोऑपरेटिव आपके माल की बिक्री में सहायक हो सकती है। भूमि के मालिकाना अधिकार को लेकर भी विवाद नहीं होगा।''

रमेसर का अंतर्तम पूरी तरह उखड़ गया। ''साहब, आप जैसा ठीक समझें, करें,'' उसने कहा और उठ खड़ा हुआ।

परगनाधिकारी हँस दिए। अभिवादन करके जब वह पीछे मुड़ा कि तभी उन्होंने उसे आवाज दी, ''रमेसर जी, एक शुभ समाचार तो आपको बताना मैं भूल ही गया जिसके कारण विशेष रूप से आपसे मिलने का मन था। आपका नाम पद्मश्री के लिए भेजा गया है। राज्य सरकार ने भी अनुशंसा भारत सरकार को भेज दी है। ईश्वर ने चाहा तो आप आजमगढ़ जनपद के पहले पद्मश्री होंगे...।

पता नहीं पूर्व वार्तालाप का प्रभाव था अथवा रमेसर की मनःस्थिति ही कुछ ऐसी थी कि इस बड़े समाचार को सुनकर उसके अंदर कोई विशेष उत्साह

और उल्लास नहीं हुआ। "सब देवी पार्वती की कृपा और आप लोगों का आशीर्वाद है..." उसने धीरे-से कहा और कमरे से बाहर निकल गया।

कानों में पड़ा पद्मश्री का समाचार इतना आकस्मिक, अविश्वसनीय और स्वप्निल जैसा था कि कुछ दूर चलने के बाद ही उसका प्रभाव उसके अंदर हुआ। रमेसर के लिए जीवन की अंतिम उपलब्धि के समान था यह। जाहिरा तौर पर वह शरमा गया था किंतु उसका अंतर्तम थिरकने लगा था।

इच्छाएँ तो और भी उसके अंदर पनपती रही थीं। वह चाहता था कि निजामाबाद में इस कला के प्रशिक्षण के लिए एक संस्थान खोले। आरंभ में मनोहर को पढ़ाने के पीछे दरअसल उसकी यही मंशा रही थी। इसलिए अध्ययन के साथ वह मनोहर को इस कला में भी पूरी तरह पारंगत करना चाहता था। अपनी इस योजना के संबंध में वह जिलाधिकारी से भी विचार-विमर्श कर चुका था। उन्होंने इसका पूरा समर्थन ही नहीं किया बल्कि संस्थान के लिए ग्राम-समाज की निःशुल्क भूमि और सरकार से अनुदान दिलाए जाने का भी आश्वासन दिया था।

किंतु ऐसा कोरा आश्वासन पट्टों का भी मिला था उसे। एकाएक छटपटाहट उसके हृदय को भेदती चली गई। पद्मश्री का समाचार एकदम श्रीहीन हो चला। वैसे भी अभी यह सम्मान मिला भी तो नहीं था उसे। सरकारी कामकाज की गति और दशा से वह भली प्रकार परिचित था और इस ज्ञान में जो कमी थी, वह पट्टों के प्रकरण से पूरी हो गई थी। इसलिए उसने तय किया कि इस समाचार को वह किसी को भी नहीं बतलाएगा ...किसनी को भी नहीं...

धुँधलका फैल चुका था। कच्चे कमरे में लालटेन का पीला और मद्धिम प्रकाश फैल रहा था। बाहर हलकी बूँदाबाँदी थी। खपरैल से कोठरी में कहीं-कहीं पानी की छोटी-मोटी बूँदें टप-टप कर रही थीं। रमेसर चारपाई पर गुमसुम व उदास-सा लेटा था। प्रातः का सारा उत्साह बुझ चुका था। अंदर एक विचित्र-सा घटाटोप छाया था। मन में तेज बेचैनी थी। एक अजीब-सी मनहूसियत ने उसे घेर रखा था।

भोजनादि से निवृत्त होकर किसनी भी पास पड़ी चारपाई पर आकर बैठ गई थी। उन दोनों के मध्य एक तनावपूर्ण मौन खड़ा रहा जिसका कोई कारण रमेसर नहीं समझ पाया था। किसनी ने आज उससे परगनाधिकारी से हुई

भेंट के संबंध में भी कोई प्रश्न नहीं पूछा था। रमेसर ने सोने का उपक्रम किया किंतु नींद बंद आँखों से निकल-निकल भागती। काफी देर एक ओर करवट किए लेटा रहा वह। उसे भय था कि किसनी उसकी मनःस्थिति को न भाँप जाए। पर मन की भावनाओं की पदचाप तो पत्नी को अँधेरे में भी सुनाई दे जाती है।

"नींद नहीं आ रही क्या..." किसनी ने संवादहीनता को तोड़ दिया।

"आ जाएगी..." उसने हौले से कहा।

"कुछ परेशान से लगते हो। क्या बात है। हाकिम से मेल-मुलाकात तो ठीक रही न...?" उसके स्वर में आत्मीयता धुलने लगी।

"हूँ..." उसने संक्षिप्त-सा उत्तर दिया।

"पट्टों का क्या हुआ...?" अचानक किसनी ने प्रश्न कर डाला।

"हो जाएगा। अभी कुछ देरी है..."

"अब देरी क्यों है। पिछली बार तो कहा गया था कि एक महीने में सारी कार्रवाई पूरी हो जाएगी..."

रमेसर शांत रहा। एक तड़प-सी उसके अंतर्तम को झकझोर गई।

"अब क्या कहते हैं हाकिम...?" किसनी ने ही पूछा।

"कुछ नहीं..."

"फिर कुछ नहीं..."

"फिर क्यों बुलाया था..." वह अधीर होने लगी थी।

"इसी बारे में बात करने।"

"अब भी कुछ बात करने को रह गया है ?" उसने झल्लाकर कहा।

"तू नहीं समझेगी। पट्टे लेने वालों की संख्या अधिक है और जमीन है काफी कम...पट्टे किसको मिलें, यह तय करना है," वह अनमने मन से जवाब दे रहा था।

"कुछ नहीं। यह सब छल-फरेब है। सब बेईमानी का खेल है..." किसनी आवेश में आ गई, "तीन साल से यही सुनते आ रहे हैं। चरतु चाचा ठीक कहते हैं कि पैसा दे दो, मिनटों में काम हो जाएगा। तुमसे तो रिश्वत माँग नहीं सकते। अबकी बार चरतु चाचा, गनेश वगैरह को भेजना। फिर देखना चटपट काम होगा।"

रमेसर के मन में आया कि किसनी को डाँटकर चुप कर दे किंतु उसके

कथन में झलकती सच्चाई उसके साहस को तोड़ गई। समाज के अन्य सदस्यगण भी यह बात कई बार कह चुके थे। रमेसर ही उन्हें मना कर देता था। आज उसे लगने लगा कि इस मामले का निबटारा इसी प्रकार होना है।

वार्तालाप अवरुद्ध हो गया। रमेसर ने राहत-सी महसूस की। रात गहराने लगी थी। चारों ओर एक मनहूस सन्नाटा छाया था। बरसात की टपटप भी बंद हो चली थी। उसने सोने का यत्न किया किंतु नींद अभी भी गायब थी। न ही मन की व्याकुलता में कोई कमी थी। वह मन-ही-मन अपने को समझाता भी रहा। जमीन के पट्टों से उसके जीवन में ऐसा कौन चमत्कारी परिवर्तन होने जा रहा था। फिर वह अकेला थोड़े ही है...

"सो गए क्या...?" काफी देर बाद किसनी ने पूछा था।

"न...क्यूँ..." वह बुदबुदाया।

"मनोहर शहर के स्कूल में जाकर पढ़ना चाहता है..."

"क्या...?" रमेसर चौंक गया।

"हाँ, वह कह रहा था कि वह आजमगढ़ में रहकर पढ़ाई करेगा।"

"पागल हुआ है क्या..." उसने झल्लाए स्वर में कहा।

"इसमें पागलपन की क्या बात है," किसनी तनिक आवेश में बोली, "उसे आगे नहीं पढ़ाना क्या ? अव्वल दर्जे में पास होकर घर में माटी से ही जूझता रहेगा..."

"वो तो करेगा ही। अपना काम करना बुरा है क्या..."

"और पढ़ाई ?" उसके स्वर में आक्रोश था।

"पढ़ाई..." रमेसर कुछ पल के लिए सकपका गया, "पढ़ाई भी हो जाएगी। प्राइवेट फॉर्म भर देगा..."

"उसे नहीं पढ़ना इस तरह। न मैं चाहूँ। उसने भी मना कर दिया है।"

"उसके मना करने से क्या होता है। खर्चा सोचा है। पूरे डेढ़-दो सौ लगते हैं। हमारे पास हैं देने को...?"

"उसके गुरु जी कह रहे थे कि उसे वजीफा मिल जाएगा। फीस भी माफ हो जाएगी। पचीस-तीस रुपए देने से काम चल जाएगा..."

"और फिर यहाँ का काम...?"

"मुझे क्या मालूम...? कोई जरूरी है कुम्हार का लड़का कुम्हारी ही करे..." तेज आवाज में कहा किसनी ने।

रमेसर का अंतर्तम तिलमिला उठा। पहली बार किसनी के अंदर न केवल आक्रोश झलक रहा था वरन् अपने इस पुश्तैनी कार्य के प्रति अनादर भी।

''क्या सिरफिरी जैसी बातें करती हैं। हमारे पुरखों का धंधा है यह। क्या नहीं मिला इससे हमें, कितना आदर, सम्मान, प्रतिष्ठा। इतना तो बड़े-बड़े अफसरों और पैसे वालों का नहीं होता, बड़ा-बड़ा आदमी यहाँ आता है। मनोहर शहर में रहने लगा तो कामकाज भूल जाएगा। फिर अपना धंधा भी बंद हो जाएगा। अकेला मैं क्या करूँगा। कहावत भूल गई तू—'एक्कम बढ़ई, दुक्कम लुहार, केचो-पेचो लगे कुम्हार...' उसने समझाते हुए कहा।

''बस चुप भी करो तुम...'' अचानक किसनी चीखने-सी लगी, ''क्या रखा है इस काम में। सम्मान, तमगे और यश। और पैसा...बीस सालों में पक्का मकान बनाना तो दूर, खपरैल भी नहीं बदल पाए। बड़ी मुश्किल से रोटी-दाल का खर्चा चलता है। बच्चों पर दो जोड़ी अच्छे कपड़े नहीं हैं। मनोहर कब से साइकिल की रट लगाए है। खरीद पाए तुम ? बीस साल पहले जहाँ थे, आज भी वहीं के वहीं हैं। लड़कियों की नाक की कील तक नहीं ले पाई मैं...''

रमेसर को लगा जैसे उसके ऊपर किसी ने हथौड़े से प्रहार कर दिया हो। वह तड़प उठा। सच की कड़वाहट उसे अंदर तक झकझोर गई। चाहकर भी उसका प्रतिरोध नहीं कर पाया। एक बेचारगी और असहायता उस पर बुरी तरह हावी हो गई। किसनी ने सच ही तो कहा था। राज्य और राष्ट्रीय स्तर के सभी सम्मान मिलने के बाद भी आर्थिक दृष्टि से वे वहीं के वहीं थे। न मकान, न कोई जर-जमीन। कैसे झूठे दिलासे में वह अपने और किसनी को रखता रहा था।

न चाहकर भी वह अपनी लंदन यात्रा के दौरान हुई विदेशी शिल्पकारों से हुई भेंट को न केवल याद करता रहा बल्कि अपनी तुलना भी उनसे करने लगा। अपनी कला से ही जुड़े एक शिल्पकार के गाँव भी वह गया था। वह उसकी समृद्धि देखकर चकित था। गाँव का सर्वश्रेष्ठ मकान था उसका—पक्का, रँगा-पुता, सजा-धजा। घर के अंदर अच्छा फर्नीचर। पूरे मकान में कालीन। बच्चे खूब अच्छे विद्यालयों में थे। सरकार की ओर से उसे अच्छा वेतन और तरह-तरह के अनुदान और भत्ते मिला करते थे। गाँव के बाहरी भाग में उसकी कार्यशाला थी। लंदन में सरकार ने उनके सामान की बिक्री

के लिए सहकारी स्टोर खोल रखा था जहाँ की बिक्री से लाभांश मिलता था।

किसनी ने आज उसकी पीड़ा को उजागर कर दिया है। रात-भर अंधकार में आँखें बंद किए वह अपनी यातना को झेलता रहा। सुबह की उजास फैलने लगी। आँखों में तेज जलन है और चारों ओर का वातावरण बड़ा बोझिल। धीरे-धीरे सूरज की तेज रोशनी चारों ओर फैलने लगी है। किंतु तब भी वह बिस्तर पर निश्चेष्ट-सा लेटा है। बाहर मनोहर भट्टी की तैयारी में जुटा है। उसे याद है कि कच्चे माल को आज भट्टी में पकाना है। कुंडा, कंडे सब तैयार दिख रहे हैं। केवल रमेसर के जाने भर की देर है। भट्टी लगाने में रमेसर ही यह तय करता है कि कितने प्रतिशत कार्बन जमा करना है जिससे बर्तन उसी के अनुपात में काले, भूरे अथवा लाल हो जाएँ।

पट्टीदार नेकर पहने, मिट्टी में हाथ डाले मनोहर को वह देर तक देखता रहा है। मनोहर उसे दूसरी बार बुलाने आया है। भारी कदमों से वह उसके पीछे चल दिया है।

मनोहर ने कंडे लगाना शुरू कर दिए हैं। रमेसर एकटक उसे देखता रहता है।

"शहर में दाखिले कब होंगे..." एकाएक उसने पूछा है।

हैरत से मनोहर ने उसकी ओर देखा है। "जुलाई में..." उसने मुँह नीचे करके उत्तर दिया।

"तू अपने दाखिले के लिए गुरु जी से बात कर लेना...मैं तेरे वहाँ रहने-खाने की व्यवस्था कराने आज ही शहर जा रहा हूँ," उसने तेजी से कहा और पीछे मुड़कर चल दिया है।

अचकचाकर मनोहर उसकी ओर देखता रहा। कोठरी की दहलीज पर बैठी किसनी की आँखें छलछला उठी हैं।

पड़ोस से चरतु चाचा की तेज और कर्कश आवाज आ रही है :

माटी कहे कुम्हार से, क्यों रोधो तू मोय,
एक दिन ऐसा आएगा, मैं रोधोंगी तोय...

□□